Über den Autor:

Sandro Hübner, wurde 1991 in Görlitz geboren. Be-
suchte erfolgreich die Schule und widmete sich mit 10
Jahren Kurzgeschichten, Gedichten und Vorträgen, die
sehr umfangreich verfasst waren. Als er 17 Jahre alt war
und sich als Schriftsteller die Zeit, für seinen Ersten Roman: SAD SONG - Trauriges Lied - nahm, machte ihm
das Schreiben sehr großen Spaß. Sandro Hübner lebt in
Berlin und arbeitet bereits an seinem nächsten Roman.
Er hat mittlerweile Bestseller geschrieben.

Vom Autor bereits erschienen: www.sandrohuebner.de

Für dich Mama, Papa Oma, Opa und Ur-Oma

Alle Geschichten, wenn man sie
bis zum Ende erzählt,
hören mit dem Tode auf.
Wer Ihnen das vorenthält,
ist kein guter Erzähler.

E. Hemingway

SANDRO HÜBNER

DER TOD VON DER THEATERLEGENDE XAVER STIELER

Kriminalroman

Bibliografische Information der Deutschen Nationalbibliothek:
Die Deutsche Nationalbibliothek verzeichnet diese Publikation in
der Deutschen Nationalbibliografie; detaillierte bibliografische Da-
ten sind im Internet über http://dnb.dnb.de abrufbar.

TWENTYSIX
Eine Marke der Books on Demand GmbH

© 2021 Sandro Hübner

Herstellung und Verlag:
BoD - Books on Demand, Norderstedt

ISBN: 978-3-7407-8645-8

Inhalt

Erstes
Kapitel

Eine Flut von Licht, ein Vielklang von Farben breitete sich über den schönen Platz. Mit weißem Leuchten stand auf hohem, viel stufigen Unterbau das Museumsgebäude. Rein und blau wölbte sich der Himmel über seinen Statuen geschmückten, von ionischen Säulen getragenen Giebel. In weichem Grün lag eine Rasenfläche zu Füßen des hellen Bauwerks, drei schlanke Pappeln standen vor einem ferneren Baumhintergrund auf jeder Seite von ihm in den schlank nach oben weisenden Formen der südlich klassischen Zypresse, während ihr Laub vom Herbst in blankes Gold verwandelt worden war.

Auf dem Stufenunterbau vor den Säulen war ein Gedränge von bunten Theaterkostümen, fremdartig seltsam im vollen Tageslicht. Ein Herrscher in antiker Gewandung saß dort, von einem goldgesäumten Purpurmantel umwallt, auf goldenem Thron. Krieger, Diener, Beamte scharten sich um ihn her. Vor ihm stand eine Frauengestalt mit einem Gesicht von geheimnisvoller, bösartiger Schönheit. Ihr Haar fiel gleich einem schwarzen Schleier über ihr schillernd vielfarbiges, gleich einer blanken Schlangenhaut sie umkleidendes Gewand. Sie sah nicht auf den Herrscher, ihr Blick und ihre Hand wiesen hinunter zu einer kreisrunden Brunnenumfassung, die sich aus dem grünen Rasen erhob.

Es war die Kinoprobe für eine Salome-Vorstellung, die den Ort mit all den bunten, ungewohnten Gestalten bevölkerte.

Ringsum hatte sich ein großes, neugieriges Publikum versammelt. Obwohl der Platz von der Polizei abgesperrt worden war, hatten doch viele Bevorzugte Zutritt erhalten, und so gesellten sich den antiken Gestalten die Menschen des gegenwärtigen Jahrhunderts. Da schimmerten sommerlich helle Damenkleider, dem schönen Oktobertag zu Ehren einmal noch hervorgeholt. Rote, blaue, grüne Sonnenschirme fügten in das wechselnde Gemisch matterer Töne kraftvolle Farbenflecke, das Metall an den Uniformen der Schutzleute blitzte hell auf im grellen Sonnenlicht. Es war ein Bild von starkem, sonderbarem Reiz, ein leise bewegtes Meer von Glanz und Farbe.

Der abgesperrte Platz war groß genug, dass die Zugelassenen sich frei bewegen, sich in Gruppen zwanglos unterhalten konnten. Gerade gegenüber von der ins Tageslicht heraus versetzten Bühne stand eine Gruppe von vier Personen. Drei davon waren jung - zwei der Damen und ein Herr - die dritte Dame war der Mitte des Lebens bereits nahe. Das war eine sehr starke Dame mit rundem, roten Gesicht, deren Atem hörbar kam und ging. Sie hatte den unbewegten Ausdruck sehr phlegmatischer Menschen und sprach nur, wenn es nicht anders ging. Zuweilen brachte sie die langstielige Lorgnette mit müder Bewegung an die Augen, um irgendetwas besser sehen zu können, doch sank ihr die Hand immer bald wieder herab.

Neben ihr stand ihre Tochter, das Gegenspiel ihrer schweren Langsamkeit. Zierlich, pikant, mit einem neugierig klugen Kindergesicht, war sie stets in Bewegung. Ihr Mund wenigstens ruhte kaum einen Augenblick. Sie redete lebhaft auf den Herrn ein, der seine schlanke, fein gegliederte Gestalt bei der Unterhaltung mit dem kleinen Persönchen ein wenig niederbeugen musste. Dabei trat sein weich und vornehm gemeißeltes Profil schön hervor. Den leicht geöffneten Mund unter kleinem, braunem Schnurrbart umspielte beständig ein halb spöttisches, halb fröhliches Lächeln.

Manche der Damen auf dem Platz suchten mit ihren Blicken diese harmonisch, mit lässiger Eleganz bewegte Gestalt. Auch in der Nähe waren ein paar Augen, die von dem bunten Bild ringsum stets wieder zu diesem Anblick heimkehrten. Sie gehörten der dritten Dame der kleinen Gruppe. Sie war auffallend groß, beinahe so groß wie der schlanke Herr selbst, ihm auch verwandt an vollendetem Ebenmaß der Körperbildung. Aber auf ihren Lippen wohnte kein Lächeln. Beinahe düster war das Gesicht mit seinen tiefschwarzen Augen, deren Farbe sich von der einer schweren Haarlast über der schön gemeißelten Stirn allein durch den stärkeren Glanz unterschied. Selten leuchteten sie plötzlich auf, und immer nur über irgendein heiteres Wort von den Lippen des Herrn. Dann aber war in ihnen das Feuer einer glühenden Seele.

Die kleine Liselotte, bewegliche Tochter der unbeweglichen Frau Kommerzienrat Hell, schwatzte ununterbrochen.

»Großartig ist sie doch, diese Baratta. Sieht sie nicht aus, als wenn die Salome von Stuck lebendig geworden wäre? Das Bild kennen Sie doch, Graf? Ach, Stuck ist süß! Ich habe sein Selbstbildnis über meinem Schreibtisch hängen. Das ist noch ein Mann! Ich ginge gern einmal nach München, allein um ihn zu sehen. Der müsste die Baratta malen. Kennen Sie den Film Verbrechen aus Liebe? Ach, darin ist sie wunder-, wundervoll! Und was diese Filmpersonen für Geld verdienen! Jetzt ist sie nach Petersburg engagiert für eine Aufnahme von dem

Film Katharina die Große. Das heute hier ist nur eine Arrangierprobe, wie das genannt wird. Erst wenn die Baratta zurück ist, wird wirklich gefilmt. Haben Sie das mit Petersburg nicht gelesen? Dafür allein bekommt sie dreißigtausend Rubel, denken Sie nur!«

»Ich denke, wir streichen eine Null davon«, sagte Graf Hersberg mit seinem weichen, ein wenig trägen Lächeln.

»Aber nein«, rief Liselotte, die kecke Stupsnase hoch in die Luft reckend. »Ich weiß es diesmal ganz, ganz, ganz bestimmt. Eine Tante von unserer Köchin ist Cousine von einer Waschfrau beim Direktor vom Edenfilm, - die hat es gesagt.«

»Eine Waschfrau? Dann bin ich aber geschlagen.«

»Sehen Sie, Graf, sehen Sie hin. Da kommt Johannes aus dem Brunnen heraus.«

»Ach, das geht mir zu langsam.«

»Wieso zu langsam?«

»Das müsste gehen wie bei den Spielschachteln, aus denen die kleinen Teufel herausspringen, wenn man sie aufmacht. Immer wieder mit Perlippeperlappe wie der geistvolle Zauberspruch heißt.«

»Sie müssten einmal solch eine Vorstellung dirigieren, Graf, da würden schöne Dinge herauskommen.«

»Ist mir selbst sehr wahrscheinlich. Aber wissen Sie, was mir am Kino am allerbesten gefällt?«

»Was denn, was denn?«

»Dass die Leute nicht reden dürfen.«

»Graf, ich glaube...«

»Nicht einmal die Damen. In schönen Träumen kommt mir manchmal der Gedanke, dass dies nur der Anfang von einer großen Reform der menschlichen Gesellschaft ist.«

»Graf, Sie sind schrecklich!«

»Dabei kann ich nichts machen. Das wäre gegen meine Naturgeschichte. Bedenken Sie doch: der großartige Graf, der unverbesserliche Leichtsinn, der Nagel zu seinem Sarg, wie mein hochwürdiger Vater mich mit Vorliebe tituliert. Wie soll der sich auf einmal ändern?«

»Malen Sie sich nicht schwärzer wie nötig.« Es war das erste Mal, dass die hochgewachsene Dame das Wort nahm.

Sie sprach mit einer wundervoll tiefen Stimme, deren Klang weichen Orgeltönen verwandt war.

Graf Hersberg wandte sich zu ihr hin. Er änderte auch dabei nichts an seiner vornehmen Lässigkeit. In seine braunen Augen kam ein besonderes Licht, indem sie den beiden tiefschwarzen begegneten. Seine Lippen öffneten sich zum Reden, doch fuhr Liselotte mit einem Aufschrei dazwischen. Den Arm der Dame, zu der Hersberg hatte sprechen wollen, mit einer Hand fest umklammernd, machte sie mit ihrem Kopf eine lebhaft deutende Bewegung zu einer bestimmten Richtung hin.

»Ach, Hanna, Hanna, sieh doch nur. Da kommt er, da kommt er!«

»Ja, wer denn?« Ein leichtes Lächeln, das über Hannas ruhiges Gesicht ging, schien es von innen her zu erleuchten.

»Aber so frag doch nicht. Es gibt doch jetzt nur den einen in unserer Stadt. Solch einen süßen, süßen, himmlischen Menschen? Von wem soll ich denn so sprechen als von diesem Herrn Xaver Stieler?«

»Ach, der«, antwortete Hanna mit einer etwas gekünstelten Gleichgültigkeit, wobei sie die Blicke nicht vom Gesicht des Grafen Hersberg abwandte. Verständnisvoll vertiefte sich sein Lächeln.

»Ja, der! Mein Gott, wie kann man von solch einem Menschen in solch einem Ton reden! Mutter, so sieh doch hin, -da kommt er ja, da kommt Xaver Stieler.«

»Ja, Kind.« Ganz langsam hatte die starke Frau sich ein wenig zur Seite gewandt und hob die Lorgnette, als ob sie zu schwer in ihrer Hand wäre.

»Siehst du ihn denn auch wirklich, geliebte Mutter?«

»Ja, Kind.«

»Wie sein grauer Anzug ihm steht! Herr Gott, ist es ein himmlischer Mensch! Diese süßen, süßen blauen Augen.

Und welche Vornehmheit in der Haltung. Mutter, das musst du, musst du, musst du doch auch finden.«

»Ja, Kind.«

»Wisst ihr, was Henny Brausevetter gesagt hat? Dieser Stieler wäre in Wirklichkeit ein Graf. Stieler wäre nur sein

Theatername. Gott, wenn ich das glauben könnte! Wissen Sie nichts darüber, Graf?«

»Ich halte die Sache nicht für ganz unglaublich.«

»Ach sprechen Sie doch nicht so grässlich diplomatisch, auch außer Dienst. Ich rede mit Ihnen frei von der Leber weg, tun Sie das doch auch. Ja, Henny Brausewetter behauptet steif und fest, er wäre ein Graf. Das wäre kolossal romantisch: ein Graf als erster Varietékünstler der Welt. Und heimlich verheiratet soll er auch sein. Aber ganz, ganz heimlich. Nicht einmal zusammen wohnen soll er mit seiner Frau.«

»Das klingt mir wieder nicht so ganz unglaublich. Ein verheirateter Künstler hat für die Theaterkasse nur den halben Wert. Jede liebebedürftige Zuschauerin im Haus muss denken können: Der süße Junge kann mein werden.«

»Wenn ich nur herausbringen könnte, wer diese heimliche Frau von ihm ist. Eine Göttin müsste sie sein, wenn ich ihr den gönnen sollte. Sie kommen doch auch ins Theater heute, Graf? Es ist schon sein drittletztes Auftreten, - das drittletzte für immer. Ist es menschenmöglich, dass ein solcher Künstler sich auf der Höhe seines Erfolges von der Bühne zurückzieht? Glauben Sie daran, Graf?«

»Sie müssten einmal Ihre Waschfrau fragen.«

»Ach, Sie sind scheußlich und bleiben scheußlich. Nein, ein Mensch, der sechzigtausend Mark in einem einzigen Monat an Gage bezieht, muss ja doch großartig sein, wenn er das ausgibt. Er kann nur ein paar Monate im Jahre arbeiten, - sie nennen das nämlich arbeiten beim Theater, das weiß ich, - weil die Sache so kolossal anstrengend ist. Er vereinigt in seiner einzigen Person das ganze Programm einer Varietébühne. Kunstschütze, Kraftmensch, Zauberkünstler, Kunstreiter, Jongleur...«

»Jonglieren kann ich auch. Sehen Sie her, - glauben Sie, dass ich daraufhin engagiert werde, wenn ich meinen Diplomatenfrack ausziehe?«

Graf Hersberg ballte mit ein paar seiner lässigen Bewegungen jeden von seinen Handschuhen in einen kleinen Ball zusammen und begann mit ihnen und seinem Spazierstock sehr geschickt zu jonglieren.

»Aber, Graf!« Es war die tiefe, warme Stimme Hannas, die sein Spiel unterbrach.

Er endete damit sofort und sah mit gerötetem, lachendem Gesicht zu ihr hin. »Heißt auf Deutsch: Lieber Stefan, Sie betragen sich unpassend. Ich bekenne mich schuldig, meine verehrte Mentorin, und sage nur wie die Kinder: ›Ich will es nicht wieder tun‹.«

Liselotte ließ Hanna keine Zeit für eine Antwort. »Er kommt hierher, er kommt hier vorüber. Mutter, du versperrst mir die Aussicht. Ich muss ihn ganz, ganz genau sehen.«

Die vier Menschen waren es keineswegs allein, die mit neugierigen Blicken auf Stieler schauten. Seit er auf dem Platz erschienen war, hatte die Salome-Probe nur noch die Hälfte von ihrer Anziehungskraft. Langsam, von vielen gegrüßt, ging er durch die locker verteilten Gruppen dahin und kam wirklich, wie Liselotte vorhergesehen hatte, ganz dicht an der ihren vorüber. Das aber hatte sie nicht erwartet, was nun geschah. Sobald er den Grafen Hersberg und Hanna bemerkte, zog er den Hut und grüßte mit einer gewinnend vornehmen, der des Grafen selbst ähnlichen Liebenswürdigkeit. Er hatte wohl Stefans Jonglierkünste gesehen. Ein freundliches Lächeln lag auf seinem Gesicht. Liselotte nahm an der Gunst seines Grußes teil, indem sie mit einer Verbeugung antwortete, die fast ein Hofknicks war. Sobald sich Stieler kaum außer Hörweite befand, fasste sie Hannas Arm und sagte mit einem heiseren Flüstern: »Ihr kennt ihn, ihr kennt ihn, diesen Göttermenschen, und sagt es mir nicht. Hanna, das kann ich dir bis an mein Lebensende nicht verzeihen.«

»Graf Hersberg hat ihn früher gut gekannt«, antwortete Hanna ganz ruhig, um sich dann mit einem Blick nach der natürlichen Bühne hinzuunterbrechen. »Aber was mag der Baratta fehlen?«

Dort oben war eine Stockung, eine Störung entstanden. Und es war seltsam. Während sich Hannas Augen auf die Heldin der Salome-Tragödie richteten, begegneten die Blicke der Verderberin dort oben diesen sie suchenden Augen, hafteten in ihnen, ließen sie nicht los. Einen Augenblick standen die beiden Frauen schweigend und schauten über die Köpfe der Menschen hinweg einander an.

In Hannas Blicken war nur neugieriges Erstaunen, in denen der Baratta glimmt das Hassfeuer der Salome.

Nun klang die harte, schneidende Stimme des Regisseurs über den Platz hinweg: »Baratta, Sie verpatzen ja die Szene. Was ist mit Ihnen los? Noch einmal von vorn.«

Gewaltsam nahm die Künstlerin sich zusammen. Ihre Lippen bewegten sich, doch wurden ihre Worte nicht verständlich. Dann begann sie die Szene noch einmal.

Viele der Zuschauer hatten sich neugierig weiter nach vorn gedrängt, unter ihnen auch Liselotte, die Mutter nach sich ziehend. Ein kleiner freier Raum war um Hanna und Stefan entstanden. Sie hatte die Blicke jetzt von der Baratta gelöst und sie dem Grafen zugewandt. Sobald sie sah, dass niemand mehr in ihrer Nähe war, sagte sie leise, mit behutsam bewegten Lippen: »Also heute Abend. Nicht vergessen. Um halb sieben Uhr.«

»Ich komme«, gab Stefan ebenso vorsichtig zurück.

Nun war auch Liselotte schon wieder da. Langsam folgte die Kommerzialrätin ihr nach.

»Was war da nur los?«, rief die Kleine. »Die Baratta war ja wie versteinert. Ob sie krank war? Aber wundervoll sah sie aus in dem Augenblick. Ach, jetzt ist sie abgegangen. Sie macht sich gewiss zurecht für den Schleiertanz. Wo mag nur Stieler geblieben sein? Ach, man möchte sich in zwei Stücke schneiden, um jeden von diesen beiden wundervollen Menschen immerfort anschauen zu können. Den Tag muss ich in meinem Kalender rot anstreichen, an dem ich die beiden hier auf demselben Platz gesehen habe. Hat Euer Diener denn die Billetts für heute Abend schon besorgt, Hanna? Haben wir gute Plätze?«

»Sehr gute. In der Mittelloge, der Bühne gerade gegenüber. Es ist schon alles ausverkauft.«

»Aber natürlich, wo doch Stieler zum drittletzten Mal auftritt. Wissen Sie, was meine Großtante gesagt hat, Graf, als ich sie beredet hatte, sich eine seiner Vorstellungen anzusehen? Es ist eine alte Frau von achtzig Jahren und sie geht sonst niemals mehr ins Theater. Sie hat gesagt, es wäre der schönste Abend ihres Lebens gewesen. Ach, er ist ja so wunderbar vornehm in allem, was er tut. Ich glaube wirklich, dass er ein Graf ist. Aber jetzt müssen wir aufpassen, jetzt kommt ja der Schleiertanz.«

Wirklich rüstete sich die Baratta zum großen Verführungstanz, dessen Preis ein Menschenleben war. Zuerst stand sie sekundenlang regungslos, ganz eingehüllt in dichte, weiße Gewebe, Kopf und Gesicht selbst umwunden, sodass nur die brennenden Augen wie Blitze durch dichtes Gewölk dunkel daraus hervorleuchteten. Dann begann sie sich langsam zu bewegen, wie gezogen von den Tönen einer gleichmäßigen, aufregenden Musik. Ihre Bewegungen wurden schneller, leidenschaftlicher, der herrliche, schlangenartig biegsame Körper neigte sich in wundervollen Windungen. Der erste der Schleier sank zu Boden gleich einer weißen leichten Wolke, bald folgte der zweite. Immer wilder wurde die Musik, immer wilder wurden die Bewegungen. Jetzt umhüllte nur noch einer der Schleier den Oberkörper, das weiche, rosenfarbene Fleisch leuchtete hindurch, das Fleisch dieses von Leidenschaft gepeitschten, von Vernichtungswut in rasendem Taumel fortgerissenen Frauenkörpers.

»Jetzt müssen sich kleine Mädchen umdrehen«, sagte Stefan gemächlich, sich zu Liselotte niederbeugend.

»Ach was. Warum denn? Das weiß ich doch so, wie wir Frauenzimmer aussehen. Wenn es ein Mann wäre, dann vielleicht.«

»Ich fürchte, dann würde das kleine Mädchen sich erst recht nicht umdrehen.«

»Sie könnten recht haben, Graf. Ich glaube, Sie sind ein Menschenkenner.«

»Wenn das Handwerk nur einträglicher wäre. Die ganzen Schulden kann man damit nicht wirklich bezahlen.«

»Sie haben Schulden, Graf? Ach, das ist ja riesig interessant.«

»Interessant vielleicht, aber wenig angenehm.« Er sprach lässig wie stets, das behagliche Lächeln blieb auch bei diesen Worten auf seinen Lippen.

Ein jubelnd ausbrechender Beifall unterbrach das Gespräch. Die Baratta hatte mit ihrem Schleiertanz das Publikum wie den Herodes besiegt.

Nun eilte die Probe rasch dem Ende zu. Johannes der Täufer war dem Tode verfallen, sein abgeschlagenes Haupt erschien auf der großen goldenen Schüssel in Salomes Händen. Unvergesslich blieb allen der Ausdruck steinernen Grausens in der Baratta Gesicht.

Jetzt war es vorüber. Ein buntes Gewimmel von fantastischen Gestalten strömte die Stufen herab, das Publikum zerstreute sich langsam, die Postenkette der Polizei löste sich auf. Nüchtern modern kam ein Auto in die farbige Theaterwelt herangerollt. Es hielt unten an der Treppe, die Baratta stieg herab und ging darauf zu. Doch bevor sie zur untersten Stufe gelangt war, blieb sie noch einmal stehen und ließ von ihrem erhöhten Platz aus die Blicke, über die sich allmählich zerstreuende Menge dahingehen.

Sie blieb auf dem Gesicht Xaver Stielers ruhen, der noch dastand und zu der flimmernden Salomegestalt hinüberschaute. Ein anderer Ausdruck war jetzt in den Augen der Frau als zuvor bei der Begegnung mit Hannas Blicken. Etwas Weiches, Hingebendes war in sie hineingekommen.

Dieses Duell der Augen dauerte ein paar Sekunden. Dann ging die Baratta schnell die letzten Stufen hinunter und bestieg das Auto, das gleich darauf eilig davonrollte. Stielers Brust hob sich mit einem unwilligen Seufzer. Langsam schlug er die Richtung ein, die der Wagen genommen hatte, jetzt schon weit entfernt von ihm in seiner blauen Benzinwolke dahinjagend.

Zweites Kapitel

Tief in Gedanken, den Kopf zur Erde gebeugt, ein paar müde Falten um den fest geschlossenen Mund, schritt Xaver Stieler dahin, so ganz unähnlich in seiner Haltung dem von der Menge vergötterten Künstler, dass manch einer stehen blieb und ihm verwundert nachschaute. Wo waren die Kraft, Elastizität, Beweglichkeit geblieben, die den Besitzer dieses ebenmäßig schönen Körpers auf beiden Hälften der Erdkugel berühmt gemacht hatten? Welche Gedankenlast lag so schwer auf seinem Haupt, dass unter ihr das gewohnte Siegeslächeln von seinen Lippen verschwunden war?

Ganz langsam, widerwillig ging er dahin. Einmal blieb er vor einer großen Anschlagtafel stehen, auf der in Riesenbuchstaben sein drittletztes Auftreten im Edentheater angekündigt wurde. Sein Bild prangte darüber, eindringliche Reklame sprach von ihm als erstem Universalkünstler der Welt, von dessen Leistungen die ganze zweite Hälfte des Programms ausgefüllt wurde.

»Schwerer wird es mir doch, als ich gedacht hatte«, sagte Stieler leise vor sich hin. Dann aber hob er den Kopf, seine Gestalt straffte sich. Nun erkannten die Vorübergehenden wieder in ihm den Mann unerreichter Kraft und Energie.

Die Carmen-Melodie vor sich hin summend Auf in den Kampf, Torero, ging er in der wachsenden Dämmerung nun mit festen, raschen Schritten dahin. Das Pflaster klang unter seinem Fuß.

Er machte Halt in einer Straße mit gleichmäßigen Fronten von dicht aneinander gebauten Häusern ohne Vorgarten oder Baumgrün. Das Haus, an dem Stieler für einen Augenblick in die Höhe schaute, bevor er eintrat, war mit allerhand Ornamenten aus

Stuck beklebt, worunter ein grinsender Frauenkopf über jedem der Bogenfenster wiederkehrte. Zur lachenden Maske hatten die Nachbarn es darum getauft, ohne daran zu denken, wie sehr dieser Name für manche Bewohnerin dieses Hauses passte.

Mit neuerdings verdüstertem Gesicht stieg Stieler die schon hellerleuchtete, breite Treppe zu dem ersten Stockwerk hinauf. Dort war an der Tür eine blanke Messingtafel, auf der in großen Buchstaben Rosa d'Otranto zu lesen war, darunter hielt ein Reißnagel eine kleine Visitenkarte fest, worauf Afra Baratta geschrieben stand. Stieler drückte den weißen Knopf der elektrischen Glocke, die mit ungewöhnlich starkem, tiefem Klang ertönte. Gleich darauf ließen kurze, rasche Schritte sich drinnen vernehmen, und in der geöffneten Tür erschien Rosa d'Otranto in eigener, ältlicher Person mit einem zusammengeschrumpften Gesicht, das einem zu weit ins neue Jahr hinüber genommenen Apfel ähnlich war. Man sah es ihr nicht an, dass auch sie vor langer Zeit einmal vom Glanz der Varietébühne verklärt gewesen war. Aber sie hatte sich wirklich zehn Jahre lang, ihre damals mollig hübschen Glieder in rosenfarbenes Trikot gekleidet und ein krampfhaftes Maskenlächeln wie hinein gemeißelt im runden Gesicht, von einem Kunstschützen allabendlich Glaskugeln, Tonpfeifen und Brillantsterne vom Kopf und aus den Händen schießen lassen. Durch einen Unglücksfall Mutter geworden, hatte sie dieser Kunst Lebewohl sagen müssen, weil ihre Figur sich nicht mehr für das rosenfarbene Trikot eignete. Nach einem gescheiterten Versuch mit abgerichteten Schildkröten hatte die Not sie zur Entdeckung einer kleinen, angenehmen Stimme in ihrer Kehle geführt, und sie hatte sich tapfer von Café Chantant zu Café Chantant durchgesungen, bis ihre Tochter herangewachsen war. Die bildete nun, zur Abwechslung in blaues Trikot gekleidet, mit einer bunten Schar von dressierten Papageien und weißen Kakadus eine gesuchte Nummer der bunten Bretterwelt. Rosa d'Otranto selbst vermietete Zimmer an Größen des Varietés, neuerdings auch des Kinos und sonnte sich im Abglanz ihres Ruhmes. Aus ihrer eigenen Glanzzeit hatte sie nur den schön klingenden Künstlernamen gerettet. Sie hieß in Wahrheit Josefine Fengefisch.

Die Vergangenheit der Besitzerin hatte den Räumen der Wohnung auch ihren Stempel aufgedrückt. Es gab da gleich beim Eintritt viel roten, unechten Samt mit breiten Goldfransen und viele Spiegel mit glatten, dicken Goldrahmen. Die waren über Marmortischchen mit künstlichen Rosensträußen in Alabastervasen einander gegenüber aufgehangen, sodass endlose Perspektiven von Rosensträußen entstanden. Blitzende Wandleuchter waren durch bogenförmig niederhängende Ketten von glitzernden Glasprismen miteinander verbunden. So wirkte der Korridor, breit und hell beleuchtet wie die Treppe, beinahe wie die Dekoration einer Varietébühne.

Rosa d'Otranto zwinkerte Stieler freundlich mit ihren matten Augen an. Durch das jahrelange Maskenlächeln oder durch das Hinstarren in elektrisches Licht hatte sie sich eine Schwäche der Gesichtsmuskeln zugezogen und zwinkerte beständig mit den Augen, wobei ganze Strahlenkränze von kleinen, scharfen Falten aufzuckten. Aber in dem verschrumpelten Apfelgesicht war viel gutmütige

Freundlichkeit, als die kleine Dame Stieler begrü-
ßend bei der Hand nahm und ihm leise zuflüsterte:
»Unser Barattchen ist heute wieder furchtbar
schlechter Laune.«

»Nichts Neues in ihrem Repertoire«, sagte der
Künstler, ihr weiteres Reden, wozu sie sehr bereit
war, kurz abschneidend, und ging ohne Weiteres
auf eine Tür zu, die mit roten Samtvorhängen ver-
ziert war. Nach einem kurzen Anklopfen trat er ein,
ohne zu beachten, ob ein Herein! von drinnen ihn
einlud.

Auch in diesem Zimmer war viel rot, Gold und
Glas, jedoch Afra Barattas Gestalt beherrschte den
Raum so sehr, dass alles andere daneben verschwand. Noch im Schlangen schillernden Kostüm
der Salome lag sie lang ausgestreckt auf einem Diwan, den ein Tigerfell von ungewöhnlicher Größe
bedeckte. Sie hatte die linke Hand unter den Kopf
gelegt, in der rechten hielt sie eine Zigarette, die das
Gemach schon mit einem weichen Duft von türki-
schem Tabak erfüllt hatte. Das warmgoldene Licht
einer großen elektrischen Hängelampe mit gelbsei-
denem Schleier fiel auf sie herab und streute glitzernden Schimmer auf ihr Kostüm.

Sobald Stieler eintrat, warf die Baratta die Zigarette rasch in ein Messingbecken auf einem runden
Rauchtischchen und sprang mit einer aufschnellen-
den Bewegung empor, durch die sie in leidenschaftlichen Kinoszenen berühmt war.

»Endlich!«, rief sie, mit ausgestreckten Händen
ihm entgegengehend.

Als er, ihre Begrüßung nicht beachtend, an ihr
vorüber sah, verdüsterte sich ihr Gesicht, und ihre
Hände sanken schwer herab.

»Ich habe dich erwartet«, sagte sie mit einer dumpfen, von Leidenschaft rauen Stimme. »Heute, gestern, vorgestern. Ich habe gewartet und gehorcht, ob du nicht kämst. Aber es war vergeblich, immer vergeblich.«

»Es ist recht, ich hätte schon vorgestern kommen können und kommen sollen. Ich war feige.« Als ob er dem Zorn über sich selbst Ausdruck verleihen müsste, stieß er einen Stuhl, den er für sich herbeigezogen hatte, fest auf den Boden.

»Jawohl, ich war feige.«

»Wieso, warum?«

»Weil ich mich vor dir fürchtete. Vor deinen Szenen. Vor einer Wiederholung alles dessen, was ich hundertfach, tausendfach mit dir durchgemacht habe, und was mich endlich dahingetrieben hat, jetzt um jeden Preis ein Ende zu machen.«

Mit einem dumpfen Schmerzenslaut sank sie, wie wenn die Knie sie nicht mehr trügen, auf den Diwan und krampfte die Finger in das Tigerfell.

»Töte mich!«, schrie sie laut auf.

»Töte mich wenigstens gleich, martere mich nicht langsam zu Tode. Wenn du von mir gehst, wenn du mich wirklich verlässt, will ich und kann ich nicht mehr leben. Ohne dich ist mir das Dasein eine Qual…«

»Schreib es dir selbst zu, wenn es das ist«, fiel ihr Stieler mit einer lebhaft abwehrenden Bewegung seiner linken Hand ins Wort. »Ich tue das, was geschehen muss und geschehen wird, weil mir mein Dasein durch dich nun schon jahrelang zur Qual geworden ist. Ich habe dich geliebt, niemand weiß es besser als du, so großartig und widerstandslos, wie nur ein Mensch überhaupt lieben kann.

Aber du hast…«

»Höre mich doch, Xaver. Ich liebe dich heute wie nur jemals in unserer glücklichsten Zeit. Stoß mich nicht von dir, verlass mich nicht…«

»Lass uns ruhig und vernünftig miteinander reden. Ich kann sie nicht mehr ertragen, diese Theaterszenen. Sie sind es hauptsächlich, die mir das Leben an deiner Seite verleidet haben. Wenn ein Mensch dir jemals Beweise von seiner Liebe gegeben hat, bin ich es gewesen. Ich habe meinen Stand, meine Heimat, meine Familie, meine gesicherte Zukunft um deinetwillen aufgegeben.

Ich habe den deutschen Standesherrn gegen den internationalen Varietékünstler vertauscht, nur um dich besitzen zu

können. Mein Vater hat mich enterbt, weil ich dich geheiratet habe…«

»Ja, ja, ja, das weiß ich und habe dir dafür mit meiner ganzen wahnsinnigen Liebe gedankt.«

»Du hast recht, wenn du sie wahnsinnig nennst. Was dir Liebe bedeutet, ist ein wildes Feuer, in dem alles verbrennt: Vertrauen, Ruhe, Frieden und Glück. Ich schelte dich nicht, mache dir keine Vorwürfe. Du bist, wie du bist, kein Mensch kann gegen seine Natur. Aber neben dir leben kann und will ich nicht länger.«

Mit einer ihrer schnellenden Bewegungen fuhr sie herum, beugte den Kopf gegen ihn vor. »Wer ist es, die dich mir nimmt?« In ihren Worten war jetzt ein zischender Ton.

»Du selbst bist es, niemand sonst auf der Welt. Wir haben am Anfang unserer Ehe gute, glückliche Zeiten gehabt, doch waren sie leider nur allzu kurz durch deine Schuld. Unsere besten Stunden wurden mir schon damals von deiner wilden, wahnsinnigen Eifersucht getrübt. Ihr allein gib die Schuld an allem, was geschehen ist und geschieht. Auch der geduldigste Mensch erträgt nicht solche täglich sich wiederholende Qual.«

Sie hatte die Ellenbogen auf die Knie gestützt und ihren vorgeschobenen Kopf in die Hände gepresst. Ihre Lippen bewegten sich, als ob sie lautlos redete. Seine Worte klangen ungehört an ihrem Ohr vorüber.

Gleich einem schwirrenden Pfeil kam es jetzt von ihren Lippen: »Wer war die Dame, die du heute gegrüßt hast?«

»Wo? Welche Dame?«

»Verstell dich nicht. Auf dem Platz dort, bei der Salome-Probe.«

»Du gibst mir den Beweis für das, was ich gesagt habe, wenn ein Beweis noch nötig war. Aus jeder noch so harmlosen Begegnung…«

»Harmlos? Du meinst wohl, ich hätte die Dame nicht erkannt? Aber ich habe meine guten Augen, auf die kann ich mich verlassen. Es war die Dame, die vorige Woche bei dir in deiner Wohnung war. Der ich dort begegnet bin, die so verlegen und eilig war, weil ich sie bei dir überrascht hatte…«

»Und wenn sie es war…«

»Sie war es, ich sage dir's ja, dass ich es weiß. Also war die heutige Begegnung nicht so harmlos, wie du behauptest, nicht umsonst hat es mir einen kleinen Stich gegeben, dass ich meinte, laut aufschreien zu müssen, als ich sah, wie du sie dort begrüßt hast…«

»Also das war der Grund, weshalb du die Probe störtest.

Fehlt es dir denn wirklich an jedem Gefühl dafür, wie grenzenlos lächerlich du dich machst?«

»Weiche mir nicht aus. Wer war es? Ich will es wissen! Ich kann es jetzt auch erfahren ohne dich. Seit heute weiß ich, wer es mir sagen kann. Und ich ginge gleich – morgen, um zu hören, was ich wissen will, wenn ich nicht nach St. Petersburg abreisen müsste, – heute noch. Aber wenn ich wiederkomme, dann sei gewiss...«

»Dass du dich lächerlich machen wirst, wie du es heute tust und hundertmal vorher getan hast. Ich zweifle keinen Augenblick daran. Aber ich bitte dich, lass diese Dame aus dem Spiel. Sie will mir nur Gutes...«

»Gutes? Jawohl! Das Gute, das die Frauen den Männern tun, dass die Frauen allein den Männern tun können, das will sie dir. O ja, das war endlich einmal ein wahres Wort von dir nach allen deinen Lügen.«

»Mach mich nicht wild. Ich lüge nicht, ich bin zum Lügen zu stolz. Und ich bin hergekommen, um dir die volle Wahrheit über meine Zukunftspläne zu sagen. Du hast immer noch nicht glauben wollen, dass ich wirklich und ernsthaft an den Abschied von der Bühne dachte, hast es für einen Reklametrick angesehen, der allerdings keineswegs den Reiz der Neuheit mehr hätte. Wie du selbst einmal vorgeschlagen hast, wir sollten der größeren Zugkraft wegen für unverheiratet gelten, demnach also auch keine gemeinsame Wohnung haben, so schien dir mein Plan von der gleichen Rücksicht eingegeben. Die Künstlereitelkeit und Leidenschaft für den Erfolg ist ja mitunter in dir sogar noch größer als die Eifersucht. Ich aber – du hast mich auch in diesem Punkt nie richtig verstanden – habe die Künstlereitelkeit in solchem Sinn niemals gefühlt. Ich habe mein Leben aus Liebe zu dir auf einem neuen, eigenen Boden aufgebaut.

Nun du meine Liebe getötet hast, verliert auch dieser Bau seinen Zweck. Mein Leben soll sich wieder in die verlassene Bahn zurückwenden. Ich habe die Hoffnung, dass mein Vater sich mit mir versöhnt, und ich verlange von dir, dass du mir die volle Freiheit wiedergibst, – ich verlange von dir die Zustimmung zur Scheidung oder Trennung.«

»Das ist ja wunderhübsch alles ausgedacht und geordnet«, sagte die Baratta mit erzwungener Kälte. »Wunderhübsch! Nur eins fehlt noch in deiner Darstellung. Zufällig die Hauptsache. Der Grund nämlich, weshalb das alles geschehen soll, weshalb du wieder frei werden möchtest von mir. Ja – ich kenne den Grund, habe diesen Grund heute lebendig mit meinen Augen in Fleisch und Blut gesehen. Ein Weib ist es, dem ich Platz machen soll. Diese Dame, die bei dir in deiner schönen Wohnung war, die du heute mit hellerleuchtenden Augen gegrüßt hast.«

Sie war aufgestanden, während sie sprach, und langsam auf ihn zugekommen, bisher auch in der Bewegung noch beherrscht und erzwungen ruhig. Aber nun packte die Leidenschaft sie gleich einem Wirbelsturm, in dem ihre Glieder wie gepeitscht zitterten. Ihre Stimme klang hoch und schrill, gleich zersplittertem Glas.

»Du hast nur die Rechnung ohne den Wirt gemacht. Ich gebe dich niemals frei, will von Scheidung oder Trennung nichts wissen. Und bevor ich es mit ansehe, dass dieses Weib an meine Stelle kommt, – verlass dich darauf, – ich töte vorher sie, dich und mich selbst!«

Sein Mund verzog sich mit einem Ausdruck bitteren Ekels. Er antwortete nicht, sondern ging ruhig in eine Ecke des Raumes und nahm von einer dort stehenden Etagere eine kleine Schachtel. Die warf er mit verächtlicher Bewegung auf den Tisch neben dem Diwan und sagte: »Da, nimm eins von deinen berühmten Beruhigungspulvern. Die haben schon öfter geholfen, wenn du mit Selbstmord und Massenmord gedroht hast.«

»Ich will keine Beruhigung. Ich lebe nur in der Leidenschaft, in dieser einen, mein ganzes Wesen erfüllenden Leidenschaft für dich. Du sollst mein sein, und ich will nichts weiter auf der Welt. Selbst meine Kunst ist mir nichts im Vergleich zu dir. Wenn ich dich sehe, wenn ich deinen geliebten Körper fühle...«

Sie hatte seinen Arm erfasst, um ihn an sich zu ziehen. Er schüttelte sie von sich ab mit einer heftigen Bewegung des Widerwillens.

»Lass mich los. Das ist vorbei. Totes macht niemand wieder lebendig. Du hast getötet, was uns verband, nun trage die Folgen. Aber ich sehe, dass es unmöglich ist, vernünftig mit dir zu reden. Ich werde mich von jetzt ab auf schriftlichen Verkehr beschränken. Ein Anwalt wird mir dabei behilflich sein. Lebe wohl!«

»Xaver!« Es war ein Schrei haltloser Verzweiflung, womit sie jetzt an ihm vorüber zur Tür stürzte, beflügelt von ihrer Leidenschaft. Sie warf sich dort vor ihm auf die Knie, hob die Hände mit ineinander gekrampften Fingern, flehend und beschwörend empor. In ihrem eleganten, gleißenden Schlangengewand, vom dunklen Haar wie von einem zerrissenen, durchsichtigen Mantel umhüllt, Hals, Kopf und Hände funkelnd von schwerem, Blitze streuenden Geschmeide, war sie in diesem Augenblick berauschend schön, und auch ihre Stimme wurde weich und voll durch die Wärme des Gefühls.

»Verlass mich nicht, geh nicht von mir fort. Sieh, du bist mir notwendig zum Leben wie Licht und Luft. Misshandle mich, schlag mich, tritt mich mit Füßen, aber verlass mich nicht. Ich will nur dich auf der Welt. Alle die Huldigungen, womit mich die Menschen überschütten, sind mir nichts gegen ein Wort von dir…«

»Quäle mich nicht so bis aufs Blut. Ich habe dir nachgegeben, hundertmal, tausendmal, weil ich Frieden und Eintracht wollte. Du bist aber stets geblieben, die du warst. Jetzt ist es aus. Ich will, kann und mag nicht mehr. Ich habe nur einen Wunsch noch: still unter Menschen zu leben, die mich nicht quälen, in einem friedlichen, behaglichen Heim…«

Gleich einer zum Biss sich aufrichtenden Schlange schnellte sie bei seinen Worten empor.

»Ein Heim, das diese Dame dir bereiten soll! Jetzt ist es klar, jetzt ist es heraus…«

»Weib, mache mich nicht rasend. Ein Engel an Geduld müsste großartig werden durch dich. O, wenn ich doch nicht hergekommen wäre! Hier bei dir lebt alles wieder auf an Schmerz und Gram, was ich neben dir durchgemacht habe. So fest war mein Vorsatz, ruhig und gleichmütig zu bleiben, aber du machst es mir immer wieder unmöglich, zerrst an meinen Nerven, dass ich meine, sie reißen. Alles an mir zittert und bebt, und gerade jetzt vor meinem Auftreten, wofür ich immer die Kraft von zehn

Menschen gebrauche. Wenn ich doch nicht herge-kommen wäre zu dir!«

Er ging ein paar Mal hin und her in heißer, zorni-ger Aufregung, zerrte mit seiner Hand am Hemdkra-gen, als wenn er ihn erstickte. Seine Frau stand ei-nen Augenblick schweigend, starr auf ihn hinschau-end. Widerstreitende Gefühle schienen in ihr zu kämpfen. Dann kam ein Schluchzen aus ihrer Brust. »Werde mir nicht krank! Stirb mir nicht! Verlass mich nicht, Xaver!«

Stieler bewegte Kopf und Oberkörper in ärgerli-cher Abwehr hin und her. »Lass die schönen Worte. Hilf mir lieber, dass ich ruhig werde für mein Auftre-ten. Ich darf nicht absagen, darf dem Direktor keine Schwierigkeiten machen, gerade vor dem Schluss der Vorstellungen.«

Er war stehen geblieben, sein Blick war auf die Schachtel gefallen, die seine Hand vorhin auf den kleinen Tisch geworfen hatte. Jetzt hob er sie auf.

»Gib mir davon. Du behauptest ja, dass es beru-higt. Ich muss ruhig werden.«

Nun kam lebhafte Bewegung in ihre Gestalt. »Ja, ja, das hilft. Ich gebe dir davon. Leg dich nieder, dann wirkt es umso besser.«

Eilig ging sie zu einer Kommode hinten im Zim-mer, und ein leises Klirren von Glas und Wasserfla-sche klang von dort herüber. Abgewandt von Xaver, der sich auf den Diwan gelegt hatte, bereitete sie den Trank, dann trug sie die weißlich schimmernde Flüssigkeit hinüber.

»Nimm, trink, – in einem Zug trank er es hinun-ter.«

Er tat, wie sie geheißen hatte, nahm und leerte das Glas.

Die Baratta trat an sein Lager und schaute gespannt auf ihn mit einem Gesicht, in dem noch wacher Zorn, Liebe, Spannung und Mitleid miteinander kämpften. In tiefem Schweigen vergingen wohl fünf Minuten.

Dann sagte Stieler: »Ein wenig ruhen will ich noch, dann muss ich fort.«

»Fort, warum? Es ist noch nicht halb sieben, du hast noch beinahe zwei Stunden Zeit, bis du zum Theater musst. Solange bleib ruhig hier bei mir.«

»Das ist nicht möglich, weil ich vor dem Theater noch eine Verabredung habe.«

»Eine Verabredung? Mit wem? Was für eine Verabredung?«

»Du weißt, solche Fragen sind mir unangenehm. Ich will Herr bleiben über mein Tun und Lassen. Also, – noch ein paar Minuten, dann muss ich gehen.«

Sie presste die Lippen gewaltsam aufeinander und schwieg. Ihr vom raschen, heftigen Atem bewegter Körper zeigte, dass neue Leidenschaft in ihr aufgewacht war. Ein Entschluss arbeitete sichtlich in ihr und gab ihr zum Schweigen die Kraft. Auch als sich Xaver nach einer Weile erhob und mit einem freundlichen Dankeswort für ihre Bemühungen um ihn zum Fortgehen rüstete, blieb sie gehalten und wortkarg.

Sobald er jedoch die Tür hinter sich geschlossen hatte, stürzte sie in ihr Schlafzimmer und kam ein paar Augenblicke später in verwandelter Gestalt wieder heraus.

Ein langer, dunkelbrauner Lodenmantel, dessen Kapuze sie sich über den Kopf gezogen hatte, hüllte sie völlig ein, verbarg ihre flimmernde Salome-

Tracht und ließ die Theaterfürstin zur nonnenhaft finsteren Erscheinung werden.

Mit hastigen, leisen Schritten durcheilte sie des Korridors billige Pracht und schlüpfte, von ihrer Quartiergeberin ungesehen und ungehört, aus der Tür hinaus und über die Treppe zur Straße hinunter.

Die Gegend, in der sie wohnte, war nicht sehr belebt, und bald bog die Gestalt ihres Mannes, den ihr Blick sofort eingeholt hatte, seitwärts in Villenstraßen ein, die noch stiller und menschenleerer zwischen Gärten und Baumreihen dalagen. Auch war hier die Beleuchtung spärlicher als in der Innenstadt.

Afra durfte trotzdem nicht nahe herankommen, damit er ihren Schritt nicht vernahm und sich nach ihr umschaute, doch konnte sie sich auf ihre guten Augen verlassen und gab die Männergestalt vor ihr auch in dem tiefen Baumschatten, der den eilig Schreitenden unter den hoch auf gehangenen elektrischen Lampen manchmal umhüllte, nicht frei.

Hier war tiefe Stille ringsum, nur Hundegebell klang mitunter aus einem der Gärten. Auf den schönen Tag war ein schöner Abend gefolgt. Vom klaren Himmel sahen unzählige Sterne mit neugierig hellen Augen durch einen feinen, herbstlichen Dunstschleier herab. Doch Afra hatte mit Gehör für den leisen Klang von des verfolgten Mannes Fuß, nur Blick für seine dunkle Gestalt in der Ferne. Gleich einem bösen Geist schlich sie hinter ihm her, jede Schattendeckung mit geschärften Sinnen suchend und nützend.

Jetzt blieb er stehen, und auch sie hemmte den Schritt im selben Moment, wie plötzlich festgehalten. Xaver stand etwa hundert Schritte von ihr entfernt auf der anderen Seite der Straße vor der eisernen Gittertür eines großen Gartens.

Das Gitter setzte sich rechts und links davon auf eine ansehnliche Strecke hin fort, vom zugehörigen Haus war keine Spur zu sehen. Es lag entweder mitten im Garten, unter Bäumen versteckt, oder an einer anderen Straße jenseits des Gartens. Nur ein kleiner Pavillon mit weit vorspringendem Dach unterbrach das Gitter links von der Tür und nicht weit von ihr entfernt.

Afra konnte das erkennen, indem sie nach dem augenblicklichen Stehenbleiben wieder ganz langsam vorwärtsging. Sie durfte das wagen, denn gerade hier war dämmeriger Schatten von tief herabhängenden Zweigen, der die dunkle Gestalt schwarz umhüllte. So kam sie näher heran, konnte hören, dass die Gittertür sich öffnete.

Von einer Glocke vernahm sie nichts, – ein Zeichen, dass der Gekommene drinnen erwartet worden war. Das trieb

Afra vorwärts, rasend, besinnungslos, um ein Wort wenigstens aufzufangen, das drüben gesprochen wurde.

Doch die Menschen an der Gittertür waren zu sehr mit sich selbst beschäftigt, um einen Blick für die dunkle Gestalt auf der anderen Seite der Straße zu haben. Vernehmlich klang der Ton einer Frauenstimme zu der bebend Lauschende hinüber, der Ton einer tiefen, melodischen Stimme.

»Das ist schön, dass Sie Wort halten. Bitte, kommen Sie herein.«

Das Dunkel des Gartens verschlang die beiden Gestalten, die Gittertür fiel mit einem vorsichtig leisen Klang in ihr Schloss. Afra stürzte vorwärts, dorthin, wo sich ihr gegenüber ein erleuchtetes, mit weißgelbem Vorhang von innen verhülltes Fenster in des Pavillons nächtlich schwarzer Wand hell abzeichnete. Für einer Sekunde Dauer wurde jetzt auf diesem Vorhang, einer Figur im Schattenspiel ähnlich, der Oberkörper, der Kopf einer Frau deutlich sichtbar, um sofort wieder zu verschwinden.

Aber ein Blick darauf hatte genügt, um Afras Leidenschaft zu neuem Sturm aufzupeitschen, sie war gewiss, an der scharf auf dem Vorhang abgemalten Linie des Profils den Kopf der Frau zu erkennen, deren Anblick ihr verhasst war bis in den Tod. In sinnloser Wut stürzte sie zu der Pforte hinüber und rüttelte vergeblich daran, suchte nach einer Glocke, die sie nicht fand, um dann wieder auf den vorigen Platz zurückzulaufen und ihre geballten Fäuste gegen das helle Fensterviereck im Pavillon hoch erhoben zu schütteln.

Ihr Mantel fiel auseinander, in weißem Schimmer leuchteten die nackten, drohenden Arme mit ihrem Schmuck aus goldenen Reifen durch das ruhige Wechselspiel von Schatten und Licht. So stand sie dort als eine fantastische, wilde Verkörperung von Wut und Rache.

Drittes Kapitel

Das emsige, dumpfe Bienensummen, das ganz vollen Theatern eigen ist, erfüllte das Haus mit seiner sonderbaren Musik. Es war, als ob die Nervensaiten in all den erwartungsvollen, aufgeregten Menschen hörbar erklangen. Der erste Teil des Programms war vorüber, von manchen ganz versäumt, von den Übrigen mit halber Teilnahme, mit lautem Beifall betrachtet.

Jetzt jedoch hatten sich in der Pause sämtliche Plätze gefüllt. Xaver Stielers Auftreten stand unmittelbar bevor, – sein drittletztes Auftreten! Unzählige waren gekommen, um den Wundermann doch noch kennenzulernen, bevor er für immer entschwand. Unzählige wollten die schon genossene Freude seines Anblicks noch einmal erneuern.

In der Mittelloge des ersten Rangs, der Bühne gerade gegenüber, saß Hanna Rainer neben der schweigsamen Kommerzialrätin Hell und ihrer Tochter, der gesprächigen Liselotte. Hannas Gesicht war ein wenig umwölkt, Spannung oder Ärger hatten leichte Zeichen in ihre Stirn gegraben.

Wenn sich in der Nähe eine Logentür öffnete, schaute sie schnell dorthin, um ihre Blicke jedes Mal enttäuscht wieder abzuwenden.

Liselotte machte eine leichte, grüßende Verbeugung nach unten. Dann wandte sie sich mit leisem, raschem Geplauder an Hanna.

»Dein Hans Heiling hat uns eben gegrüßt. Schnell, schnell, grüß' ihn wieder, sonst endet er durch Selbstmord.«

»Lass doch die Scherze, Liselotte.«

»Das ist kein Scherz, Hanna, das ist eine kolossal ernste, tragische Sache. So was von Verschossenheit, wie sie dein Herr Vetter für dich zeigt, ist mir in meiner ganzen, allerdings ja noch kurzen Praxis bis jetzt niemals und nirgends vorgekommen. Ich glaube, dass ich dem nicht widerstehen könnte, wenn es mir passierte. Mach ihm doch ein freundliches Gesicht. Ich möchte so gern einmal sehen, wenn seine melancholische Visage sich aufheitert.«

Hanna hatte inzwischen den Gruß auch erwidert, aber ihre Züge waren dabei durch keinen freundlichen Strahl erhellt worden. Und so zeigte der emporblickende Männerkopf auch keinen Abglanz von solch einem Licht. Liselotte hatte nicht unrecht, wenn sie von einem Hans Heiling sprach.

Das gelblich bleiche Gesicht, in dem die schwarzen Augen unter dicken, beinahe zusammenstoßenden, wie mit einem breiten Kohlestift gemalten Augenbrauen auch in dunkler Kohlenglut brannten, war im Kranz seines sehr dunklen Vollbarts dem des Geisterfürsten in der Oper sehr ähnlich.

Die Wirkung dieses merkwürdigen Kopfes wurde noch dadurch gehoben, dass der Mann sich ganz allein in einer unerleuchteten Dienstloge direkt an der Bühne befand.

Überall sonst nahe zusammengedrängte, hell beleuchtete Köpfe, hier dieses bleiche Gesicht gleich einem Bildnis auf dunklem Hintergrund vor der finsteren Tiefe der Lage, von ihrer weißgoldenen Barockumfassung eingeschlossen wie vom Rahmen eines Gemäldes. Die schwarzen Augen schauten doch unablässig empor zu dem Platz, wo Hanna saß.

»Ach, der Glückliche!«, fing Liselotte wieder an.

»So jeden Tag hier im Theater sitzen zu können, diesen himmlischen, himmlischen Xaver Stieler immer wieder sehen zu können…«

»Sag' lieber sehen zu müssen«, unterbrach Hanna sie.

»Das ›Muss‹ macht manches Vergnügen zur Qual. Mein Vetter zählt seine Pflichten als Theaterarzt keineswegs unter die Freuden des Lebens.«

»Dann sag' deinem Vetter Glaritz nur von mir, dass er sehr dumm ist. Ja, ja, du kannst es ihm ruhig bestellen, ich fürchte mich durchaus nicht vor seinen Heilings Augen und vor diesen fürchterlichen schwarzen Augenbrauen, die, wenn er sich ärgert, zucken wie die Flügel eines Vogels, der fortfliegen will. Aber Hanna«, sie beugte sich ein wenig näher zu der Angesprochenen und sagte mit noch leiserer Stimme, »süß muss es doch sein, so geliebt zu werden von solch einem hochbegabten und interessanten Mann.«

»Hat er zu dir von seiner Liebe gesprochen?«

»Mir? Nein«

»Mir auch nicht. Also stehen wir gleich in diesem Punkt. Und ich möchte dir doch raten, weniger über Dinge zu reden, von denen dir niemand etwas gesagt hat.«

»Puh, war das eine Moralpauke, die sich gewaschen hat. Kurz, aber bündig. Du bist heute schlechter Laune, Hanna, du bist nervös. Gut, ich werde mich in Schweigen hüllen, das kann ich nämlich ganz gut. Ach, da sitzt ja der Leutnant Grabert auch. Der ist gewiss gekommen, weil ich es ihm gesagt habe.«

»Du?«

»Jawohl. Ich bin ihm vorgestern begegnet. Er hatte Xaver Stieler noch nicht gesehen, denke dir. Da hab' ich ihm gesagt, er muss ihn unter allen Umständen sehen.«

Das helle, seltene Lächeln kam wieder auf Hannas Gesicht.

»Vielleicht hat auch ein stärkerer Magnet ihn hergezogen.«

»Ich? Ach, das wäre großartig, wenn er sich etwas aus mir machte.«

»Getanzt hat er letzten Winter doch genug mit dir.«

»Er tanzt himmlisch, Hanna. Nur jammerschade, dass er nicht mehr in Uniform ist, entzückend hat er immer ausgesehen. Jetzt ist er bei der Polizei, hat er mir neulich auch erzählt, – aber ganz im Vertrauen.«

»Ich werde nichts verraten.«

»Himmlisch, himmlisch, da kommen die Musiker, nun geht es gleich an. Mutter pass auf. Zuerst kommt Stieler im grünen Frack und jongliert, ich weiß das alles jetzt schon ganz genau. Todschick sieht er aus in dem Frack, – ach, ich glaube wirklich, dass er ein Graf ist. Gib mir das Opernglas, Mutter, ich muss ihn ganz, ganz, ganz genau sehen.«

»Ja, Kind.«

Liselotte nahm und putzte das Glas mit ihrem Taschentuch, tanzte fast auf ihrem Stuhl umher vor Aufregung und richtete zur Abwechslung auch einmal wieder die Blicke hinunter auf den Kopf des Doktors Glaritz, auf dieses bleiche, dunkle Männerbild vor dunklem Hintergrund.

Jetzt begann die Musik. Noch ein gemischtes Geräusch von gerückten Stühlen, eiligen Schritten der ihre Plätze Suchenden, geschlossenen Logentüren, dann die tiefe Stille der Erwartung. Und nun öffnete sich wohl berechnet langsam der in der Mitte geteilte Vorhang aus schwerem Plüsch in der Farbe ganz dunkelroter Nelken. Ein Tusch wirbelte vom Orchester empor zur Bühne, und wie der Donner eines lange schon angesammelten Gewitters brach, der Beifall aus beim Anblick der schlanken, grünen, vornehmen Gestalt inmitten von allerlei buntem Theaterkram, zu dem sie selbst in ihrer echten Eleganz einen so fesselnden, prickelnden Gegensatz bildete.

Mit einem Lächeln, das ihm schon viele tausende Herzen gewonnen hatte, dankte Xaver Stieler, den schlanken, edlen Kopf nur ganz leicht verneigend. Liselotte kniff ihre Mutter in den fleischigen Arm vor Entzücken, und auch Hanna richtete das Glas mit Aufmerksamkeit auf den Beherrscher dieser Bühne, der in seinem kleinen, Flitter blinkenden Reich als ein großer Fürst gelten konnte.

Beiläufig, wie zum Scherz, fing er an, zu jonglieren. Seine Zigarre, sein Hut, seine Handschuhe wirbelten in der Luft umher. Orangen, Billardkugeln, Stühle folgten als Wurfgeschosse. Dann verschwand er für eine Sekunde hinter der Bühne, kam aber fast im selben Augenblick in verwandelter Gestalt wieder hervor. Er hatte mit unerhörter Schnelligkeit seine vorherige Kleidung abgeworfen und stand nun in fleischfarbenem Trikot vor den betroffenen, mit neuem Beifallsjubel ihn begrüßenden Zuschauern. Und sein Anblick war tatsächlich ein Genuss. Kein Muskelmonstrum, ein schlanker, schöner Adoniskörper stand vor den bewundernden Augen, von rasch herbeigebrachten Kanonenkugeln und schweren eisernen Gewichten drohend umgeben.

Wieder sein leichtes, liebenswürdiges vornehmes Lächeln, und er begann das vorherige Spiel mit veränderten Waffen. Leicht wie die Billardkugeln und Orangen tanzten die Kanonenkugeln in der Luft herum, scheinbar mit gleich geringer Anstrengung empor geschleudert.

»Himmlisch, himmlisch, – ist er nicht himmlisch?«, flüsterte Liselotte Hanna zu. »Wenn ich ihn doch so fotografiert bekommen könnte! Klassisch ist er, geradezu klassisch! Aber dein Heiling ist wirklich verrückt. Statt sich diesen Wundermenschen anzusehen, starrt er immer noch unausgesetzt hierher. Ich hätte Lust, ihm die Zunge herauszustrecken, – mein Gott!«

Sie hatte fast laut aufgeschrien, und von vielen Frauenlippen erklang im selben Augenblick ein ähnlicher Schreckenslaut. Er gab Antwort auf einen dumpfen, schweren, krachenden Ton, der von der Bühne hergekommen war, der Ton stürzenden, das Podium beinahe durchschlagenden Eisens. Eine der sonst unfehlbar aufgefangenen Kanonenkugeln war der sie greifenden Hand entglitten und hatte das heitere Spiel der Kraft mit ihrem Donnerlaut gestört.

»Aber das ist ja nicht möglich«, rief Liselotte. »Stieler verfehlt ja doch niemals, niemals, niemals etwas. Ich habe das noch ganz kürzlich in der ›Tribüne‹ gelesen. Das ist ein Hauptgrund für seinen fabelhaften Ruf. Er ist Wetten eingegangen, – über zehntausend Mark, steht in der Zeitung, – dass ihm niemals etwas misslingen kann, und hat sie glänzend gewonnen. Was ist nur heute los mit ihm? Sieht er nicht ein wenig blass aus unter der Schminke? Mein Gott, wenn er krank wäre?«

Hanna gab keine Antwort, sie richtete nur das Glas fest und lange auf Stielers Gesicht. Er selbst schien betroffen, verwirrt. Ein Ausdruck wütenden Ärgers verzerrte seine Züge für einen Moment und er warf einen Blick auf die gefallene Kugel, als ob er einen lebenden, heimtückischen Gegner vor sich hätte. Dann siegte doch die gewohnte Schulung. Das Künstlerlächeln, das bei ihm so viel natürliche Liebenswürdigkeit hatte, kam wieder auf sein Gesicht.

Mit einer leichten Hand- und Schulterbewegung, aus der man eine Bitte um Entschuldigung herauslesen konnte, nahm er sein Spiel wieder auf, sprang auf die widerspenstige Kugel zu, packte sie fest gleich einem ungehorsamen Diener und machte sie mit ihren Genossinnen aufs Neue zum Spielzeug seines Willens. Jetzt gelang, was vorher

fehlgeschlagen war, und nun donnerte das Beifallgewitter wieder durch das Haus.

Auch was der Künstler zunächst verführte, gelang. Als erstklassiger Schulreiter auf einem stolzen Rappen, als japanischer Zauberkünstler, als Turner am Reck erschien er in immer neuer und reizvoller Gestalt. Nur einem aufmerksamen Auge vielleicht war es bemerkbar, dass eine gewisse Schlaffheit seine Bewegungen mehr und mehr lähmte, dass ein müdes, krampfhaftes Verziehen der Lippen sein Gesicht entstellte.

Dann kam ein Augenblick, – Stieler hätte jetzt abtreten müssen, um sein Äußeres wieder zu verwandeln, – in dem er gedankenlos in der Mitte der Bühne stehen blieb und mit weit aufgerissenen Augen vor sich hinstarrte. Hanna kam es vor, als ob er gerade sie mit seinen Blicken suchte. Sie wurde blass vor Überraschung und Schrecken. Jetzt klang aus den Kulissen auch schon die tiefe Stimme des

Regisseurs hervor, die mit erstaunter Mahnung. »Herr Stieler, Herr Stieler!« auf die Bühne rief.

Und nun war es, als ob Xaver aus einem tiefen Schlaf erwachte. Mit einer Hand über die Stirn streichend, mit seinen erstaunten Blicken von rechts nach links und von links nach rechts einen doppelten Halbkreis über das Publikum hin beschreibend blieb er noch ein paar Sekunden auf seinem Platz in der Mitte der Bühne stehen. Dann ging er mit müden, schweren, langsamen Schritten in die Kulissen.

Das Publikum war erschrocken und bestürzt. Kein Beifall- oder Missfallenzeichen wurde laut, aber das Bienensummen verstärkte sich zum starken, meeresähnlichen Brausen.

»Was kann das nur sein?«, rief Liselotte. »Was kann das bedeuten? Ist er krank oder…«

In ihren angstvollen Fragen wandte sie sich seitwärts, rückwärts und erblickte dabei den Grafen Stefan, der vor Kurzem in die Loge getreten war und ganz leise den Platz hinter Hanna eingenommen hatte.

»Da sind Sie ja doch noch, Graf Hersberg. Wissen Sie's auch nicht, was mit Xaver Stieler los ist? Nein? Mein Gott, ich vergehe vor Angst um den himmlischen Menschen. Wenn doch Doktor Glaritz nach ihm sehen wollte, der Unglücksmensch aber starrt immer noch hierher. Hurra, die Musik fängt wieder an, es muss ihm besser gehen. Gott sei getrommelt und gepfiffen!«

Wirklich ließ die Musik nach einem unbehaglichen Schweigen ein kurzes Vorspiel ertönen, Theaterdiener in brauner Livree trugen allerlei Musikinstrumente hastig auf die Bühne.

»Ja, ja, jetzt kommen seine musikalischen Virtu-osenkünste«, sagte Liselotte. »Das ist großartig, Mutter, pass nur gut

auf. Sieh, die blanken Hängedinger sind lauter Schellen, verschieden abgestimmt. Er spielt ein paar famose Stücke darauf. Und hinterher arbeitet er auf dem Xylofon und noch mit anderen Phons, von denen ich die Namen vergessen habe. Gefällt er dir nicht auch riesig? Du musst mir doch kolossal dankbar sein, dass ich dich heute überredet habe, mitzukommen.«

»Ja, Kind«, gab die Kommerzienräten mit immer gleichem Phlegma zur Antwort. Während ihre Toch-ter so lebhaft auf sie einsprach, benutzte Hanna die Gelegenheit, um durch einen Blick mit umgewand-tem Kopf an den Grafen Hersberg eine Frage zu richten.

Er aber flüsterte, sich weit vorwärts beugend: »Es war mir unmöglich, zu kommen, mit bestem Willen unmöglich. Mein Chef hat mich gar zu lange festgehalten.«

Sie neigte nur ein wenig den Kopf und wandte die Blicke zur Bühne zurück. Xaver Stieler war eben wieder aufgetreten, diesmal in spanischer Tracht: eine Jacke aus rotem Samt, Kniehosen von glei-chem Stoff, seidene weiße Strümpfe, ein roter sei-dener Mantel, malerisch um den Oberkörper ge-schlungen. Er hätte prachtvoll ausgesehen, wenn das verzerrte, krampfhaft verzogene Gesicht, wenn der halb geöffnete, scheinbar mühsam nach Atem ringende Mund nicht gewesen wären.

Die Musik schmetterte den Torero Marsch aus Carmen, den Stieler am Nachmittag auf dem Weg zu seiner Frau gesummt hatte. Mit rascher

Schneidigkeit hätte nun der Spanier die Bühne zweimal zu diesen Klängen umkreisen sollen, er aber beschrieb langsam und schwerfällig in der vorgeschriebenen Zeit nur einmal den Kreis, ergriff dann einen Stuhl bei der Lehne, der vor dem schellenbehangenen Gerüst aufgestellt war, und fiel schwer darauf nieder. Die Musik endete, nun sollte sein Spiel beginnen. Und wirklich griff er nach einem kleinen, dumpfen Schweigen, das gleich einer schweren Wolke sich über die gedrängte Menschenmenge legte, nach einigen von den Muschelschalenbänder und begann sie zu schütteln. Aber keine Melodie formte sich.

Ein Wirrwarr unharmonischer Töne kam heraus, machte das Publikum erstaunt, unwillig, ärgerlich. Zurufe klangen von der Galerie herab, einzelne standen von Unruhe getrieben in den Logen auf – unter ihnen auch Stefan Graf Hersberg. In seltsamem Gegensatz dazu schien Xaver Stieler Freude zu haben an seiner kindisch wirren Musik. Das verzogene Gesicht verlor seinen krampfhaften Ausdruck, überzog sich mit einem glücklichen, friedvollen Lächeln. Dann ließ er die Hände sinken, dass die hässlichen Töne mit einem letzten leisen Klingen erstarben, lehnte den Kopf zurück und schloss die Augen. Und in das tiefe Schweigen hinein, das jetzt entstanden war, klang es deutlich geflüstert von seinen Lippen: »Wie schön das ist!« Sein Kopf neigte sich zur Seite, der Oberkörper folgte, wie von einer schweren Last hinübergezogen, verlor das Gleichgewicht, glitt vom Stuhl hinunter und fiel schwer zu Boden.

Ein ungeheurer Aufruhr entstand. Eilig verhüllte der dunkle Vorhang das traurige Bild auf der Bühne, die Zuschauer sprangen alle von ihren Sitzen empor, fragten, riefen, schrien durcheinander. Graf Stefan war offenbar einer von den tief Erschütterten. Aber in ihm weckte der Schrecken die Tatkraft. Er sagte, zu Hanna gewandt: »Ich gehe hinunter, ich muss auf die Bühne. Mir werden sie den Eintritt nicht verweigern.«

»Ja, ja«, rief Hanna. »Gehen Sie rasch und berichten Sie mir gleich morgen, was es war.«

Mit einer leichten, flüchtigen Verbeugung vor den Damen verließ der Graf die Loge. Jetzt begann Liselottes neugieriges Fragen. »Wo will er hin? Auf die Bühne? Mein Gott, wenn ich doch mitkönnte! Wenn uns der Graf doch nur gleich erzählen wollte, was eigentlich passiert ist. Aber ich glaube, man wird niemanden auf die Bühne lassen, auch der Graf kommt sicher gleich wieder, solange müssen wir jedenfalls noch auf ihn warten.«

Hanna war aufgestanden gleich allen übrigen, ihr Gesicht war leichenblass. Und ihre Stimme klang rau bei den Worten: »Graf Stefan wird man schon einlassen. Darauf hat keiner näheres Recht als er. Denn Xaver Stieler ist in Wirklichkeit selbst ein Graf Hersberg, – und Graf Stefan ist sein Bruder.«

Während Liselotte mit Rufen des Erstaunens und ununterbrochenen Fragen diese Nachricht begrüßte, während noch einmal dann tiefe Stille das Haus für einen bangen Augenblick umfing, als der Regisseur vor den geschlossenen Vorhang trat und erklärte, dass die Vorstellung abgebrochen werden müsste, weil Herr Stieler plötzlich schwer erkrankt sei, während sich das Theater auf diese Nachricht hin langsam leerte, herrschte droben auf der Bühne noch mildere Bestürzung und Verwirrung als unter den so jäh von heiterem Spiel zu trauriger Wirklichkeit erwachten Zuschauern. Der Direktor, ein kleiner, gelbsüchtiger Mann mit großen Eulenaugen und langer, gebogener Nase, lief hilflos von rechts nach links, von links nach rechts über die Bühne.

»Was kann es bedeuten, was kann ihm fehlen, womit können wir ihm helfen? Ich bin ein ruinierter Mann, wenn er morgen und übermorgen nicht auftreten kann. Zwei bis unters Dach ausverkaufte Häuser. Wenn er, – Gott sei Dank, da sind Sie ja, Herr Doktor. Sehen Sie nach dem Stieler, – Sie müssen ihm helfen, er muss morgen wieder auftreten können.«

Es war Doktor Glaritz, der Theaterarzt, den er so begrüßte. Bei den letzten, aufregenden Vorgängen auf der Szene war auch er aufgestanden und – nicht ohne vorher noch einen letzten Blick nach Hannas Loge hinaufzuwerfen – durch eine kleine Tapetentür, die den direkten Zugang zur Bühne für ihn vermittelte, rasch hinausgegangen. Er schob den auf ihn einredenden Direktor bei Seite. »Lassen Sie mich sehen.«

Zwei von den braun gekleideten Theaterdienern waren um Stieler bemüht. Sie hatten den zu Boden gestürzten Körper emporgehoben und wieder auf den Stuhl gesetzt.

So saß er, von den Dienern gestützt, mit hinten über gesunkenem Kopf und gläsernen, weit offenen Augen. Einige von den Mitwirkenden, die den ersten Teil der Vorstellung mit ihren Künsten ausgefüllt hatten, standen umher, im bereits wieder angelegten Zivil, all ihres Flitterglanzes entkleidet. Gleich einem Blitz war das Ereignis des Abends eingeschlagen in die bunte, scheinbar so heitere Welt, und mit bloßen, verstörten Gesichtern schauten die Tänzerinnen und Akrobaten auf den jäh niedergestreckten Beherrscher ihres Reiches. Einer von den Künstlern vor allem, dem die gebräunte Farbe seines Gesichts eine ferne Tropenheimat anwies, war so betroffen, dass ihm alle Glieder zitterten, die Zähne hörbar aufeinanderschlugen. Er war vor dem leblosen Körper so weit wie möglich zurückgewichen, hatte sich mit rückwärts greifenden Händen an eine der Kulissen geklammert und starrte von dort unausgesetzt auf den Körper, der sonst ganz Bewegung und Leben gewesen und nun plötzlich so still und starr geworden war.

Mit raschen Schritten war Glaritz an den Stuhl herangetreten, hatte sich über Stieler gebeugt, war niedergekniet und hatte sein Ohr auf die eilig freigemachte Brust gelegt. Während er noch kniete, war hinter den Kulissen ein leiser Wortwechsel entstanden, und nun eilte der Direktor dorthin, um zu sehen, was es gab.

Drei Personen waren dort eingetreten. Zwei von ihnen, den diensthabenden Polizeikommissar und einen von ihm eingeführten, zufällig auch im Theater anwesenden Gerichtsarzt hatte der am Bühneneingang aufgestellte Diener ohne Schwierigkeiten eintreten lassen, während er einem Dritten, der aufgeregt nach dem Direktor verlangte, den Zutritt verweigern wollte.

Das war Graf Stefan, der nun dem Direktor seine Visitenkarte und eine Legitimation vorwies.

»Ich denke, Herr Direktor, Sie werden in die Hersbergschen Familiengeheimnisse genügend eingeweiht sein, um zu wissen, dass Xaver Stieler in Wahrheit Botho Graf Hersberg heißt. Und wenn Sie meine Karte lesen, werden Sie kaum leugnen können, dass ich als Bruder Xaver Stielers mit zur Familie gehöre.«

»Sein Bruder, – mein Gott, gewiss, – ja, ja, vor mir hat er mit seinem Namen kein Geheimnis gemacht, – kommen Sie herein, Herr Graf, – Gott gebe, dass er sich bald erholt.«

Sie betraten die Bühne, wo Totenstille herrschte. Die Schritte der Eintretenden machten das einzige Geräusch.

Aber auch das verstummte sofort.

Alle standen und schauten regungslos auf des Arztes bleiches, vom schwarzen Bart umrahmtes Gesicht, als könnten sie von ihm ablesen, ob er noch Leben in dem Herzen fand, auf dem sein Kopf horchend ruhte.

»Botho, – Botho!«, sagte Graf Stefan leise, während er behutsam zu dem bewusstlosen Körper herantrat. Er war nun auch bleich geworden. Sein gewohnter, leichter Ton, der in den Worten zum Direktor noch durchgeklungen war, schien unter einer schweren Last erstickt.

Von einem Fuß auf den anderen tretend, seine Hände krampfhaft ineinander bewegend, als wenn er sie wüsche, zwang sich der Direktor zum Schweigen, solange Glaritz neben dem Körper Xaver Stielers kniete. Jetzt aber war des Arztes Untersuchung offenbar beendet, er stand direkt auf.

Auch in ihm arbeitete sichtlich eine starke Bewegung. Er atmete tief auf und stand noch eine Sekunde lang schweigend. Luftbedürftig war sein Mund geöffnet, seine weißen Zähne blitzten unter dem schwarzen Bart hervor.

Jetzt hielt es den Direktor Steinberg nicht länger.

»Sprechen Sie doch, reden Sie doch, Herr Doktor. Geht es ihm besser, wird er morgen auftreten können?«

»Der Mann da tritt niemals mehr auf. Xaver Stieler ist tot.«

Eine tiefe Stille legte sich ein paar Augenblicke lang auf die Bühne mit ihrem Flitterkram, wo der Tod jetzt eben
eine Gastrolle gab.

»Mein Gott, mein Gott«, murmelte Stefan, der als Erster wieder zu sprechen begann.

»Das alles ist mir, – ich weiß wahrhaftig nicht, – ja, war er denn krank? Hat mein Bruder über Unwohlsein geklagt vor seinem Auftreten?«

»Ihr Bruder?« Glaritz war es, der die Frage tat.

Er war plötzlich herumgefahren bei den Worten des Grafen.

»Ja, ja, Herr Doktor, mein Bruder. Sein Inkognito ist bis heute gewahrt geblieben, aber vor dem gestrengen Herrn, der hier heute sein Machtwort gesprochen hat, hilft ja kein Komödien spielen. Sagen Sie mir nur, wie war das alles möglich? Was halten Sie für den Grund von meines Bruders Tod?«

Glaritz hatte sich hoch aufgerichtet er war jetzt ganz der kühle Mann der Wissenschaft.

»Mir scheint kein Zweifel möglich, dass ein Herzinfarkt seinem Leben ein Ende gemacht hat.«

Während Stefan sprach, war Doktor Stägemann, der Gerichtsarzt mit ein paar leisen Schritten zu der Leiche herangetreten. Er war ein Mann mit scharfem, selbstbewusstem Gesicht, aus dem die grauen Augen durch gelblich gefärbte Brillengläser hervorschauten. Mit kaltem, hochmütigem Tone sprach er zu Glaritz: »Verzeihen Sie, Herr Kollege, wenn ich dem widerspreche. Mir scheint ein Herzinfarkt sehr zweifelhaft.«

»Warum?«

»Weil verschiedene Symptome mir auf eine Vergiftung hinzudeuten scheinen.«

»Eine Vergiftung?«

»Jawohl, und auf eine von der ganz besonderen Art. Ich würde wahrscheinlich urteilen wie Sie, wenn ich nicht ein paar Jahre drüben in Indien gewesen wäre. Dort gibt es ein Pflanzengift, von dem genau diese Wirkung ausgeht, wie wir sie hier bei dem Gestorbenen im hellen Bühnenlicht heute bemerken konnten.

Ich habe zur Beobachtung der eigenartigen Wirkung dieses Giftes dort Gelegenheit gehabt. Schon bei der Vorstellung ist mir darum einiges aufgefallen, was Ihnen vielleicht entgangen ist, und ich habe das gleich hinterher auch dem Herrn Kommissar Bauer gesagt.«

Zweifelnd bewegte Glaritz den Kopf. »Ich muss an meiner Überzeugung festhalten. Die Symptome lassen sich mit einem Schlaganfall sehr wohl vereinigen.«

»Wir wollen darüber jetzt nicht streiten, Herr Kollege Jedenfalls muss ich den Herrn Polizeikommissar bitten, eine gerichtliche Untersuchung des Falles veranlassen zu wollen.«

»Auch das noch, – auch das noch!«, rief der entsetzte Direktor. »Ich bin ein ruinierter Mann.«

Der Kommissar, ein schwerer und langsamer Mensch mit einem gutmütigen, runden Seehundegesicht und langem, struppigem Seehundebart, räusperte sich, um sich den amtlichen Ton zu geben.

»Jawohl, Herr Sanitätsrat, ich werde das Nötige veranlassen. Die Leiche gilt als beschlagnahmt. Hier auf der Bühne und in den Garderobenräumen darf nichts angerührt oder verändert werden. Meine Leute werden die Wache für die Nacht übernehmen. Ist vielleicht noch jemand von seinen Angehörigen zu benachrichtigen?«

»Ich werde telegrafieren, – an unseren alten Herrn«, sagte Graf Stefan.

»Aber, sie, – das müsste sie doch auch noch erfahren…« sagte der Direktor hilflos und ganz unsicher.

»Wer?«, fragte der Kommissar.

»Sie, – seine Frau, – die Baratta.«

Bei diesem Namen trat wieder ein Staunen auf Glaritz' Gesicht, doch er fragte nichts.

Der Kommissar fragte noch: »So, das ist seine Frau? Ja, können Sie nicht an die telefonieren? Die ist doch auch hier in der Stadt.«

»Telefonieren, jawohl«, erwiderte der Direktor und eilte mit unsicheren, stolpernden Schritten hinaus.

Und nun herrschte noch einmal für ein paar Minuten das tiefe, große Schweigen des Todes auf der hell erleuchtet gebliebenen, von allerlei blanken Reflexen durchzuckten Bühne. Regungslos warteten die dort Versammelten auf das Wiederkommen des Direktors, der einer Frau den Tod ihres Mannes verkünden durfte.

Jetzt kam er zurück. Die Schultern hochziehend, hob er die Hände mit ausgespreizten Fingern. »Das war vergeblich.

Afra Baratta ist vor einer Stunde nach St. Petersburg abgereist.«

Viertes Kapitel

Der nächste Morgen war hell und herbstlich schön wie der vergangene Tag und brachte sogar in den kühlen Amtsraum des Untersuchungsrichters Germelmann etwas von seiner gütigen Freundlichkeit. Auch auf dem runden Gesicht Germelmanns lag ein Glanz von jovialer Helle. Seinen vollen Körper bequem in den tiefen Sessel vor dem Schreibtisch zurücklehnend, sprach er in gemütlichem Ton zu dem Polizeikommissar Bauer, der sich auf seinen Wink einen Stuhl genommen und ihm gegenüber hinter den frei mitten im Zimmer stehenden Schreibtisch gesetzt hatte.

»Na, da bin ich neugierig, was bei der Geschichte herauskommt. Ich neige mich vorläufig zu der Diagnose von Doktor Glaritz, der auf Herzinfarkt schließt. Solch ein Giftmord auf offener Bühne. Die Geschichte sieht mir doch etwas allzu theatralisch aus. Wir wollen jedenfalls nichts versäumen. Schießen Sie los und berichten Sie mir, was Ihre Recherchen ergeben haben. Los, wer nicht anfängt, wird auch nicht fertig.«

Er lachte behaglich und setzte sich noch bequemer im Sessel zurecht, während Bauer seinen Oberkörper militärisch geraderichtete.

»Herr Amtsgerichtsrat müssen verzeihen, wenn ich in Bezug auf das Vorliegen von einem Herzinfarkt oder Schlaganfall in aller Bescheidenheit widerspreche. Der Herr Sanitätsrat hat mir verschiedene Symptome von solch einer indischen Vergiftung so deutlich nachgewiesen, dass ich doch ein wenig misstrauisch geworden bin. Dabei soll ein langsames, aber intermittierendes Erlöschen der Lebenskraft eintreten, sodass der Vergiftete zwischendurch wieder vollkommen frisch erscheint, ganz genau, wie das gestern auch bei dem Herrn Stieler der Fall war. Dann aber entwickelt sich eine immer tödlichere Müdigkeit, bis der Betreffende schließlich ruhig und sanft, scheinbar mit ausgesprochenem Lustgefühl einschläft. Darum nennt man dies indische Gift auch – ich habe das indische Wort vergessen, – auf Deutsch heißt es: ›Der glückliche Tod‹.«

»Gar kein übles Tränkchen, dieses Gift«, sagte Germelmann. »Über gewisse Situationen des menschlichen Lebens und Sterbens könnte man sich damit ganz angenehm weghelfen.«

»Der Herr Sanitätsrat sagt auch, dass man damit von Weitem vergiften kann, insofern die Wirkung nämlich nur ganz langsam und allmählich im Verlauf von ein paar Stunden erst eintritt. Scheinbar gesund und munter, kann der Mensch, den man vergiftet hat, von dem Ort fortgehen, wo das Geschehen ist, und erst weit weg fängt er an, die Wirkung zu spüren. Das ist nun allerdings auch, wenn ich mir die Bemerkung erlauben darf, ein Grund, weshalb der nächstliegende Verdacht sich vielleicht nicht wird, aufrechterhalten lassen.«

»Vielleicht wird sich gar keiner aufrechterhalten lassen. Ist mir immer noch zu romantisch, die Geschichte. Welchen Verdacht meinen Sie denn?«

»Ich habe vorhin wohl allzu kurz und nicht mit aller gebotenen Deutlichkeit berichtet. Aber ich erlaubte mir bereits mitzuteilen, dass Herr Stieler schon, als er seine Garderobe verließ und hinter die Kulissen kam, ein leichtes Unwohlsein, oder besser gesagt, eine gewisse Müdigkeit und Abspannung verspürte. Darum bat er, obwohl er sonst nur sehr wenig trank, den indischen Zauberkünstler Amaru, der im ersten Teil des Programms mitgewirkt hatte, bereits wieder umgekleidet war, ihm eine halbe Flasche Champagner zu besorgen. Er wollte nur ein Glas davon trinken, um sich anzuregen. Das tat er auch, hinterher hat er in seiner liebenswürdigen Manier – das ganze Personal schwärmte für ihn – die angebrochene Flasche dem Feuerwehrmann Huberbeck, der auf Posten in der ersten Kulisse stand, geschenkt. Na, mein Huberbeck war nicht böse darüber und hat nach und nach den Wein, gleich aus der Flasche heraus, ganz gemächlich ausgepichelt. Hinterher hat er sodann die Flasche wieder auf den kleinen Tisch nahe bei seinem Posten hingestellt, wo Stieler ein paar Minuten gesessen hatte, um das eine Glas zu trinken. Glas und Flasche standen beide noch an ihrem Platz. Ich habe sie selbstverständlich sofort beschlagnahmt. Augenblicklich ist ein sachverständiger Chemiker mit ihrer Untersuchung beschäftigt.«

»Und Ihr braver Herr Huberbeck lebt noch?«

»Jawohl, er sitzt frisch und gesund auf dem Korridor draußen.«

Germelmann lachte. »Dann hat er eine sehr gute Gesundheit oder die Geschichte von dem vergifteten Wein ist eine Fabel.« Er schwieg einen Augenblick, ein wenig ernster geworden, und sagte dann: »Der Zufall ist allerdings verflucht sonderbar, dass dieser möglicherweise nach indischem Rezept vergiftete Wein dem armen Stieler gerade von einem Inder vorgesetzt worden ist. Haben Sie sich diesen Kunden einmal angesehen?«

»Selbstverständlich. Er ist ebenfalls auf dem Korridor draußen zur Vernehmung anwesend, ebenso Graf Stefan Hersberg, der Direktor Steinberg und Fräulein Josefine Fengefisch, genannt d'Otranto, bei der Afra Baratta – man bricht sich die Zunge fast ab bei diesen Theaternamen – hier wohnt.«

»Gut. Ich glaube, dann lassen wir zunächst einmal diesen indischen Zaubermann antreten. Den will ich mir doch ein bisschen genauer anschauen. Wer weiß, wann die Nachricht über die Sektion der Leiche aus der Anatomie kommt. Bitte, rufen Sie mir also den Herrn Amaru – so heißt er ja wohl – herein.«

Bauer ging zunächst zur Tür zum seitwärts gelegenen Zimmer, um den Protokollführer hereinzubitten. Das war ein junger, kleiner und hagerer Herr, ein Referendar Kleinhans mit ganz kurz geschnittenem rotem Haar und Monokel von bemerkenswerter Größe. Sobald er am Protokollantentisch an seinem Platz war, öffnete Bauer auch die Korridortür und rief als ersten Zeugen den indischen Zauberkünstler herein.

Es war derselbe schlanke Mensch mit brauner Haut und noch viel dunkleren braunen Augen, in denen das Weiße merkwürdig leuchtete, der am Abend vorher, an eine der Kulissen gelehnt, so gespannt und andauernd auf den Toten geschaut hatte. Seine Züge waren schlaff, als wenn er wenig oder gar nicht geschlafen hätte, sein Atem ging schnell. Er sprach ein gebrochenes, doch verständliches Deutsch.

Nachdem festgestellt worden war, dass er kein künstlich zurechtgemachter Theaterinder, sondern wirklich ein Sohn des fernen Sonnenlandes war, – er betonte seine Namensverwandtschaft mit einem berühmten indischen Dichter nicht ohne Stolz –

begann Germelmann mit der allmählichen Vernehmung.

»So, nun berichten Sie mir zunächst einmal, ob Sie mit Herrn Xaver Stieler näher bekannt waren.«

»Nicht näher, nein. Waren wir aber zweimal engagiert nebeneinander, hier und in Leipzig.«

»Haben Sie mit ihm auch außerhalb des Theaters verkehrt?«

»Nicht, nein. Gar nicht.«

»Sie sagen das in einem Ton, als wenn Sie keine Neigung dazu gehabt haben würden. Wie man mir erzählt hat, soll er doch sonst beim ganzen Personal außerordentlich beliebt gewesen sein.«

»Das war, – bei mir ist es gewesen zweierlei.«

»Zweierlei, – wieso?«

»Haben ich gehasst Herrn Stieler als Künstler, haben ich geliebt ihn als Mensch.«

»Und weshalb haben Sie den Künstler gehasst?«

»Weil er ist gewesen größer als ich in mein Fach. Wenn ich sonst bin, aufgetreten in eine Stadt, alles hat gerufen: ›Oh, oh, oh, müsst ihr sehen den Amaru‹. Wenn Stieler ist aufgetreten am selben Theater, alles hat gerufen: ›Oh, oh, oh, müsst ihr sehen den Xaver Stieler‹.«

»Es ist ja verständlich, dass Ihnen als Künstler das nicht angenehm war. Trotzdem haben Sie Herrn Stieler als Menschen geliebt, wie Sie sagen?«

»Ich hätte für ihn gehen können durchs Feuer. Er hat mich nur anzusehen brauchen mit seinem besonderes Lächeln, – oh, so hatte lächeln können kein Mensch auf der ganzen, weiten und großen Welt.«

Germelmann sah den Inder, in dessen Augen ein schwärmerisches Feuer aufgeflammt war, mit einem sorgfältig prüfenden, gütigen Blick ein paar Sekunden lang schweigend an. Bevor er selbst wieder zu sprechen anfing, begann der andere von neuem.

»Und er ist gewesen immer gütig zu mir. Gar nicht so wie ein großer Herr, was er doch gewesen ist in seine Kunst. Er hat mir zugesprochen gut, wenn ich war, traurig, weil niemand mehr hat, wollen so recht applaudieren bei mir. Oh, man bekommt ein Ohr für das Beifall, ob es ist von Herzen oder nicht. Und er hat mich besucht vor vierzehn Tagen, wann ich bin, gewesen krank, und hat mir gebracht angenehme Dinge zum Essen. Er ist gewesen gut, sehr gut. Ein echter wahrer Freund von mir.«

»Wenn Sie so freundschaftlich für den guten Menschen fühlten, der Ihnen als Künstler ja nun auch keine Konkurrenz mehr machen kann, werden Sie gewiss gern alles dazu beitragen, um das Dunkel aufzuhellen, das über seinem Tod liegt.«

»Aber gewiss, – ganz, ganz gewiss.«

»Ein Arzt hat, wie Sie wohl gehört haben, den Verdacht ausgesprochen, dass Herr Stieler nicht an einem Schlaganfall, sondern an einem besonderen indischen, langsam wirkenden Gift gestorben sei. Kennen Sie solch ein Gift?«

»Oh ja, dass ich kennen sehr gut. Und gestern, wie der Herr Doktor hat gesprochen davon, ist es mir gewesen, als wenn er haben könnte, recht.«

»Haben Sie denn selbst schon in Ihrem Vaterland einen Fall von solcher Vergiftung erlebt, gesehen?«

»Oh ja, ganz aus die Nähe sogar.«

»Wen betraf er denn?«

»Meinen Vater, meinen eigenen.«

»Das ist ja merkwürdig. Ist er den vergiftet worden?«

»Oh nein, er hat nie gehabt eine Feind. Eine von Körper und Blut. Aber die große Feind ist gekommen, vor die kein Mensch ist sicher. Ist er geworden krank, so krank, so dass kein Arzt hat nehmen können von ihm die Schmerzen, und hat er selbst genommen das Gift, was heißt auf Deutsch: ›Der glückliche Tod‹. Und hat er gelächelt im Tod, wie gestern hat gelächelt unser guter Herr Xaver Stieler.«

»Haben Sie selbst jemals ein solches Gift gesehen?«

»Oh ja. Nicht nur gesehen. Ich selbst haben solches Gift.«

»Hier, – jetzt? In unserer Stadt?«

»Oh ja. In unsere Stadt, in meine Wohnung.«

Germelmann warf in hellem Erstaunen seinen Kopf zurück und sah den Polizeikommissar mit einem ungeheuer ausdrucksvollen Blick an. Darin war deutlich zu lesen: »Der Kerl ist entweder phänomenal naiv oder phänomenal raffiniert.«

Bevor er noch vor Erstaunen zu Worte kommen konnte, sprach der Inder weiter.

»Ich mir habe vorgenommen zu tun, wie mein Vater hat getan. Sie wohl werden wissen, wir in mein Land nicht fürchten den Tod. Und wenn ich einmal werde, so krank, dass ich nicht wieder kann, werden gesund, ich auch will essen von das Gift. Ich oft haben daran gedacht neulich in meine Krankheit. Aber nun bin ich doch wieder ganz munter und gesund geworden.«

»Hat der Herr Stieler davon Kenntnis gehabt, – ich meine, dass sich das Gift sich in Ihrem Besitz befand?«

»Oh nein. Wir nicht oft haben gesprochen miteinander. Weil ich doch immer schon aufgetreten bin in das erste Teil von Programm, und er hat ausgefüllt ganz allein das zweite. Da hat er nicht gehabt eine Sekunde Zeit, um zu sprechen hinter die Kulissen.«

»Aber während Ihrer Krankheit, als er bei Ihnen war…«

»Oh nein. Ich auch da nicht habe gesprochen davon.«

»Und nun sagen Sie mir: wie war es gestern Abend? Hat er da nicht mit Ihnen geredet?«

»Oh ja, oh doch. Er ist gekommen aus die Garderobe, schon ganz fertig angekleidet, und hat gesagt: ›Wollen Sie mir tun einen Gefallen? Ich mich fühlen ein wenig matt. Ich möchte trinken ein Glas Sekt. Wollen Sie sein so gut‹ – und er hat mich angelächelt mit sein schönes Lächeln – ›mir zu holen eine halbe Flasche Champagner aus das Restaurant?‹ Da bin ich gewesen froh, dass ich ihm habe tun können ein Gefallen, und bin gelaufen und bin ganz rasch wieder da gewesen mit ein Glas und eine Flasche. Was ich dann habe gestellt auf ein kleines Tisch, das hat gestanden hinter der Bühne.«

»Hat man im Restaurant schon die Flasche geöffnet, oder…«

»Oh nein. Er selbst hat gehabt ein, – wie sagt man doch gleich?«

»Einen Korkzieher?«

»Jawohl. Das hat er gehabt an sein Messer und hat abgemacht von das Flaschenhals das Metall und hat herausgezogen das Kork. Und er hat schnell getrunken das ganze Glas. Dann er mich hat gefragt, ob ich nicht haben will das Rest. Aber ich haben gedankt, weil ich niemals trinke Wein. Dann hat er gerufen das Feuerwehrmann, das ist auf Posten gestanden ganz nahe dabei, und hat ihm gegeben das ganze Rest in die Flasche.«

»Demnach hätte Herr Stieler nur ein einziges Glas aus der Flasche getrunken?«

»Soviel ich habe, gesehen, jawohl. Hinterher ich bin gegangen auf das andere Seite von die Bühne, weil ich von da habe besser zusehen können bei sein Spiel. Ich das oft haben getan, weil man immer hat lernen können von ihm.«

Germelmann sah nachdenklich vor sich nieder und rieb ein paarmal mit auf- und nieder bewegtem Kopf am empor gehobenen Zeigefinger seine Nase. Dann fragte er weiter.

»Sagen Sie mir noch eins. Wo haben Sie das Gift in Ihrer Wohnung verwahrt«

»Das Gift? Oh, das ist immer in eine kleine Schrank an die Wand.«

»Dieser Schrank aber, ist er offen oder verschlossen.«

»Ob er -?« Zum ersten male zauderte der Inder mit seiner Antwort, und Germelmanns auf ihn gerichtete Blicke verschärften sich. Gleich aber sprach der Gefragte wieder fließend weiter. »Mitunter ist offen die Schrank, mitunter ist sie verschlossen. Aber ich immer lasse stecken den Schlüssel, weil ja doch kann passieren kein Unglück. Denn auf die Flasche, worin ich habe das Gift, ist ein Zettel, und auf ihm ist ein totes Kopf gemalt und ist aufgeschrieben darunter: ›Poison‹, was ja doch heißen Gift.«

Germelmann versank wieder für ein paar Augenblicke in tiefes Nachdenken, dann warf er noch einen scharf beobachtenden Blick auf den Inder, dessen braune Haut jetzt anscheinend von aufgeregtem Blut durchleuchtet war, und sagte: »Wir wollen Schluss machen für jetzt. Ich bitte Sie jedoch, sich noch draußen bereit zu halten, wenn wir Sie brauchen sollten.«

Als Amaru draußen war, sagte Germelmann: »Das ist ein schnurriger Kauz. Von einer verblüffenden Offenheit, wenn es nicht schlaue Berechnung ist. Festsetzen können wir ihn vorläufig wohl nicht, jedenfalls muss er polizeilich beobachtet werden, auch darauf hin, wer mit ihm verkehrt. Es ist doch wunderbar, dass wirklich solch ein Gift existiert und in seinem Besitz ist. Nun, ich denke, wir hören zunächst noch den Direktor.«

Steinberg, der nun hereingerufen wurde, trat schwankend ein in der Haltung eines gebrochenen Mannes, war noch gelber im Gesicht als gewöhnlich und bat gleich um Erlaubnis, einen Stuhl nehmen zu dürfen, weil er die Kraft nicht habe zum Stehen.

»Der Schlag war zu furchtbar für mich. Zwei vollständig ausverkaufte Häuser, und heute wird mir die Kasse gestürmt von den Leuten, die das Geld für ihre Billetts wieder zurückhaben wollen. In die Tausende geht es, Herr Amtsgerichtsrat, in die Tausende. Wenn es mir nicht gelingt, mit einer stilvollen Totenfeier für den Gestorbenen – vielleicht mit einem großen akrobatischen Potpourri – wieder etwas hereinzubringen, bin ich wirklich ein geschlagener Mann.«

Der Untersuchungsrichter blieb sehr kühl bei den Klagen des Jammernden. Er vernahm ihn über die

Vorgänge des vergangenen abends, musste jedoch bald erfahren, dass der Direktor erst nach Stielers Auftreten in seine Loge gekommen und vorher gar nicht auf der Bühne gewesen war.

So beschränkte sich Germelmann darauf, ihn über etwaige Beziehungen zwischen dem Inder und Stieler zu befragen, erfuhr jedoch nur, dass Amaru häufig darüber geklagt hatte, durch Stieler so ganz in den Schatten gestellt zu werden.

Einmal hatte Steinberg ihn aus diesem Grunde weinend hinter den Kulissen angetroffen. Er hielt ihn nach seinem Zeugnis für einen gutherzigen, etwas melancholischen Menschen.

Des Direktors neugieriges Fragen, weshalb er gerade über Amaru vernommen würde, schnitt Germelmann kurz ab und machte der Zeugenvernehmung ein kurzes Ende.

Nach Steinberg wurde Huberbeck, der Feuerwehrmann hereingerufen und bekräftigte Wort für Wort Amarus Auskunft über Wein und Glas. Er hatte genau gesehen, wie Stieler eigenhändig den Flaschenverschluss entfernt hatte.

Sein volles, rotes, rundes Gesicht bestätigte, dass ihm der Weinrest vortrefflich bekommen war.

Kaum war er wieder draußen, als ein lautes Telefonklingelzeichen durch den Raum zitterte und er erschrak sich.

»Wollen Sie so freundlich sein?« sagte der Untersuchungsrichter zum Kommissar, und voll Eifer eilte Bauer zum Apparat. Ein wenig langsam kam er zurück und sagte, halb vor sich hin: »Wundern tut mich es eigentlich nicht, aber…«

»Was denn? War es die Nachricht von der Anatomie?«

»Nein, das noch nicht. Aber vom chemischen Sachverständigen, der Glas und Flasche von gestern Abend untersucht hat.«

»Nun, – und?«

Er hat keine Spur von irgendeinem Gift darin gefunden.«

Germelmann lachte kurz auf. »Na, da hätten wir uns anscheinend ja vergeblich bemüht. Wenn wir uns nur in dieser ganzen indischen Giftmordaffäre nicht unsterblich blamieren!«

»Ich möchte mir darauf hinzuweisen erlauben, dass die Wirkung dieses besonderen Giftes allzu rasch eingetreten wäre, sofern Herr Stieler es erst im Theater bekommen hätte. Man müsste demnach wohl, wenn Herr Amtsgerichtsrat gestatten …«

»Jawohl, ich gestatte. Weiß auch, worauf Sie hinauswollen. Man müsste vor allen Dingen feststellen, wo sich der Tote vor dem Theater aufgehalten und ob er dort irgendetwas getrunken hat, nicht wahr?«

»Ganz recht, Herr Amtsgerichtsrat. Und ich habe durch meine Recherchen auch bereits feststellen können, dass Herr Stieler gestern ein paar Stunden vor seinem Auftreten in der Wohnung seiner Frau, der Kinoschauspielerin Afra Baratta, gewesen ist. Sie selbst ist – was vielleicht von Bedeutung sein könnte – gestern Abend von hier abgereist, hat auch bisher auf ein ihr nachgesandtes Telegramm nichts von sich hören lassen.«

»Aber Sie sagten vorhin doch etwas von einer gewissen Fengefisch, bei der…«

»Jawohl, bei der hat Afra Baratta gewohnt. Ich habe sie deshalb auch gleich her zitiert. Wenn ich sie hereinrufen soll…«

»Ja, bitte.«

»Nur muss ich den Herrn Amtsgerichtsrat aufmerksam machen, dass die pp. Fengefisch über einen recht erheblichen Sprechanismus verfügt.«

»Wie Gott will. Wenn wir uns nur nicht unsterblich blamieren in der Sache!«

Vom Kommissar gerufen, erschien jetzt Josefine Fengefisch, alias Rosa d'Otranto, vor dem Untersuchungsrichter. Sie hatte sich schön und stilvoll, dem Trauerfall entsprechend gekleidet; ein Kleid aus schwarzem Samt mit einer Theaterschleppe wurde durch einen großen schwarzen Samthut ergänzt, über dem sich eine schwarze Straußenfeder in schönem Bogen wölbte. In der düsteren Umrahmung von all diesen Trauerzeichen erschien ihr kleines, rundes Apfelgesicht noch viel verschrumpelter als gewöhnlich.

Auch ihr Augenzwinkern war infolge der Aufregung erheblich beschleunigt. Sie hatte sich, wenn gleich mühsam, den schlanken, – raschen Bühnenschritt noch bewahrt, womit sie den Hervorrufen in vergangenen Tagen Folge zu leisten pflegte. So, voll künstlicher Eleganz und Frische, kam sie herein gerauscht und verbeugte sich mit einer Halbkreisbewegung wodurch auch das übrige Publikum in ihren Gruß mit einbezogen wurde, vor dem Untersuchungsrichter.

»Herr Amtsgerichtsrat, ich habe die Ehre.«

Die Präliminarien erforderten ein wenig mehr Zeit als gewöhnlich, weil einige kleine Differenzen über Geburtsjahr, Namen und ehelichen oder nicht ehelichen Stand von Fräulein Fengefisch – ihrer Papageientochter Dasein verursachte hier einige Trübung des Tatbestandes – erst beseitigt werden mussten. Dann aber ging der Untersuchungsrichter gleich Medios in Res.

»Ich höre, dass die Kinoschauspielerin Afra Baratta hier bei Ihnen gewohnt hat.«

»Noch wohnt, mit Ihrer gütigen Erlaubnis. Man kann ja niemals wissen, was passiert, – mein Gott, ja, wenn man mir das gestern gesagt hätte, dass unser guter Herr Stieler…«

»Von dem will ich eben sprechen. Sie wissen wohl ebenso gut wie wir, dass Herr Stieler der Mann von dieser Afra Baratta war. Nun handelt sich's um Folgendes: Ist Ihnen bekannt, ob er gestern im Laufe des Nachmittags noch in der Wohnung bei seiner Frau gewesen ist?«

»Ihr Mann, gewiss, ach du lieber Gott ja! Wie tief ergreifend ist es, einen Mann so zu verlieren, den man mit allen Fasern seines Herzens, wie man zu sagen pflegt, geliebt hat. Auf offener Bühne, vor allem Publikum, – als ich noch beim Theater war, – man erlebt ja schließlich auch sein Teil, und als einmal der Trapezkünstler Kugelmann mir von oben aus der Lust herunter gerade vor die Füße fiel…«

»Bitte, lassen Sie diesen Fußfall und sagen Sie mir, ob und wann Herr Stieler gestern bei seiner Frau gewesen ist.«

»Aber gewiss.« Jedes Mal, wenn Germelmann so Josefines Redefluss grausam unterbrach, wurde das Augenzwinkern bei ihr noch schneller und erzeugte ganze Strahlenkränze von kleinen Falten. »Ich habe ja doch selbst aufgemacht, als er läutete, deshalb muss ich es doch wissen. Und es muss, – lassen Sie mich einmal rechnen. Die Probe zur ›Salome‹ hat um fünf Uhr zu Ende sein sollen, – freilich ziehen sich solche Proben ja manchmal noch länger hin, – das ist eben lästig beim Theater, – man kann unter sechs Malen fünfmal nicht genau sagen, wann man wieder nach Hause kommt, – und so passiert es häufig, dass man das leckere Mittagessen kalt oder angebrannt bekommt...«

»Also, bitte: kam Afra Baratta direkt von der Probe nach Haus?«

»Aber natürlich, – ganz rasch, – im Auto natürlich. Wohin hätte sie denn auch gehen sollen in dem Kostüm. Da hätte die Polizei schöne Wirtschaft gemacht, wenn sie so noch anderswohin hätte gehen wollen.«

»War es fünf Uhr, oder etwas nach fünf Uhr, als Afra Baratta nach Hause kam?«

»Ja, wahrhaftig, jetzt fällt es mir ein. Ich habe doch auf die prunkvolle Kuckucksuhr in der Küche gesehen, gerade wie sie hereinkam. Ja, ja, gerade zwanzig Minuten über fünf ist es gewesen. Und ich habe gleichgesehen, dass mein Barattchen – ich nenne sie nämlich immer mein süßes Barattchen – wieder einmal furchtbar schlechter Laune war. Und wie der gnädige Herr Xaver Stieler dann gekommen ist...«

»Wann war das?«

»Lassen Sie mich einmal sehen. Fünf Minuten ungefähr haben wir miteinander gesprochen, mein Barattchen und ich, und ich habe dann meinen Kaffee getrunken, und gerade, nachdem ich den letzten Schluck davon herunter hatte, da hat es geläutet. Halb sechs muss es also gewesen sein, – ich hatte schon früh Licht angezündet, – ach, unsereins ist so gewöhnt an die künstliche Beleuchtung, man hat Heimweh danach, – also, das Licht auf dem Korridor hat schon gebrannt, und unser armer Herr

Stieler hat so wunderschön ausgesehen, als er hereinkam…«

»Hat er mit Ihnen gesprochen?«

»Ein paar Worte nur, Herr Gerichtsrat, – ich bitte sehr um Verzeihung, wenn der Titel nicht richtig sein sollte. Herr Stieler hatte es scheinbar eilig, und ich habe nur eben sagen können, dass unser Barattchen wieder einmal so furchtbar schlechter Laune wäre, – da war er auch schon an mir vorüber und hinein in ihr Zimmer, und ich, …«

»Wussten Sie den Grund für die schlechte Laune der Dame?«

»Den Grund? Ach, Herr Obergerichtsrat, es war bei meinem Barattchen immer der gleiche, – so was von Eifersucht ist mir noch niemals vorgekommen, – ja, mein Gott, wenn man einen Mann ganz für sich allein haben will, muss man doch keinen Künstler heiraten, der jeden Abend in Trikot auf der Bühne steht, nicht wahr? Aber ich habe sagen können, was ich wollte, nichts hat geholfen. Und er war nicht einmal einer von den Schlimmen, ganz im Gegenteil. Nur dass ihr Gefühl mit ihr durchging, anders kann ich es nicht nennen. Und wenn das wieder einmal durchgegangen war, dann hat sie dein armen Stieler Szenen gemacht, Szenen, – ach, du lieber Gott! Er hat mir oft von Herzen leidgetan, wenn ich auch nichts gegen mein Barattchen sagen will.

Und gestern, – ja, gestern muss es ganz bös hergegangen sein, ich habe das Reden und Schelten bis in mein Zimmer hineingehört. Nicht etwa, dass ich gehorcht hätte, – nein, Sie wissen ja: ›Der Horcher an der Wand‹ – und ich könnte darum auch nichts Genaues angeben, was die beiden gesprochen haben, aber…«

»Ein Streit also war zwischen den beiden.«

»Du lieber Gott, ja, – natürlich in aller Freundschaft, wie das unter Eheleuten so vorkommt. Aber geschrien haben sie, dass ich es haben hören müssen, ob ich wollte oder nicht.«

»Ist Ihnen bekannt, ob Herr Stieler bei seiner Frau dort etwas an Speisen oder Getränken zu sich genommen hat?«

»Wenn man sich so streitet, – ach nein, da hat man doch meistens keinen Appetit. Und sie hätte mich dann doch auch rufen müssen, dass ich, – nein, das Einzige, was ich sagen könnte, das war ein gebrauchtes Glas, das ich hinterher mit hinausgenommen habe.«

»Was haben Sie damit gemacht?«

»Mein Gott, was man mit gebrauchten Tellern und Gläsern macht, wenn man sein Haus rein und ordentlich hält. Und bei mir muss es immer aussehen wie in einem Schmuckkästchen. Ja, das Glas hab' ich natürlich abgespült und ausgewischt...«

»War etwas darin? Irgendein Bodensatz oder dergleichen?«

»Ein Rest eines weißen Pulvers, jawohl. Das war aber gar nichts besonderes, weil mein Barattchen immer solche Pulver im Hause gehabt hat für ihre Nerven. Sie hat eine ganze Menge davon genommen, und ich habe manchmal gedacht, es wäre vielleicht besser...«

»Würden Sie das Glas noch genau bezeichnen und herausfinden können, von dem Sie sprechen?«

»Ach nein, Herr Oberlandesgerichtsrat. Ich habe gerade gestern Abend meinen Küchenschrank aufgeräumt, und ich habe von dieser Sorte Gläser beinahe noch ein Dutzend, – meine Tochter hat sie mir einmal geschenkt, – es war damals, nachdem sie…«

»Haben Sie Herrn Stieler gesehen, als er fortging.«

»Nein, ich müsste lügen, wenn ich das behaupten wollte. Vielleicht haben die Gläser gerade geklappert beim Fortstellen, jedenfalls ist er fortgegangen, ohne dass ich irgendetwas, davon gemerkt hätte. Mein Barattchen muss auch sehr leise hinausgegangen sein, ich habe nicht einmal die Korridortür zuschnappen hören.«

»Ist sie mit Herrn Stieler zusammen fortgegangen?«

»Das kann ich durchaus nicht sagen, Euer Hochwohlgeboren. Er war fort und sie war fort, und ich bin allein zurückgeblieben wie auf einer einsamen Insel. Und hinterher, wie sie wiederkam, – du lieber Gott, ich habe sie gar nicht mehr fragen können,- sie war ja so furchtbar aufgeregt und eilig, weil sie sich verspätet hatte, – sie musste ja doch zur Bahn, um nach St. Petersburg zu fahren zum Gastspiel, und als ich noch beim Theater war…«

Sie fuhr zusammen; die Telefonglocke war ihr aufdringlich ins Wort gefallen. Germelmann sah den Kommissar an, dessen Blick dem seinen ausdrucksvoll begegnete, und sagte dann: »Die Hauptsache hätten wir wohl gehört. Warten Sie, bitte, noch ein wenig draußen, ob wir Sie vielleicht weiter zu befragen haben.«

»Gewiss, Herr Untersuchungsrichter, es wird mir eine Ehre und ein Vergnügen sein«, sagte Rosa d'Otranto mit einem neuen Strahlenfeuerwerk um die Augen, und machte wieder ihre Bühnenhervorrufsverbeugung, wobei sich durch eine leise, zuckende Bewegung in den Händen die frühere Gewohnheit, Kusshände zu werfen, andeutungsweise verriet. Aber sie blieb gemessen und feierlich, wie der Ort es verlangte.

Während des Abschieds ging der Kommissar eilig zum Telefon und kam von dort jetzt, nachdem sich die Tür hinter ihr geschlossen hatte, mit rotem Kopfe hastig zurück.

»Herr Amtsgerichtsrat, wir haben doch nicht vergeblich gearbeitet. Eben kommt von der Anatomie die Mitteilung, dass in der Leiche von Xaver Stieler als Ursache seines Todes ein starkes Pflanzengift unzweifelhaft festgestellt worden ist.«

»Alle Wetter!« Germelmann schlug mit seiner flachen Hand auf den Schreibtisch »Also doch, – das hätt' ich nicht geglaubt.«

Fünftes Kapitel

Die Nachricht von der Feststellung des Giftes in Xaver Stielers Leiche hatte sichtlich stark auf den Untersuchungsrichter gewirkt. Sogar sein volles, jovial behagliches Gesicht verwandelte sich. Die Linien darin wurden straff, eine senkrechte Strichfalte schob sich zwischen die Augenbrauen, sein Blick wurde schärfer und kalter. Sein ganzes Wesen drückte jetzt forschende Spannung aus.

»Ich muss gestehen, das hat mich überrascht. So hat unser Herr Sanitätsrat also doch keine Gespenster gesehen. Der Fall scheint interessant und verwickelt. Wir haben den Inder mit seinem Gift, wir haben die Frau Baratta mit ihrer Eifersucht, und wir haben den Herrn Stieler selbst. Ich meine nämlich, wir dürfen den Gedanken an einen Selbstmord nicht ganz von uns weisen. Es fällt mir auf, dass dieser Mann ohne jeden sichtbaren Grund, im Besitz von Ruhm und Einkünften, um die jeder Minister ihn hätte beneiden können, von seiner glänzenden Laufbahn gerade auf ihrer Höhe hat scheiden wollen. Man kann das auf eine seelische Depression deuten, die möglicherweise zum Selbstmord geführt haben könnte. Das ist bis jetzt nur Vermutung ohne jeden Beweis, aber ich möchte doch vor allem etwas Näheres über den Toten selbst hören. Stefan Graf Hersberg ist ja wohl draußen? Bitte, Herr Kommissar, seien Sie so gut, ihn hereinzurufen.«

Graf Stefan erschien mit leichter Verbeugung vor dem Untersuchungsrichter. Er war in Schwarz, aber wenn er am Abend vorher auf der Bühne Zeichen von Erschütterung und Ergriffenheit in seinem Gesicht gezeigt hatte, so waren sie nun verschwunden. In seiner ganzen Erscheinung lag wieder die ruhige, vornehme Lässigkeit wie gewöhnlich.

Germelmanns auf ihn gerichtete Blicke waren scharf, aber seine Stimme war freundlich, als er sagte: »Sie haben in dem so plötzlich gestorbenen Herrn Stieler einen ganz nahen Verwandten zu beklagen, wie man mir sagt, Graf Hersberg. Der Tote war Ihr Bruder, nicht wahr?«

»Ja, der arme Kerl war wirklich mein Bruder, wenn auch seit mehreren Jahren diese Verwandtschaft nur noch ganz inkognito vorhanden war. Fast ebenso lange haben wir einander nicht mehr gesehen.«

»Ich wüsste gern etwas Näheres über ihn, über seine Geistesrichtung seine Neigungen, seinen Charakter. Bitte, setzen Sie sich und erzählen Sie mir etwas darüber.«

Germelmanns Aufforderung zum Sitzen war die Folge von einem Blick, den Stefan auf einen Stuhl ihm zur Seite geworfen hatte. Jetzt nahm er Platz darauf und sagte: »Bitte, fragen Sie, das wird am einfachsten sein. Ich habe noch kein besonderes Erzähltalent in mir entdeckt.«

»Gut, wie Sie wollen. Also zunächst: Wann und wo war der Verstorbene geboren?«

Ein leichtes Lächeln ging über Stefans Gesicht. »Ich muss erst einmal ein wenig rechnen. Botho – Xaver hieß er nur, seit er sich im Stillen umgetauft hatte, – war um zwei Jahre älter als ich selbst. Ich bin gegenwärtig zweiunddreißig alt, er hat es also nur zu vierunddreißig Jahren gebracht. So dürfte die schwierige Rechnung wohl stimmen und aufgehen.«

Ein leichter Überraschungsblitz flog aus Germelmanns Augen zu Stefan hinüber. War diese ruhige, fast heitere Nonchalance, womit Stefan von einem hoch tragischen Familienereignis, von ihm selbst sehr nahe betreffenden Verhältnissen sprach, nun Kunst oder Natur?

»Der Tote hieß in Wirklichkeit also Botho Graf Hersberg, nicht wahr?«

»Hersberg-Negenhofen, um ganz genau zu sein.«

»Ist Negenhofen eines Ihrer Familiengüter?«

»Leider das einzige.«

»So sind auch wohl Sie selbst dort geboren worden?«

»Ebenso wie mein Bruder, jawohl.«

»Und Ihre sonstige Familie, – lebt Ihr Herr Vater noch?«

»Er lebt.« In diesen beiden Worten war ein leiser Klang von Härte, der dem Richter auffiel.

»Hat er die traurige Nachricht vom Tod seines Sohnes bereits erhalten?«

»Ich habe gleich telegrafiert. Er kommt heute Mittag.«

»Nun sagen Sie mir, bitte, wie kam der Verstorbene darauf, zur Bühne zu gehen?«

»Das kann ich Ihnen in drei Worten sagen: Cherchez la Femme.«

»Ah! Hat ihn die Liebe für eine Bühnenkünstlerin dazu gebracht?«

»Indirekt ja. Doch hat mein Vater tüchtig nachgeholfen.«

»Wieso? Der Wunsch Ihres Herrn Vaters kann es doch kaum gewesen sein, den Sohn als Varietékünstler zu sehen.«

Wieder lächelte Stefan sein weiches, liebenswürdiges Lächeln, das etwas an das des verstorbenen Bruders erinnerte.

»Nein, wünschen tat er es wahrhaftig nicht. Aber mein Bruder hatte sich verliebt in diese Kinoschauspielerin, die Baratta, so großartig und widerstandslos, – na, sie hat ihn glücklich so weit getrieben, dass er sich heimlich mit ihr verheiratete.

Dann erfolgte der große Krach. Unser alter Herr bekam Wind von der Geschichte, und nun wurde die Sache dramatisch – mit Vaterfluch und Enterbung. Er stammte noch aus einer Zeit, in der man solche Dinge für geschmackvoll hielt. Mein Bruder saß mittellos auf der Straße, war aber zu stolz, von seiner Frau sich durchfüttern zu lassen. In das Theatermilieu war er durch seine Heirat einmal hineingekommen, – körperlich außerordentlich gewandt war er immer gewesen, na, so verwandelte sich denn Botho Graf Hersberg in den bald gesuchten, schließlich in seiner Art berühmten Herrn Xaver Stieler.«

»Aber ist es denn richtig, dass er jetzt wirklich von der Bühne zurücktreten wollte?«

Stefan hatte bisher scheinbar offen und frei gesprochen, aber nun bekam sein Gesicht einen ablehnend verschlossenen Ausdruck. »Ich sagte schon, dass ich meinen Bruder lange Zeit nicht gesehen und gesprochen habe. Wir sind uns auch hier während seines Gastspiels nur flüchtig begegnet.«

»Soll das heißen, dass Ihnen sein Gedanke, vom Theater wegzugehen, unbekannt war?«

»In den Zeitungen hat man ja davon gelesen.«

»Sie selbst aber, wussten Sie gar nichts Näheres darüber?«

»Näheres, nein.«

»Auch nicht über die Gründe für seinen Rücktritt?«

»Er hat mich nie zu seinem Vertrauten gemacht. Wir hatten uns eben auseinandergelebt, wie das bei der langen Trennung und bei der Verschiedenheit unserer Lebenskreise wohl einigermaßen begreiflich ist.« Germelmann sah schweigend eine Weile vor sich nieder, indem er zwischen seinen Fingern einen Bleistift hin und her drehte. Dann sprach er wieder, langsam, jedes Wort betonend. »Wir haben vor Kurzem eine Mitteilung bekommen, die für Sie von gleichem Interesse wie für das Gericht ist. Ihr Bruder ist nachgewiesenermaßen an Gift gestorben.«

Bei den letzten Worten richtete der Untersuchungsrichter seine bis dahin auf die Tischplatte gehefteten Blicke voll

und fest auf den Grafen. Stefan sprang empor. »An Gift? Wahrhaftig?«

»Man hat ein starkes Pflanzengift in seiner Leiche mit Sicherheit festgestellt.«

»So hätte der kluge Herr Doktor von gestern doch recht gehabt? Ja, wie soll denn das Geschehen sein, wer soll es getan haben?«

»Einstweilen fragen wir das auch noch, ohne darauf antworten zu können. Sind Sie mit Ihrer Schwägerin, der Frau Baratta, näher bekannt?«

»Nein, ich habe sie nur ganz oberflächlich einmal kennengelernt. Vergiftet! Das ist doch eine großartige Geschichte!«

»Wissen Sie, wie das eheliche Leben der beiden war?«

»Wie schon gesagt, mein Bruder hat mich nicht zu seinem Vertrauten gemacht.«

Germelmann rieb sich das Kinn einen Augenblick schweigend und sagte dann mit einem klugen

Lächeln: »Sie sind von Beruf Diplomat, Graf Hersberg, soviel ich weiß, und Sie drücken sich auch dem Gericht gegenüber sehr diplomatisch aus. Ich will Sie für heute nicht weiter bemühen.

Bis wir uns einmal wieder sprechen, ist es Ihnen vielleicht klar geworden, dass Ihre diplomatischen Fähigkeiten besser auf anderen Gebieten verwertet werden?«

Stefan erwiderte mit einer tiefen, stummen Verbeugung.

»Darf ich mich nun empfehlen?«

»Ich will Sie nicht länger aufhalten. Aber das Abschiedswort muss heißen: auf Wiedersehen.«

»Auf Wiedersehen denn, Herr Amtsgerichtsrat.«

Noch eine Verbeugung, diesmal gefällig und leicht, und Graf Hersberg verließ das amtliche Gemach. Germelmann wandte sich zum Kommissar.

»Ein hübscher, liebenswürdiger Mensch, dieser Graf. Anscheinend aber ziemlich gerissen. Sicher weiß er über seines Bruders Ehe mehr, als er sagt. Und ich vermute doch, dass da die Lösung dieses Geheimnisses liegt.«

»Herr Amtsgerichtsrat glauben?«

»Ich glaube noch nichts. Denn ich glaube nur, was ich weiß. Aber wer so sein ganzes Leben einem schönen Weib zum Opfer gebracht hat, lässt sich auch weiter vom Weib regieren. Fragt sich nur, ob in beiden Fällen vom selben.«

Graf Stefan hatte sich vor dem Verlassen des Gerichtsgebäudes eine Zigarette hervorgeholt und angezündet und sah nun auf seiner Armbanduhr nach der Zeit. Es war noch zu früh für seine Verabredung, er konnte ganz langsam gehen und sich mit sich selbst besprechen. So bog er bald von den menschenerfüllten Straßen ab und in den vom Herbst schon gelichteten, farbig aufgehellten Schatten der Anlagen hinein, die sich mit einem großen Kranz um das Innere der Stadt legten. Hier war es leer, der kräftige Sterbegeruch schon gefallenen Laubes lag in der Luft. Klar und blau stand der Himmel über der Erde.

Ganz gemächlich, mitunter ein leichtes Rauchwölkchen in die Höhe blasend, schritt Stefan dahin. Der Ausdruck seines Gesichtes war wechselnd, bald hell, bald wie von vorüberziehenden Wolken getrübt. Aber jedes Mal siegte das Licht. An einem Platz, wo dichte Sträucher jeden Blick der Neugier von ihm fernhielten, blieb er stehen und sprach mit sich selbst.

»Es ist scheußlich, aber ich bringe keine Tragödienstimmung auf. Da liegt mein Bruder, tot, vergiftet, ermordet, und ich fühle mein Herz dabei nicht viel rascher schlagen als gewöhnlich. Er tut mir leid, gewiss, der arme Kerl. Aber wenn ich sage ›Botho‹, sagt mein Herz im selben Augenblick ›Hanna‹. Das ist es, was mich regiert. Ich bin aus demselben Holz geschnitzt wie mein Bruder. Bei beiden erbliche Belastung – Cherchez la Femme!«

Er schlenderte weiter, lächelte, zündete sich eine neue Zigarette an und verfolgte den Anlagebogen um die halbe Stadt herum. Hier besiegten die Bäume völlig den Stein.

Weit und still schloss ein Wald sich stadtauswärts an die parkartigen Anlagestreifen an. Dorthin schritt Stefan, ein wenig rascher nun nach einem neuen Blick auf die Uhr.

Eine Viertelstunde weit ging er noch, schmale von den Hauptwegen abzweigende Pfade suchend, bis ein von dichtem Tannengrün umschlossenes Rund ihn aufnahm.

Ein moosbewachsener Steinpfeiler mit einer Sonnenuhr stand in der Mitte, ringsum waren vier hölzerne, dunkelgrün gestrichene Bänke verteilt. Von diesen Bänken waren drei leer. Die Mittagszeit war bereits nahe, die meisten Spaziergänger hatten den Wald verlassen. Auf der vierten Bank saß eine dunkel gekleidete Frauengestalt und stand hastig auf, sobald sie Stefan erblickte.

»Hanna, – schon hier?«

»Ich bin vor der Zeit gekommen, ich hielt es im Haus nicht aus vor Unruhe. Deine Nachricht heute Morgen, dass dein Bruder tot ist, hat mich furchtbar aufgeregt. Ist es denn wahr?«

»Ja, Hanna, das ist, wie du sagst. Aber lass mich dich erst einmal anschauen, dir Guten Tag sagen. Über all die hässlichen Dinge können wir später sprechen. Erst wollen wir uns einmal freuen, dass wir beisammen sind.«

Er hatte sie bei den Händen ergriffen, hielt sie so für ein paar Sekunden fest und sah mit lachenden, leuchtenden Augen in ihr Gesicht. Seine gewohnte Lässigkeit war verschwunden, die Spannung eines hohen Glücksgefühls war in seiner Gestalt, in jeder seiner Bewegungen.

»Stefan!«, sagte sie leise, seinen Blick trinkend mit ihren Augen. Ein leises Erschauern ging durch ihre Glieder, dann machte sie sich gewaltsam von ihm los.

»Nein, sag mir erst alles. Du hast mir so kurz ge-schrieben, die paar Worte nur, dass er tot ist, – und ich, – dass ich hierherkommen soll… einfach un-fassbar.«

»Dafür bin ich nun hier, und wir wollen das mündliche Verfahren an die Stelle vom schriftlichen setzen, wie die Herren vom Gericht sagen würden. Ja, wundere dich nicht über eine neue ›juristische Bildung bei mir‹ – ich komme direkt von einem hochnotpeinlichen Verhör.«

»Verhör, – du, – was will denn das Gericht von dir?«

»Ach, es ist ja sein Beruf, neugierig zu sein. Aber so ganz unbegründet ist sein Eifer diesmal nicht. Es hat nämlich herausbekommen, dass mein Bruder vergiftet worden ist.«

»Vergiftet!« Hanna taumelte zurück, als ob ein Stoß vor die Brust sie getroffen hätte. Dann wandte sie sich seitwärts und ging mit unsicheren Schritten zu der nächsten Bank, um schwer darauf niederzusinken.

»Ich habe dich erschreckt, – sei nicht böse, Schatz. Ich bin leider immer ungeschickt, wenn ich um Gotteswillen recht geschickt sein sollte.«

»Das, – das haben sie herausbekommen?«

»Jawohl. Der eine von den Ärzten auf der Bühne gestern Abend – es war aber nicht Glaritz, dein Vetter, der sprach nur von einem Schlaganfall, – der Gerichtsarzt redete schon von einer Vergiftung. Er spielte sich als erfahrener Sachverständiger auf in diesen angenehmen Dingen und redete von einem besonderen indischen Gift.«

»Von einem indischen Gift?« Vor sich hinstarrend wiederholte Hanna leise die Worte. Dann wandte sie sich mit einer plötzlichen Bewegung zu Stefan, der sich neben sie gesetzt hatte, fasste mit einer Hand seinen Arm und fragte: »Hat man auf jemanden Verdacht?«

Stefan lachte leicht auf. »Ach, so vertrauensvoll war der Herr Amtsgerichtsrat nicht, mich in die Geheimnisse der hohen Behörde einzuweihen.«

»Was hat er denn von dir wissen wollen?«

»Über Botho, – weshalb er zum Theater gegangen ist, – ob er jetzt wirklich hat abgehen wollen, – wie das Glück seiner Ehe beschaffen gewesen ist, und so weiter. Sag' mal, – da fällt mir ein, – du hast Botho doch gestern gesprochen?«

»Ja, ja.«

»Hat er irgendetwas gesagt, was dir aufgefallen ist?«

»Nein, kein Wort. Wir haben über eure Sache geredet, wir erwarteten ja jeden Augenblick, dass du noch kämst, …«

»Ach, es war scheußlich, dass mir das gerade gestern passieren musste. Vielleicht einmal im Jahr kommt es vor, dass mein Chef mich solange festhält, und nun hat es gerade gestern sein müssen.«

»Erzähle weiter, Stefan, – wie war es auf dem Gericht?«

»Ich habe mich möglichst in Schweigsamkeit gehüllt. Ich finde, diese Privatangelegenheiten gehen keinen was an. Dafür ist mir dann zum Schluss von dem gestrengen Herrn ein Privatissimum über allzu diplomatisches Verhalten gelesen worden.«

»Aber du, – hast auch du keinen Verdacht?«

»Absolut nicht. Was weiß ich denn von meines Bruders Theaterfreundschaften und – Feindschaften? Und Afra…«

»Du meinst? …«

»Ich will nichts gesagt haben. Sie soll fort sein, gestern Abend plötzlich abgereist. In der hübschen Zeugengalerie heute Morgen war sie jedenfalls nicht. Ein indischer Zauberkünstler saß dort auf dem Stuhl...«

»Amaru?«

»Du kennst ihn?«

»Vom Theater – und...«

»Und was?«

»Ich habe dir schon davon erzählt. Er hat hier spiritistische Sitzungen gehalten. Dort bin ich ein paar Mal gewesen.«

»Ja, ja, ich weiß, das ist ein Spezialvergnügen von dir.«

»Kein leeres Vergnügen, Stefan, im Gegenteil, eine sehr ernste Sache. Seit meiner Mutter Tod beschäftigt mich die Frage nach dem Jenseits immer wieder.«

»Ich finde vorläufig unser hübsches Diesseits viel amüsanter. Solange wir beide noch auf dieser grünen Erde beisammen sind, kann mich das allerschönste Jenseits nicht locken. Ja, Hanna, ganz merkwürdig ist es, als ob ein elektrischer Strom von dir ausginge, der mich in Brand setzt, – als ob...«

Er verstummte, vom Gefühl überwältigt. Sie nahm seine Hand, und so saßen sie, jeder den anderen mit seinen Blicken umfassend, eine Weile schweigend in der sonnigen Stille des Mittags. Dann begann Hanna wieder zu sprechen. Sie tat es in einer vorsichtigen, tastenden Vorgehensweise.

»Sag' mir, Stefan, welchen Wechsel in deinen Aussichten, in deiner Stellung zum Vater kann Bothos Tod haben?«

»Das weiß ich nicht, Hanna. Mein alter Herr ist unberechenbar. Erst hat er Botho verflucht und enterbt, nun sollte der wieder zu Gnaden angenommen werden und ich mit Fluch und Enterbung an die

Reihe kommen. Wegen fortgesetzten Lebenswandels, den ich allerdings nicht leugnen kann.«

»Bin ich wirklich nicht mit schuld am Zorn deines Vaters auf dich?«

»Keine Spur. Dass du keine Gräfin bist, bedeutet in seinen Augen natürlich einen sehr schmerzlichen Fehler. Aber übrigens, du bist aus einem angesehenen Haus, bist reich, wofür er auch nicht unempfänglich ist, während ich selbst

nicht so sehr damit einverstanden bin…«

»Ach, Stefan…«

»Jawohl. Es kann mich in den Verdacht bringen, dass ich dich nicht um deiner selbst willen liebhabe, während ich, – wahrhaftig, Hanna, wenn du so arm wärst wie die viel zitierten Kirchenmäuse, du wärst mir dann, glaub', ich, noch lieber als in deiner blanken Vergoldung. Und wenn das wäre, hätte dein Vater auch wohl weniger gegen mich einzuwenden. Der steht unserem Glück im Wege, nicht mein alter Herr, der dich vielleicht gern als Lehrmeisterin auf meinem Weg zur Tugend engagierte.«

»Ja, meines Vaters Vorurteil gegen dich… nur gegen dich.«

»Ach Schatz, er hat sich nach mir erkundigt. Und wer das tut, erfährt meist nicht viel Gutes.«

»Aber ganz gewiss bekommt er dann kein richtiges Bild von dir. Du magst leichtsinnig sein…«

»Bin ich.«

»Magst Schulden gemacht haben …«

»Hab' ich. Und viele, leider Gottes. Ja, Hanna, hier neben dir sitzt ein armer Sünder, und nur durch deine Gnade kann er selig werden. Auf die Waage der Gerechtigkeit, wo seine Fehler gewogen werden, kann er als einziges Gutes nur werfen. Dass er dich liebhat, Hanna, von ganzem Herzen, von ganzer Seele, von ganzem Gemüt, einfach über alles liebt.«

»Das wiegt schwerer als alles andere. Für mich wenigstens ist es der Inbegriff des Glücks. Ich lasse dich mir nicht nehmen, Stefan, durch nichts in der Welt. Kämpfen kann ich und will ich um dich, wenn es nötig ist, aus dem Wege räumen, was uns hindern will in unserem Glück. Bleib du mir gut, und ich frage nach keines Menschen Urteil sonst.«

»Wie schön du bist, wenn so die Leidenschaft aus dir spricht. Ich muss bei dir immer an ein stilles, tiefes und großes Wasser denken, das man erst kennenlernt in all seiner Pracht, wenn ein Sturm darüber hinführt. Von den anderen Menschen ahnen die wenigsten, was in dir schläft, ich aber weiß es und bin glücklich, wenn es einmal erwacht.«

Er schwieg einen Augenblick und sah vor sich nieder, lachte dann leicht auf.

»Du machst wahrhaftig einen Poeten aus mir. Aus dem nüchternen alltäglichen prosaischen Kerl, der ich bin.«

»Tu' dir nicht unrecht. Auch in dir steckt vieles, was niemand ahnt. Niemand als ich. Das ist das Wunderschöne: Die Liebe lässt Menschen einander in die Seele sehen.«

»Wenn ich bei dir bin, kommt es mir manchmal vor, als wenn wirklich noch etwas aus mir werden könnte... Dann bin ich nicht mehr so leichtsinnig, nicht mehr so träge, nicht mehr...«

Plötzlich brach er ab. Sein Blick war auf eine Männergestalt gefallen, die von der Stadtrichtung her in den grünen Kreis getreten war und quer durch das Rund an ihnen vorüberging. Es war eine geschmeidige, schlanke Gestalt mit einem dunkelfarbigen Gesicht und noch dunkleren Augen. In sie kam ein rasches Aufleuchten, als ihr Blick auf Hanna fiel. Gleichzeitig zog der Mann seinen Hut und grüßte mit einer Verbeugung von südlicher Anmut. Einen Augenblick später war er im Tannengrün verschwunden.

»Lupus in fabula«, sagte Stefan. »Das war ja wahrhaftig unser Inder.«

»Amaru, – ja.«

»Du kennst ihn also persönlich? Mir schien, er grüßte dich und nicht mich.«

»Von den Sitzungen her wird er mich kennen.«

Stefan wollte noch etwas erwidern, doch unterbrach er lebhaft sich selbst, auf das Uhrarmband schauend. »Mein Gott, ich muss ja gehen. Es ist höchste Zeit. Ich muss Vater an der Bahn abholen, – ich gehe gleich links hier durch den Wald.«

Sie war ebenfalls aufgestanden und gab ihm zum Abschied eilig die Hand. »Auch für mich wird es Zeit. Lebe wohl, gib mir Nachricht, wie dein Vater sich zu dir stellt, welchen Eindruck Bothos Tod auf ihn macht, und vor allem, behalte mich sehr lieb.«

»Das ist überflüssige Mahnung, Schatz, geschieht ohne dies. Lebe wohl, auf baldiges Wiedersehen.«

Er wandte sich nach links und war fast schon in einem dunkelnden Einschnitt zwischen den Tannenwänden verschwunden, als Hanna, die stehen geblieben war, ihm nachrief: »Schreib mir auch, Stefan, wenn es irgendetwas Neues gibt über Botho, – schreib mir, ob man Verdacht auf irgendwen hat.«

Sechstes Kapitel

Stefan ging durch den mittäglich stillen Wald rasch auf nächstem Wege dem Bahnhof zu. Nicht nur durch Eile war sein Fuß beflügelt. Er fühlte sich immer so gehoben, des Erdengewichtes entkleidet, von aller Nachlässigkeit und Schlaffheit befreit, wenn er mit Hanna beisammen gewesen war.

Der elektrische Strom, der von ihr ausging und Lebens- und Liebeskraft in ihm merkte, wirkte stets noch eine Weile nach. Seine Zufriedenheit mit sich selbst freilich bekam dabei jedes Mal einen Stoß. Er sah dann im Geist vor sich einen anderen Stefan Hersberg, der etwas dazu tat, um das in Hanna für ihn verkörperte Glück zu verdienen. Der arbeitete, schaffte, strebte, dies enorme hohe Ziel zu erreichen.

Manchmal empfand er in solchen Augenblicken auch in sich die Kräfte, dieser andere Graf Stefan zu werden. Es wäre wunderschön gewesen, es ihm gleichzutun, gewiss, – nur, – freilich, – bequemer war es, wenn er der alte Stefan blieb. Auch heute machten seine Gedanken diesen Weg, ein Lächeln ging über sein Gesicht, und er sagte halblaut: »Ein Faultier bin ich und bleib ich, ein unverbesserliches.«

Dann trat ihm die Situation vor die Seele, der er entgegenging. Wie würde das Wiedersehen mit seinem Vater sich gestalten? Wie würde sich der alte Mann in den Tod seines ältesten Sohnes finden, der von ihm enterbt und verflucht worden war und nun, als er eben reuevoll ins altehrwürdige Vaterhaus hatte heimkehren wollen, auf so geheimnisvoll schreckliche Weise vom Leben hatte scheiden müssen?

Wie würde dieser Vater ihm selbst gegenübertreten, der ihm – es war leider nicht abzuleugnen – so viel Verdruss und Kummer bereitet hatte, dass er nun von ihm in derselben leidenschaftlichen, unbeherrschten Art sich wie vor Jahren von seinem anderen Sohn hatte loslösen wollen?

Es war Stefan bei diesen Gedanken und Fragen unbehaglich zumute, aber etwas von der elastischen Leichtigkeit in seinem Gang und von dem Sonnenschein auf seinem Gesicht, die Hanna geweckt hatte, begleiteten ihn doch bis an sein Ziel.

Im Bahnhof angelangt, las er auf einer schwarzen Tafel am Bahnsteig, dass der Zug seines Vaters fast eine halbe Stunde Verspätung haben würde.

Nun hieß es warten.

Langsam ging er auf dem grauen Pflaster des Bahnsteigs hin und her, wo durch die mächtige, von unzähligen Maschinen verräucherte Glaswölbung ein fast ebenso graues Licht herabrieselte. Je näher der Augenblick der Begegnung mit seinem Vater kam, umso mehr verdüsterte sich auch seine Seele mit solch hässlichem Grau. Das Totenantlitz des auf geheimnisvolle Weise gestorbenen Bruders erschien vor seinen Augen, der Schmerz um den Gestorbenen wurde zum ersten Mal sehr tief und sehr groß.

Das langsam ermattende Fauchen eines einlaufenden Zuges auf der linken Seite des Bahnsteigs – das rechte Gleis blieb für den von Stefan erwarteten Schnellzug frei – klang ihm störend in sein ernstes Nachdenken hinein. Er trat beiseite, den Strom der Angekommenen vorüberfluten zu lassen, und hielt seinen Blick auf den Boden geheftet. Plötzlich klang sein eigener Name, laut von einer Frauenstimme gerufen, ihm ins Ohr.

»Graf Stefan, Graf Stefan!«

Er fuhr herum. Ihm gegenüber stand Afra Baratta mit verzerrtem Gesicht und weit aufgerissenen Augen. Sie fasste seinen Arm so gewaltsam, dass er schmerzte, während ein halbirres Lachen von ihren Lippen kam.

»Sie sind hier, haben auf mich gewartet, Gott sei gedankt! Es ist mir ein Zeichen, dass das Grässliche nicht Wahrheit sein kann, sonst wären Sie nicht gekommen. Er lebt, nicht wahr, er lebt?«

Stefan schüttelte langsam den Kopf. »Sie sprechen von meinem Bruder. Nein, leider muss ich Ihnen die traurige Nachricht bestätigen. Er ist gestern Abend gestorben.«

»Tot, Xaver tot!« Sie schrie die Worte mit so lauter Verzweiflung, dass eine neugierige Menschengruppe sich um sie bildete. Stefans Gesicht verfinsterte sich. Diese geräuschvolle, theatralische Trauer war ihm höchst unsympathisch.

»Bitte, beruhigen Sie sich. Kommen Sie mit mir in einen geschlossenen Raum, dort will ich Ihnen alles berichten, aber nicht hier.«

Die leisen, doch mit starkem Nachdruck gesprochenen Worte taten ihre Wirkung. Afra sandte noch einen verzweifelten Blick zu der Glaswölbung der Halle hinauf, dann klammerte sie sich mit um seinen Arm zusammengekrampften Händen an ihn und stammelte mit gebrochener Stimme: »Ja, kommen Sie, kommen Sie.« So ging sie mit mehrfach einknickenden Knien langsam an seiner Seite dahin.

Ein kleines Damenzimmer neben dem Warteraum Erster Klasse war leer, und Stefan führte seine Schwägerin dort hinein. Seine Schwägerin! Mitten in Unbehagen, Trauer und Aufregung fuhr es ihm durch den Sinn, wie sonderbar das Leben spielte, dass dies innerlich und äußerlich ihm so fremde Wesen ihm so nahe verwandt war.

Afra hatte sich gleich nach ihrem Eintreten auf die Knie geworfen, ihr Gesicht in den Händen verborgen und so den Kopf auf den Sitz eines Diwans gepresst. Ein hysterischer Weinkrampf durchbebte den zusammengesunkenen Körper.

Ihr haltloses Betragen weckte bei Stefan einen leisen Trieb zur Grausamkeit. Seine Stimme klang härter als gewöhnlich, indem er sagte: »Sparen Sie noch etwas an Schmerz auf. Ich glaube, Sie wissen bisher noch nicht alles. Man sagte mir wenigstens, Ihnen sei nur eine ganz kurze Nachricht vom Tod meines Bruders telegrafiert worden. Er ist aber keines natürlichen Todes gestorben. Man hat ihn vergiftet.«

Sie fuhr empor und herum. Ein Furienantlitz war es, das den Grafen anstarrte. »Vergiftet, ihn? Wer hat es getan, wer hat es getan?«

»Das liegt bis jetzt noch völlig im Dunkeln. Die Gerichtskommission ist eifrig an der Arbeit, hat aber, soviel ich weiß, vorläufig absolut keinen bestimmten Verdacht. Nach der Sektion…«

»Sektion!«, schrie die Baratta. »Sein himmlischer göttlicher Körper zerschnitten, zerfleischt, entstellt…«

»Er wird bald noch entstellter sein, wenn er unter der Erde liegt«, sagte Stefan hart, mit gerunzelter Stirn. Afras Art war ihm unerträglich. »Nach dem Ergebnis der Sektion soll er an einem langsam wirkenden indischen Gift gestorben sein, dass ihm schon ein paar Stunden vor seinem Tod kann beigebracht worden sein. Darum ist es doppelt schwierig…«

»Ein paar Stunden, ein paar Stunden? Wann ist Xaver gestorben? Sagen Sie mir das ganz genau.«

»Sein Auftreten gestern Abend begann wie gewöhnlich um acht und ein Viertel. Ungefähr eine halbe Stunde darauf erfolgte die Katastrophe.«

»Stimmt, stimmt, stimmt«, murmelte die Baratta. Sie war aufgesprungen und ging mit großen, raschen, schleifenden Schritten in dem kleinen Raum hin und her.

»Aber das Gericht soll es wissen, sein Mord soll gerächt werden.« Sie blieb jäh vor Stefan stehen und packte seine Hand. »Ich kenne die Mörderin.«

»Sie?«

»Fragen Sie mich nicht weiter. Wir dürfen keinen Augenblick verlieren. Sagen Sie mir nur schnell, wer Untersuchungsrichter in dieser Sache ist?«

»Der Amtsgerichtsrat Germelmann.«

»Wo kann ich ihn finden?«

»Im Justizgebäude. Sein Zimmer hat Nr. 145.«

»Gut. Ich fahre dorthin. Sofort. Nein, ich habe vorher noch einen anderen Weg. Erst muss ich wissen... leben Sie wohl, Graf Stefan. Wenigstens rächen will ich meinen Xaver. Ich liefere die Mörderin dem Gericht in die Hände.«

Sie stürzte hinaus. Er machte keinen Versuch, ihr zu folgen, strich sich nur mit einer Hand über die heiße Stirn. Ein paar Mal hatte sein Blick sich bereits auf den mit lautem Ticken sein Amt erfüllenden Regulator an der Wand gerichtet, um den Zug seines Vaters nicht zu versäumen. Er ging rasch und schnell zu der Tür, die zu den ganzen Bahnsteigen führte.

Die Zeit war abgelaufen, um die sich der Zug verspätet hatte. Stefan sah die Silhouette der schwarzen Maschine, langsam größer werdend, bereits aus der weißen Helle draußen in die Dämmerung unter dem rauchgeschwärzten Gewölbe einlaufen. Mit einem beklommenen Aufatmen ging er dem Zug entgegen.

Eilig schritt er an der nur noch matt sich bewegenden Wagenreihe hin, die Fenster mit raschem Blick überfliegend. Ein Gesicht, eine Hand gaben ihm Zeichen, es war sein Vater, der mit verzweifelten, verweinten Augen nach ihm suchte.

Als der junge Graf die Wagentür aufriss, gab der Vater ihm einen Wink, dass er die Mitreisenden erst hinauslassen wolle, bevor er sprach. Dann, als er allein im Abteil zurückgeblieben war, hob er zweimal mit einer Geste der Verzweiflung die rechte Hand, um sie jedes Mal schwer auf sein Knie zurückfallen zu lassen.

»Stefan, Stefan!«

Das war alles, was er hervorbrachte. Vergeblich rang er um andere Worte, sie wurden immer wieder von aufquellenden Tränen ausgelöscht.

»Komm, Vater«, sagte freundlich der Sohn.

»Steig doch erst einmal aus, ich helfe dir. Quäle dich nicht mit reden, wir wollen sprechen, wenn wir allein und in Ruhe sind. Ich habe dir ein Zimmer im Palasthotel bestellt, hier dicht beim Bahnhof in der Nähe.«

Er winkte zugleich einem Träger, dem er das Handgepäck seines Vaters übergab. Dann half er dem alten Herrn, der beim Versuch, aufzustehen, zunächst noch einmal auf die Polster zurücksank, behutsam aus dem Wagen.

Es war etwas Weiches, fast weiblich Zartes in seinen Bewegungen bei diesem Tun. Auf Stefans Arm gestützt und seinen Stock mit schwarzer Krücke bei jedem Schritt fest auf den Boden stoßend, ging der alte Graf zum Ausgang hin.

Er war sehr groß, noch größer als der Sohn, aber in diesem Augenblick durch den schweren Gram tief niedergebeugt. Auf dem hohen Körper saß ein weißhaariger Kopf mit schönem Greisenantlitz, durch die Form von Bart und Haar nach der Weise Kaiser Wilhelm des Ersten an vergangene Zeiten gemahnend.

Ohne zu sprechen, gingen sie nebeneinander. Das laute Hasten der Menge ringsumher machte sie stumm. Im Hotelzimmer, dessen durch doppelte Türen geschützte Ruhe sie gegensätzlich und wohltuend umfing, sank der alte

Graf schwer auf einen Sessel und sagte mit mühsamer Stimme zu Stefan, der sich neben ihn setzte: »Nun erzähle mir alles.«

Es war nicht viel Neues, was der Sohn in Ergänzung seines ausführlichen Telegramms noch zu berichten hatte, doch wirkte das lebendige Wort mit aufregender Kraft.

Über die Wangen des alten Herrn liefen häufige Tränen in seinen weißen Bart. Er griff nach Stefans Hand und presste sie fest in die seine.

Das alles war natürlich und menschlich, nur eins fiel Stefan auf. Die Vergiftung seines Bruders, dieser mutmaßliche geheimnisvolle Mord berührte den Vater scheinbar am wenigsten. Sein Gefühl blieb ganz in den Kreis des eigenen Selbst gebannt, und ihm gab er Ausdruck in beweglichen Klagen, als der Sohn geendet hatte.

»Mein Junge, mein Botho! Wenn ich ihm nur einmal noch die Hand hätte drücken können! Unrecht hab ich an ihm getan, schweres, unverzeihliches Unrecht! Es ist nur gerecht, wenn ich dafür gestraft werde. Warum aber hat er dafür büßen müssen, mein lieber, guter, schöner Junge?«

Voller Staunen und Mitleid schaute der Sohn auf den Vater. Wie sehr war dieser alte Mann verwandelt! Verschwunden scheinbar und ausgelöscht all die jähzornige Heftigkeit, unter der Botho schwer gelitten hatte, die Stefans eigenem Leben fast auch schon verderblich geworden war.

Dass diese Gefahr – für den Augenblick wenigstens – nicht mehr drohte, sagten ihm schon des Vaters nächste Worte. Doch sein Mitleid war zu stark, als dass er sich darüber schon jetzt hätte freuen können. Wie mussten die Schmerzen brennen, in deren Feuer das Erz dieses früher so harten Mannes geschmolzen war.

»Nun hab ich nur noch dich, Stefan. Du musst bei mir bleiben, darfst mich nicht verlassen. Ich will versuchen, an dir wieder gut zu machen, was ich an Botho gesündigt habe. Hab mich lieb, mein Junge, hab du mich lieb!«

Dem Sohn kamen bei diesem hilflosen Flehen des Vaters die Tränen ins Auge. Und ein Gefühl wuchs in seinem Herzen auf, das jenem durch Hanna mitunter in ihm geweckten Empfinden verwandt war, wenn er sich stark und mutig fühlte, sich in den anderen, festeren, besseren Stefan zu verwandeln, der ihm zuweilen vor Augen schwebte.

Sein Gefühl trieb ihn empor. Er beugte sich über den Alten und küsste leise seine heiße Stirn. »Ich habe dich lieb, Vater, heute lieber denn je.« Dann, als ob er sich der weichen Regung schämte, trat er schnell zurück und versuchte, den gewohnten lässigen Humor wieder aufzuwecken.

»Aber nun ist's genug. Wir wollen doch keine Tränenweiden werden, Vater, nicht wahr? Jetzt gehen wir zusammen zum Essen…«

Der Alte wehrte lebhaft ab. »Essen kann ich nicht. Ich habe im Speisewagen gefrühstückt. Nur müde bin ich, sehr

müde.«

»Das ist famos. Der Schlaf ist noch bessere Medizin.

Komm, leg dich hierher, die Chaiselongue scheint mir bequem, – so, da wären wir. Ich setze mich zu dir, halte deine Hand, – so hat es keine Gefahr, dass ich dir davonlaufe.

Nun aber schnell geschlafen. Wer ein Wort spricht, kommt in Verruf.«

Er hatte den Vater beim Sprechen auf das Lager gebettet, setzte sich neben ihn und hielt seine Hand, wie versprochen. Aus dieser Berührung des ihm gebliebenen Sohnes schien Frieden in die Seele des alten Grafen hinüberzuströmen, seine Züge glätteten sich nach und nach, sein Atem ging ruhiger, und bald lag er in tiefem, festem Schlaf.

Amtsgerichtsrat Germelmann war am Nachmittag wieder in seinem Amtsraum des Justizgebäudes erschienen, durch ein paar Gläser guten Rotweins beim Essen und eine schwere Zigarre hinterher in seiner angeborenen Behaglichkeit und Jovialität angenehm bestärkt. Er warf einen Blick aus dem Fenster in den hellen Herbstsonnenschein und sagte mit einem Kopfschütteln zum Kommissar Bauer, der ihm gegenüberstand: »Warum nur die

Menschen sich gegenseitig das Leben so schwer machen? Warum rauben sie, stehlen sie, morden sie? Das alles ist eigentlich doch ein kolossaler Unsinn.«

Der Kommissar lachte höflich, ohne viel Verständnis für diese philosophische Betrachtung aufzubringen, um dann zu sagen: »Ja, die Welt ist nun einmal so eingerichtet.«

»Leider. Und wir haben die schmutzige Wäsche von all diesen Völkern zu waschen. Was gibt es Neues in der Sache Stieler?«

Bauer öffnete den Mund eben zur Antwort, als nach einem Klopfen an der Tür einer der Gerichtsdiener hereinkam und meldete, dass ein Herr draußen sei, der den Herrn Untersuchungsrichter zu sprechen wünsche.

Germelmann warf einen Blick auf die vom Diener gereichte Visitenkarte, sein Gesicht gewann dabei wieder den Ausdruck einer starken, gespannten Erwartung, während er schnell sagte: »Lassen Sie den Herrn eintreten.« Und er fügte, zum Kommissar gewandt, halblaut hinzu: »Der Inder ist es. Was mag er wollen?«

Amaru trat ein, verbeugte sich mit seiner anmutigen Bewegungskunst und sagte: »Herr Gerichtsrat gestatten, dass ich mir habe, erlaubt noch einmal hierher zu kommen.

Aber ich bin gewesen voll Gedanken wegen das, was ich habe gehört und gesagt heute Morgen. Weil wir doch haben, gesprochen von mein Gift, was wir nennen würden auf Deutsch ›Der glückliche Tod‹. Und ich bin gegangen zu Haus an das kleine Schrank, wo hat immer gestanden das Gift, und habe genommen heraus das kleine Glas.«

Er hatte, während er sprach, in die Tasche seines Rocks gegriffen und einen in Papier gewickelten Gegenstand hervorgezogen. Indem er ihn jetzt von seiner Hülle befreite, kam ein ziemlich dickes Medizinglas mit eingeschliffenem Stöpsel daraus hervor. Ein Etikett, auf dem – unter dem Bild eines Totenkopfes das Wort ›Poison‹ stand, war darauf geklebt, ein weißes, die Höhlung, bis etwas über die Hälfte füllendes Pulver war durch die Glaswandung sichtbar.

Amaru stellte mit sorgfältiger Vorsicht sein Glas vor Germelmann auf den Tisch und sagte: »Möchten Herr Untersuchungsrichter haben die Güte, genau zu betrachten, was ich hier habe gebracht. Sie werden sehen daran etwas Besonderes, was auch für mich selbst ist neu gewesen. Schauen Sie her: Oben über das Pulver ist am Glasrand rundum ein weißer Ring wie von einem – wie sagt man? – a Fog.«

»Wie von einem Nebel, meinen Sie? Ja, Sie haben recht. Ich sehe jetzt, wovon Sie sprechen. Aber ich glaube, das erklärt sich sehr einfach. Es war früher etwas mehr von dem Pulver im Glas, es hat ein Stückchen höher hinaufgereicht. Infolge von irgendwelchem chemischen Prozess hat es ebenso hoch hinauf diese weißliche, nebelhafte Spur am Glas zurückgelassen. Ein Beweis also, dass ein Teil davon herausgenommen worden ist.«

Germelmann hatte beim Sprechen mit scharfer Beobachtung auf das vor ihm stehende Glas niedergeschaut, bei den letzten Worten aber den Kopf plötzlich gehoben und mit noch geschärftem Blick auf Amarus Gesicht geschaut. Es war ein Blick, dass man nicht so einfach vergisst.

»Ja, ja, gewiss. Ja, ja, ganz genau. Das ist gerade, was ich habe gemeint. Man hat mir genommen von das Gift.«

»Wer kann das getan haben?«

»Ja, wenn ich das könnte, sagen! Aber ich wissen genau, dass Ring von das Nebel ist, nicht gewesen früher. Das Pulver hat ausgefüllt seine Platz, und ist gewesen darüber das Glas ganz rein und klar.«

»Wissen Sie das genau?«

»Ganz genau.«

»Haben Sie das Glas denn öfter in Händen gehabt und geprüft?«

»Nicht öfter, das nicht. Aber ich bin gewesen krank ein paar Wochen her, – ich glauben, dass ich schon das haben gesagt, – und weil ich bin, gewesen darüber sehr betrübt und habe gedacht, wenn ich nicht wieder werde, gesund und kann arbeiten in meine Fach, ich lieber will sterben durch das ›glückliche Tod‹. Und ich habe darum angeschaut so genau das Glas, und ist keine Spur in ihm gewesen von solche Nebel.«

Germelmann rieb wieder die Nase gedankenvoll an seinem Zeigefinger, um dann zu fragen: »Hat Ihre Wirtin von der Existenz dieses Fläschchens gewusst, haben Sie mit Ihren Kollegen darüber gesprochen?«

»Ich nicht haben gemacht eine Geheimnis aus mein Besitz von das Gift, aber ich nicht könnte mich erinnern, dass ich kurze Zeit her darüber hätte, gesprochen mit meine Wirtin oder meine netten Kollegen.«

»Und wie war es mit Herrn Stieler? Hat er etwas davon gewusst?«

Amaru machte mit südlicher Lebhaftigkeit ein Zeichen der Verneinung. »Nicht er, – oh nein! Ich bestimmt wissen, dass ich mit ihm niemals habe, gesprochen darüber.«

Der Ausdruck von Germelmanns Gesicht war immer sinnender und gedankenvoller geworden. Jetzt entschied er: »Nun, jedenfalls bin ich Ihnen dankbar für Ihr Kommen. Das Glas aber müssen Sie hierlassen. Der chemische Sachverständige soll den Inhalt noch mit seinem Resultat von der Leichenuntersuchung vergleichen.«

»Ich soll – das Glas nie bekommen wieder?« Amarus Gesicht hatte sich verdüstert, ein trauriger Ausdruck war in seinen Augen.

»Das ist nicht gesagt. Es ist Ihr Eigentum, wenn auch ein unerlaubt gefährliches. Aber vorläufig muss das Gericht es in Verwahrung nehmen.«

»Oh, wenn ich das hätte, gewusst…«

Er brach ab, es blieb unausgesprochen, was er hatte sagen wollen.

»Wie lange werden Sie noch in unserer Stadt bleiben?«, fragte der Untersuchungsrichter schnell.

»Ich hätte sollen abgehen mit Schluss von diese Monat. Aber weil Herr Stieler ist gestorben, ich bin wieder gestiegen in Wert bei dem Herrn Direktor, und er hat verlängert meine Kontrakt um eine Monat.«

»Sie haben also Vorteil von dem traurigen Todesfall, nicht wahr?«

Wieder traf ihn ein scharfer Blick Amarus Gesicht.

»Wenn man es will, nennen ein Vorteil. Ich selbst aber nicht glauben, dass es kann, bringen Glück, wenn man auftritt auf eine Bühne, wo geschehen ist solch ein Ding.« Er schwieg einen Augenblick, um dann zu fragen: »Haben der Herr Untersuchungsrichter noch zu wünschen etwas übrig?«

»Danke, nein. Für heute wäre wohl alles erledigt. Aber Sie werden jedenfalls bald wieder vernommen werden.«

»Ich sein immer bereit«, entgegnete der Inder und ging mit einer seiner malerischen Verbeugungen hinaus.

Germelmann sprang im selben Augenblick empor und schritt mit auf den Rücken gelegten Händen lebhaft auf und ab. »Ein toller Kerl, dieser Inder, wahrhaftig ein toller Kerl! Entweder von einer Harmlosigkeit und Unschuld, wie man sie diesen Kindern der Sonne nachsagt, oder ein ganz verteufelt geriebener Bursche.«

Der Kommissar nickte mit Nachdruck »Jawohl, jawohl, jawohl, – dass er selbst hierher kommt und uns das Gift sozusagen unter die Nase hält, – es hat beinahe den Anschein, als ob er uns verulken wollte. Wenn er nicht beim Theater wäre, man könnte noch glauben, dass, – aber Theater und Unschuld, wie reimt sich das aufeinander?«

»Das ist es ja, was mir nicht in den Kopf hinein will. Auf alle Fälle, wie schon gesagt: genau beobachten lassen, wo der Mensch verkehrt, was er treibt, mit wem er zusammenkommt, – alles kann von Wichtigkeit sein.«

»Gewiss, gewiss. Ich habe den früheren Leutnant Grabert bereits beauftragt. Er ist ein kluger Mensch und scharfer Beobachter. Ihm wird…«

Er kam nicht weiter. Abermals ein Klopfen an der Tür und gleich darauf das Eintreten des Gerichtsdieners. Doch auch seine Worte blieben unausgesprochen, denn unmittelbar hinter ihm erschien eine Frauengestalt und erzwang sich den Eintritt, ohne zu fragen. Afra Baratta war es, die so gewaltsam in ungeheurer Aufregung eindrang.

Sie warf einen raschen Blick über den Raum und ging mit hastigen Schritten auf den Untersuchungsrichter zu.

»Nicht wahr, Sie sind Herr Amtsgerichtsrat Germelmann? Ich bin Afra Baratta, die Frau des unglücklichen, schändlich hingemordeten Xaver Stieler. Sie haben mir telegrafiert…«

Germelmann, zuerst sehr überrascht, hatte seine Ruhe wiedergefunden und fiel ihr ins Wort. »Ganz recht, ich ließ an Sie telegrafieren. Der Anlass dafür war traurig.

»Oh, furchtbar, furchtbar, furchtbar! Ich bin vernichtet, ich bin gebrochen, mein Leben ist mir zerstört.

Ihr haltloses Gebaren ließ den Untersuchungsrichter die Stirn ärgerlich runzeln und in kühlem Ton sagen: »Bitte, versuchen Sie sich zu beruhigen. Ihr Gefühl in Ehren, aber hier vor Gericht handelt sich's um Tatsachen. Wir hatten Sie schon heute Morgen zurückerwartet auf unser Telegramm.«

»Ich hätte hier sein können, ich wäre hier gewesen, wenn der Mensch im Schlafwagen es mir nicht unmöglich gemacht hätte. Natürlich fuhr ich im Schlafwagen, weil ich nach St. Petersburg durchreisen wollte. Ich fühlte mich sehr angegriffen und hatte mir ein Abteil für mich allein genommen, auch gesagt, man sollte mich unter keinen Umständen stören. Das hat er wörtlich genommen, der Diener im Wagen, und hat mir erst heute früh das Telegramm gegeben, das pünktlich eingetroffen war.

Aber das ist nun einmal geschehen und lässt sich nicht ändern. Jetzt gibt es Wichtigeres, und ich bin hier, um es Ihnen hier ehrlich zu sagen.«

Sie hatte die Worte so hastig, überstürzt hervorgestoßen, dass ihr der Atem verjagte. Germelmann tat in das kurze, dadurch erzwungene Schweigen hinein die Frage: »Was haben Sie mir mitzuteilen?«

Afra trat mit einer so heftigen, leidenschaftlichen Bewegung auf ihn zu, dass er unwillkürlich zurückwich. Ihr Anblick war tatsächlich furchterregend. Ungeordnet hing ihr das Haar, an die Schlangen der Medusa gemahnend, um das gelblich blasse Gesicht, in dem alle sonst sorgsam verborgenen Falten und Schattenlinien deutlich hervor traten und ihre schönen Züge plötzlich gealtert erscheinen ließen.

Ein wildes Feuer war in ihren Augen, und ihre geballten Hände zitterten, indem sie ganz leise, zwischen den Zähnen die Worte hervorstieß: »Ich will Ihnen sagen, wer meinen Mann ermordet hat.«

»Sprechen Sie.«

»Gestern am Abend war mein Mann bei mir...«

»Um welche Zeit war das?«

»Ich war von der Salome-Probe nach Hause gekommen, die nach fünf Uhr vorüber war. Von dort bin ich im Auto zu meiner Wohnung gefahren. Ein paar Minuten später ist Xaver gekommen, es muss gegen halb sechs gewesen sein.«

»Haben Sie irgendetwas Ungewöhnliches an ihm bemerkt?«

»Nein, – ich wüsste nicht. Er hat längere Zeit mit mir gesprochen, dann ist er gegangen. Und ich, – weshalb ich es getan habe, geht nur mich an, – ich bin ihm gefolgt.«

Der Amtsgerichtsrat öffnete die Lippen, als ob er sprechen wollte. Doch besann er sich anders und wartete schweigend, bis die Baratta nach kurzer Pause wieder begann.

»Ich bin ihm nachgegangen, heimlich, ohne dass er mich sah, gegenüber auf der anderen Seite der Straße, wo die Bäume tiefen Schatten warfen. So bin ich ihm gefolgt bis in die stille Heidinger Straße, wo noch viele große Gärten sind.

Vor einem dieser Gärten ist er stehen geblieben, dann ist ihm die Pforte von einer Dame geöffnet worden. Sie hat ihn dort in der Dunkelheit erwartet, ist mit ihm in einen Pavillon dort im Garten gegangen. Es war Licht im Pavillon, ich habe das Profil der Dame deutlich am herabgelassenen Fenstervorhang erkannt und ich weiß, wer es war.«

»Dann sagen Sie's mir.«

»Seit heute weiß ich, wer es gewesen ist. Ich habe sie getroffen, vorherige Woche war es, in meines Mannes Wohnung. Ich habe gesehen, dass er sie gestern bei der Salome-Probe grüßte. Nur war mir da noch unbekannt, wer sie war. Aber ich habe mir den Garten, den Pavillon gestern genau gemerkt und bin heute gleich nach meiner Ankunft hingefahren. Ich habe festgestellt, zu welchem Haus dieser Garten gehört, habe gefragt in der Nachbarschaft und erfahren, dass nur eine Dame sich unter den Bewohnern des Hauses befindet. Und so weiß ich, wer sich heimlich gestern Abend mit meinem Xaver im Pavillon getroffen hat: Hanna Rainer, die Tochter des Kommerzienrats Rainer, ist es gewesen.«

Mit einer Bewegung des Erschreckens und Unwillens hob Germelmann eine Hand empor und öffnete die Lippen, um zu sprechen. Aber die Baratta fiel ihm ins Wort in rascher Leidenschaft. Wieder trat sie schnell ganz nahe vor Germelmann hin, wieder zitterten ihre geballten Hände, wieder kamen die Worte zischend von ihren Lippen.

»An einem Gift soll mein Xaver gestorben sein, dass ihm ein paar Stunden vor seinem Tod beigebracht worden ist. Ein paar Stunden vor seinem Tod ist er dort im Pavillon zu heimlichem Rendezvous mit Hanna Rainer zusammen gewesen. Hanna Rainer hat ihn vergiftet. Wie sie sein Herz mir geraubt hat, so hat sie sein Leben genommen.«

Sie hatte die Fäuste in wildem Drohen erhoben, in furienhafter Schönheit stand sie vor dem Richter.

Sein Gesicht hatte sich mehr und mehr verfinstert, er sprach lauter und heftiger als gewöhnlich. »Kommen Sie zu

sich, Sie fantasieren.«

»Ich weiß, was ich weiß. Ich habe gesehen, was ich sah.«

»Jawohl, einen Schatten haben Sie gesehen auf einem beleuchteten Vorhang. Das ist alles. Denn Sie selbst haben gesagt, es wäre tief dunkel gewesen dort unter den Zweigen der Bäume. Sie können unmöglich in solcher Finsternis von der anderen Seite der Straße her jemanden erkannt haben, der im Garten jenseits der Pforte stand. So bleibt nur der Schatten, den Sie gesehen haben. Daraufhin beschuldigen Sie die Tochter eines angesehenen Mannes.«

»Auch in angesehenen Häusern gibt es Verbrechen.«

»Machen Sie sich doch einmal den Widerspruch in Ihrem Gedankengang klar. Warum sind Sie gestern Ihrem Mann nachgegangen? Offenbar doch aus Eifersucht. Sie bildeten sich ein, dass er zu einer Geliebten ginge...«

»Jawohl, und ich hätte das Weib in Stücke reißen können.«

»Sie bestätigen mit Ihren Worten eine bekannte Regel: Man tötet aus Hass, nicht aus Liebe. Warum denn sollte

diese Frau den Mann getötet haben, den sie liebte?«

»Fragen Sie mich nicht, ich weiß es nicht. Aber dort ist er gewesen, dort hat man ihn vergiftet, hat sein Leben und mein Leben mit dem seinen vernichtet.«

»Sie sagen, das Gift ist ihm ein paar Stunden vor seinem Tod eingegeben worden, und weil er dort war, soll es dort geschehen sein. Aber ein paar Stunden vor seinem Tod war Xaver Stieler auch noch an einem anderen Ort. Er war in Ihrer Wohnung, Frau Baratta.«

»Was... ich... bin ich rasend geworden, dass ich Worte höre, die nicht möglich sind, ...?«

»Beantworten Sie mir die Frage: Hat Ihr Mann in Ihrem Zimmer etwas genossen, getrunken oder zu sich genommen?«

»Nein, ich weiß es einfach nicht... Ich weiß nichts mehr.«

»Besinnen Sie sich, vielleicht fällt es Ihnen doch noch ein. Ihre Wohnungsgeberin ist eben vernommen worden. Sie hat von einem leeren Glas gesprochen, das in Ihrem Zimmer stand, und worin ein Rest von einem weißlichen Pulver war...«

»Ja, jetzt weiß ich's wieder. Mein Mann hat auf mein Zureden zur Beruhigung der Nerven eines von meinen Pulvern genommen. Er hatte lebhaft gesprochen...«

»Jawohl, sehr lebhaft. Einen Streit hat es zwischen Ihnen gegeben, den man draußen auf dem Korridor deutlich gehört hat. In solcher Stimmung haben Sie den Beruhigungstrank für Ihren Mann gemischt.«

Er sprach laut, mit bitter scharfem Hohn. Und Afras Verhalten zeigte, dass ihr deutlich bewusst war, was an verstecktem Vorwurf hinter seinen Worten lauerte. Das Beben der Hände pflanzte sich in ihren ganzen Körper fort, ein Phosphorglanz kam in ihre Augen.

»Sprechen Sie's doch aus«, rief sie beinahe schreiend.

»Sagen Sie mir es ins Gesicht, ich habe meinen Mann ermordet! Haben Sie den Mut auszusprechen, was Sie zu denken wagen. Ich ihn getötet, ich ihn vergiftet! Ihn, der so herrlich und edel und gut war. Aber ich kenne Sie jetzt. Wir beide haben in Zukunft nichts mehr miteinander zu schaffen.«

Sie schüttelte die hocherhobenen Fäuste wütend gegen ihn, wandte sich dann plötzlich um und stürzte zur Tür hinaus.

Der Kommissar, der beobachtend beiseite gestanden hatte, trat eilig vor. »Soll ich ihr nicht nachgehen, sie festhalten, sie verhaften?«

Germelmann schüttelte den Kopf. Sein Gesicht war heiß und rot geworden. »Lassen Sie, nein, dafür haben wir noch nicht Anhalt genug.«

Er schöpfte tief Atem, blies die Luft hörbar von sich.

»Donnerwetter, das ist ein Weib! Scheinbar Hysterikerin erster Klasse. Die wird uns noch schön zu schaffen machen. Es ist eine verteufelte Geschichte.«

»Herr Amtsgerichtsrat meinen Sie…?«

»Ich meine, dass die Person mit ihrer Eifersucht uns eine höchst unangenehme Sache eingebrockt hat. Kommerzienrat Rainer ist einer von den angesehenen, reichen Bürgern unserer Stadt. Und ausgerechnet seine Tochter wird von dieser Kinoprinzessin verdächtigt.«

»Immerhin dürfte das eine doch wohl sicher sein, dass dieser Xaver Stieler gestern Abend im Garten der Villa Rainer gewesen ist.«

»Das ist es ja, was mir die Geschichte so fatal macht. Wenn ich auch noch so sehr von Fräulein Rainers Unschuld überzeugt bin, bei der Wahl zwischen ihr und solch einer Theaterdame spricht nach meinem Urteil von vornherein alles für sie. Wir werden doch nicht umhin können, dort in der Villa Rainer Nachfrage zu halten.«

»Das wird sich allerdings nicht vermeiden lassen.«

»Wir müssen es natürlich möglichst diskret machen in der Form. Ich will Fräulein Rainer nicht hierher zitieren, sondern selbst in ihre Villa gehen. Und ich bitte Sie, mit mir zu kommen.«

Bauer beugte sich militärisch. »Wie Herr Amtsgerichtsrat wünschen. Wann sollen wir gehen?«

»Wir müssen rasch sein. Ich denke, heute Nachmittag um fünf Uhr wird passen. Ich habe bis dahin noch zu tun. Wenn Sie mich hier abholen wollen, können wir zusammen hinausfahren.«

»Gewiss, Herr Amtsgerichtsrat.«

»Und Gott soll uns in Gnaden vor noch mehr Theatervolk bewahren. Dem wird ja die Lüge durch seinen Beruf zur zweiten Natur. Bei dem Inder so gut wie bei dieser Baratta muss ich mich immer wieder fragen: Ist alles das nun Wahrheit oder ist es Komödie, was ich da vor mir sehe?«

Siebtes Kapitel

Hanna Rainer war allein in ihrem Zimmer. Es war ein Raum, der mit seinen ruhigen, dunklen Tönen der Möbel, der Tapete, der Stoffe behagliche, gesammelte Ruhe zu atmen schien, dessen Wirkung offenbar zurzeit auf die Bewohnerin machtlos war. Sie hatte zu lesen versucht, jedoch das Buch sinken lassen und fortgelegt, weil sie fühlte, dass die Worte darin ungesehen und unverstanden an ihr vorüberglitten.

Mit einer schnellen, energischen Bewegung war sie aufgestanden und hatte begonnen, gesenkten Blickes im Zimmer auf- und niederzugehen. Das dauerte nun schon eine Viertelstunde lang. Die nachmittägliche Herbstsonne, die zuerst noch schräg in das große Fenster hereingeschaut hatte, war weiter gewandert und hatte die tiefen Farben des Raumes durch ihr Scheiden plötzlich finsterer werden lassen. Immer noch bewegte sich die hohe Frauengestalt unablässig lautlos auf dem dicken, jeden Ton aufsaugenden Teppich hin und her.

Sie fuhr zusammen, als ein leises Klopfen an der Tür erklang. So sehr war sie in ihre Gedanken vertieft gewesen.

Auf ihr »Herein!« erschien der Diener und meldete: »Herr Doktor Glaritz fragt nach dem gnädigen Fräulein.«

»In den kleinen Salon. Ich komme sofort.« Bei dem Namen, der gemeldet wurde, war ein leiser Schatten über ihr Gesicht geglitten, aber dann schnell – durch einen anderen Gedanken scheinbar vertrieben – wieder verschwunden.

Jetzt war nur noch scharfe Spannung in ihren Zügen, in dem erwartungsvollen Zusammenziehen ihrer dunklen Augenbrauen.

Rasch ging sie hinaus und über den hellen Flur in den kleinen Salon, von dem sie gesprochen hatte. Hier war im Gegensatz zu Hannas eigenem Zimmer alles in einem lichten, freundlichen Blau gehalten, das in seinem Ton dem reinen Sommerhimmel verwandt war. Umso finsterer trat in dieser freundlichen Umgebung eine dunkle Gestalt hervor, die bisher am Fenster gestanden hatte, nun sich rasch umwendend auf die Hereingekommene zuging. Lebhaft ergriff Hanna des Mannes dargebotene Hand.

»Es ist schön, dass du zeitiger kommst als die anderen.

Ich freue mich, dass du da bist.«

Ihre rasch gesprochenen Worte wirkten auf sein bleiches, düsteres Gesicht, als ob sie den Schein eines hellen Lichts darauf hätten fallen lassen. In seinen Augen, in seinem Lächeln war plötzlich ein aufleuchtender Glanz, der einen Widerschein auf den ganzen Menschen zu breiten schien. Aber dieses war an ihm das einzige Helle.

Schwarz und finster stand seine Gestalt vor Hanna, nur im Schnitt ihrer modernen Gesellschaftskleidung vom Geisterfürsten Hans Heiling unterschieden, mit dem die kleine Liselotte Hell den Doktor Glaritz verglichen hatte. Blick und Ausdruck waren von der gleichen sehnsuchtsvollen Schwermut wie die jenes vergeblich um Erdenliebe ringenden, in Menschengestalt leidenden Geistes. Nur Hannas freundliche Begrüßung ließ für einen Augenblick das helle Freudenlicht in seinen Zügen aufleuchten.

Rasch erlosch der flüchtige Glanz wieder vor Hannas nächsten Worten. »Ich hatte gehofft«, sagte sie schnell, »du kämst schon heute Morgen, Vetter. Ich wollte so gern von dir Näheres über den Tod von Xaver Stieler hören. Du warst ja doch auf der Bühne gestern Abend, hast alles aus nächster Nähe miterlebt.«

Jetzt war Glaritz' Gesicht wieder so finster und farblos wie der ganze Mensch. Indem er mit halb geschlossenen Augen und fest aufeinander gepressten Lippen eine Sekunde lang schweigend ihr gegenüberstand, war es, als ob er einen plötzlichen Schmerz mühsam hinunterzwingen müsste. Seine Stimme war kalt und hart, mit einem Anflug von Hohn, als er dann sprach.

»So, darum? Freilich, dieser Xaver Stieler war ja der Bruder von Graf Stefan Hersberg.«

»Du weißt...?«

»Jawohl, ich hörte gestern Abend schon auf der Bühne diese große Neuigkeit, von der außerdem heute die Zeitungen voll sind. Ich muss dir mein Kompliment machen, Hanna. Du bist eine große Schweigerin und hast für deinen Freund wundervoll Komödie gespielt.«

Auch ihr Gesicht verfinsterte sich. Mit einer stolzen, kurzen Bewegung warf sie den Kopf zurück. »Ich war gebeten worden, zu schweigen, und ich habe geschwiegen.«

»Sehr diskret, tatsächlich.«

»Ach, lass doch das ruhen. Es gibt sehr viel wichtigere Dinge. Berichte mir von gestern Abend, von dem so plötzlich Gestorbenen. Du hast ihn doch wohl von deiner ganzen ärztlichen Tätigkeit her schon früher sehr gut und persönlich gekannt, oder?«

»Nein, er war niemals krank.«

»War er noch fähig zu sprechen, als du gestern auf die Bühne kamst? Man hat mir gesagt, … ich habe gehört, er sei vergiftet worden. Weiß man das wirklich gewiss?«

»Die Sache scheint sicher. Sie bedeutet für meinen Ruf als Arzt allerdings eine Blamage. Meine Diagnose ging dahin, dass Xaver Stieler an einem Schlaganfall oder Herzinfarkt gestorben wäre. Der kluge Herr Kollege, der zuerst von einer Vergiftung sprach, scheint aber doch im Recht zu sein.

Die Leichenuntersuchung soll ein indisches Gift, von dem ich wohl einmal gelesen hatte, dessen Wirkung mir aber hier in Deutschland nie vorgekommen war, zweifellos festgestellt haben.«

»Hat man keinen Verdacht?«

»Meines Wissens noch nicht. Ich habe den Untersuchungsrichter bisher nicht gesprochen.« Glaritz hatte seine Darlegungen mit einer knappen, trockenen Sachlichkeit gemacht. Nun schwieg er und sah mit Blicken, in denen ein verzehrendes Feuer brannte, auf Hanna. Doch hatte sie dafür keine Augen. Sie schaute zu Boden und begann ihr stummes, nachdenkliches Hin- und Hergehen auch hier aufs Neue. Da sie dauernd schwieg, fing er wieder an zu sprechen.

»Es ist mir natürlich nicht angenehm, dass ich mich geirrt habe. Doch solche Dinge können dem besten Arzt passieren. Ich war ja niemals in Indien, wie zufällig der Herr Kollege. Woher sollten mir die Symptome solch einer Vergiftung bekannt sein?«

Hanna bewegte Kopf und Oberkörper ungeduldig hin und her.

»Deshalb reg' dich nicht auf. Xaver Stielers Tod an sich beschäftigt alle Menschen so sehr, dass diese ganzen Nebensachen dagegen verschwinden.«

Sie verstummte plötzlich. Die Tür zum Nebenzimmer war geöffnet worden und ein grauhaariger Herr mit einem klugen Kaufmannsgesicht, mit rasch und sorgsam beobachtenden Blicken und fest aufeinander gepressten Lippen war hereingetreten.

»Du, Vater?«, fragte Hanna, sich nach ihm hinwendend.

»Ja, Kind, bewundere mich einmal. Ich habe mich tatsächlich für euch freigemacht. Es kommen doch auch wirklich nur Hells?«

»Nur Hells, gewiss.«

»Und hier unser Heinz natürlich?«

»Gewiss, auch Vetter Glaritz.«

Er klopfte den Arzt freundlich auf die Schulter. »Dass du schon vor der Zeit gekommen bist, ist nett von dir, Heinz. Wir stehen einander durch Verwandtschaft so nahe, wir wohnen einander jetzt so nahe, – du könntest uns ja von deiner neuen Wohnung aus in die Fenster sehen, wenn die Gartenbäume nicht wären, – dass wir auch wirklich gute Nachbarschaft halten müssen. Du könntest ruhig öfter einmal herüberkommen.«

Ein düsterer Blick flog aus Glaritz' Augen zu Hanna hinüber. »Ich weiß nicht, ob ich immer willkommen bin.«

»Aber selbstverständlich«, rief der Kommerzienrat, nachdem ein rasches Hinschauen ihm gezeigt hatte, dass die Lippen seiner Tochter fest geschlossen blieben. »Du bist immer willkommen, zu jeder Stunde. Mir und Hanna, selbstverständlich auch Hanna. Jetzt aber muss ich euch für fünf Minuten allein lassen, muss mich rasch noch in meinen

Smoking stürzen. Unterhaltet euch in Ruhe und genießt die Zeit. Bald werden Hells wohl antreten.«

Der Kommerzienrat ging mit einem freundlichen Kopfnicken für Glaritz hinaus. Er hatte die sichere Haltung, die festen, raschen Schritte des Mannes, der das Fundament eines großen Vermögens unter den Füßen fühlt.

Ein Schweigen trat ein, als die beiden anderen allein geblieben waren. Hanna schritt immer noch unruhig auf und ab. Die Glut in Glaritz' Augen verstärkte sich mehr und mehr im Anschauen ihrer hohen, schön bewegten Gestalt, und er musste die Lippen öffnen, um Atem schöpfen zu können. Er war es, der das tiefe Schweigen zuletzt unterbrach.

»Ich wäre gestern Abend beinahe noch herübergekommen.«

»Nach dem Theater?«

»Nein, vorher. Ich sah Licht im Pavillon hinten, meine Zimmerfenster sind ja gerade gegenüber. Es fiel mir auf, ihr benutzt euren Pavillon so selten.«

Die Brauen über Hannas Augen zogen sich noch fester zusammen. »Er liegt ein wenig weit ab vom Haus. Mit solchen Bauten geht es wie mit den Balkons, man will sie haben und hinterher benutzt man sie fast niemals.«

»Aber du warst gestern dort, nicht wahr? Ich meinte, deinen Schatten einmal auf dem Vorhang zu sehen. Auch ein anderer Schatten wurde für einen Augenblick sichtbar, der Schatten einer männlichen Person. Ich kann mich getäuscht haben, aber ich meinte, den Grafen Stefan Hersberg darin zu erkennen.«

»Graf Stefan war nicht bei mir«, entgegnete Hanna rasch, ein wenig atemlos.

Wieder das tiefe Schweigen von vorhin, und wieder war es Glaritz, der es beendete, nachdem er eine Weile stumm vor sich niedergeblickt hatte.

»Merkwürdig ist es, dass jetzt auf einmal so viele Leute von der wahren Herkunft Xaver Stielers gewusst haben wollen. Bisher hat mir niemals ein Mensch davon gesprochen, dass er ein Graf Hersberg wäre. Mir selbst war angesichts deiner Schweigsamkeit ja die Sache bis jetzt auch vollkommen unbekannt. Und heute sind mir schon zwei Leute begegnet und haben mich darauf angeredet. Einer davon war der Kollege Richards.«

»Der unangenehme Schwätzer?«

»Ja, derselbe. Das ist für den Grafen Stefan Hersberg nicht angenehm, dass der die Sache, nach seiner Art ausgemalt,

in der Stadt herumträgt.«

»Was weiß er darüber?«

»Allerlei Details, die für den Bruder des Toten nicht gerade günstig sind. Er will wissen, dass der ältere Bruder – Xaver Stieler also – sich mit seinem Vater, der ihn enterbt hatte, versöhnt und von ihm nach seinem Abgang vom Theater in alle Rechte wieder hätte eingesetzt werden sollen.«

»Wieso sollte das für den Grafen Stefan ungünstig sein?«

»Das liegt wohl ziemlich nahe. Besonders wenn es wahr ist, was Kollege Richards noch außerdem behauptet. Nach seiner Darstellung soll der alte Graf gegen den jüngeren Sohn wegen seines – auch von dir – wohl kaum anzuzweifelnden, leichtsinnigen Lebenswandels arg aufgebracht gewesen sein. Er soll beabsichtigt haben, ihn ebenso streng zu behandeln wie seinerzeit seinen älteren Sohn, ihm also nun an dessen Stelle sein Erbe zu verkürzen.«

»Das kann ja möglich sein, aber…«

»Nun, daraufhin machen sich böswillige Menschen das Vergnügen, das Wort aus der Maria Stuart auf den Grafen Stefan umzumünzen, Dieser Mortimer starb ihm sehr gelegen. Denn das ist eine Tatsache, die niemand anzweifeln kann. Der junge, schwer verschuldete Graf stand vor einem Zusammenbruch seiner Existenz, wenn der Bruder am Leben blieb und sich mit seinem Vater versöhnte. Es gab für ihn kein günstigeres Ereignis wie diesen plötzlichen Tod seines Bruders.«

»Was wollen die Leute damit sagen?« Hanna war plötzlich stehen geblieben und funkelte Glaritz mit ihren schwarzen Augen an, in denen weiße Blitze drohend aufzuckten.

Vorsichtig und langsam antwortete Glaritz. »Das wird nach Temperament und Anschauung der Leute verschieden sein. Einige werden vielleicht keine weiteren Folgerungen aus dieser tatsächlichen Feststellung ziehen. Andere werden einen Schritt weiter gehen, und sie sind es, die dem Grafen am gefährlichsten werden können.«

»Wieso?«

»Sie werden sagen, – vielleicht wenigstens, – dass man bei jedem Verbrechen fragen soll, wer den größten Vorteil davon hat, wenn man den Täter herausbringen will. Xaver Stieler ist nachgewiesenermaßen vergiftet worden, Graf Stefan hat ohne Frage den größten Vorteil von seinem Tod – also…«

»Also hat Stefan seinen Bruder vergiftet, nicht wahr? So lautet wohl die logische Folgerung? Und von dir muss ich das hören, der du weißt, Graf Stefan ist mein Freund! Aber bilde dir nur nicht ein, lieber Vetter, dass du mich durch

solche Zuträgereien jemals irremachen wirst in dem Glauben: Graf Stefan ist unschuldig an diesem Verbrechen, –

unschuldig wie du selbst.«

Ein ganz leises Lächeln ging über Glaritz' Gesicht, um gleich wieder zu verschwinden. War es ein Lächeln des Triumphs, dass er das Gift eines Verdachtes in die Seele Hannas geträufelt hatte, war es nur das unbewusste Zucken erregter Nerven? Dunkler noch aber legte sich der gewohnte Schatten schwermütigen Ernstes auf seine Züge nach dem kurzen Aufleuchten dieses Lächelns, und er sagte mit einem tiefen Seufzer: »Ich bilde mir das nicht ein, Hanna, denn ich weiß, es wäre das falsche Mittel, um den Weg zu deinem Herzen zu finden. Wenn ich ein solches Mittel wüsste…«

Hanna fiel ihm hastig ins Wort. »Ich glaube, da sind Hells, – es hat geläutet.«

Sie ging rasch zur Tür, die sich im selben Augenblick auftat. Mit gewohnter Lebhaftigkeit betrat Liselotte vor ihrer langsam folgenden Mutter den Raum und begrüßte Hanna mit flüchtiger Umarmung. »Da sind wir, – guten Tag, Hanna. Wir sind doch nicht mehr die Ersten, wie ich sehe…«

Damit machte sie vor Glaritz einen tiefen Knicks und sang mit hübscher, wohl geschulter Stimme: Meister Heiling, Meister Heiling, guten Morgen. So heißen Sie nämlich bei mir, seit ich das letzte Mal in der Oper war. Früher waren Sie der Fliegende Holländer, jetzt sind Sie Meister Heiling, und vielleicht können Sie's auch noch bis zum Vampir bringen, wenn ich den erst einmal gehört habe. Leider wird er so selten gegeben. Aber Hans Heiling ist auch ein prachtvoller Name für Sie. Dabei noch Anna, – Hanna, das passt ja ganz großartig.«

»Liselotte!«, sagte Hanna mit ärgerlicher Mahnung.

»Ich bin schon still. Wenigstens von der Oper und Meister Heiling. Überhaupt sollte man eigentlich heute von gar nichts anderem reden als von dem armen, unglücklichen Xaver Stieler. Die hellen Tränen sind mir aus den Augen gelaufen, als ich in der Morgenzeitung las, dass er wirklich tot ist. Es ist ja zu furchtbar traurig um diesen göttlichen, himmlischen, göttlichen Menschen! Ich konnte nicht anders, ich habe mich schwarz angezogen, – wie bei Hoftrauer, und Mutter hat wenigstens auch Halbtrauer anlegen müssen, aber es hat Mühe gekostet, bis ich sie dazu brachte, nicht wahr, Mutter?«

»Ja, Kind«, antwortete die Frau Kommerzienrat und ein die Worte durchklingender Seufzer gab der gewohnten Redensart ausnahmsweise Farbe.

»Wisst ihr denn auch schon, dass er vergiftet worden ist?«, fuhr Liselotte fort.

»Aber natürlich, der Herr Theaterarzt muss es ja wissen. Kennen Sie denn dieses indische Gift, Meister Heiling? Ach, furchtbar interessant ist ja doch die ganze Geschichte. Der indische Zauberkünstler Amaru soll ihn doch umgebracht haben, mit einem Gift.«

»Woher weiß man das?« Rasch, beinahe heftig tat Hanna die Frage.

»Die Leute sagen es, aber ich weiß nicht, ob es wahr ist. Vielleicht nur, weil sie meinen, dass er allein dieses indische Gift hierher gebracht haben könnte. Merkwürdig ist es ja, dass dieser Inder gerade mit Xaver Stieler zusammen engagiert war. Aber wenn man bedenkt, – ah, ... guten Tag, Onkel Rainer.«

Sie hatte sich unterbrochen und war mit ihren schnellen, zierlichen Schritten dem eben eingetretenen Kommerzienrat entgegengegangen, den sie schon lange zum Adoptivonkel gemacht hatte, obwohl gar keine Verwandtschaft zwischen ihnen bestand. Er nahm freundlich ihre Hand und sagte mit einem behaglichen Lächeln: »Guten Tag, kleine Hexe.« Während er dann auch ihre Mutter begrüßte, drang Liselotte mit heftigen Fragen auf ihn ein: »Haben Sie nichts Neues mit nach Hause gebracht, Onkel Rainer? Haben Sie nichts Näheres gehört über den Tod von Xaver Stieler? Unser Herr Theaterarzt hier hüllt sich amtlich in Schweigen.«

»Und ich tue das außer amtlich«, sagte Rainer mit jenem gemütlichen Lachen, das in den vier Wänden seines Hauses den fest und berechnend geschlossenen Mund freundlich öffnen konnte. »Man wird ja noch verrückt über diesen unglücklichen Xaver Stieler. Wohin ich heute gekommen bin, spricht man von gar nichts anderem. In der Fabrik, im Büro, auf der Straße, nichts als immer wieder dieser eine Name. Heute Nachmittag wird nun aber nicht mehr von ihm geredet, ich bitte mir das aus. Ich richte sonst eine Strafkasse ein, in die jeder zehn Mark zahlen muss, der von ihm spricht.«

»Ich werde dann wahrscheinlich bankrott werden, Onkel Rainer«, sagte Liselotte, halb lachend, halb seufzend.

Die Tür zum nebenan gelegenen Teezimmer wurde vom Diener in diesem Augenblick weit aufgemacht, und Hanna lud ihre Gäste mit stummer Handbewegung dorthin ein.

Bald saßen die fünf Menschen um einen runden, mit leuchtendem Gedeck und schwerem Silbergeschirr gezierten Tisch, während auf einem Luthertischchen daneben ein silberner Teekessel über freundlich lodernder Spiritusflamme seine kleinen weißen Dampfwölkchen in die Höhe sandte.

Hanna selbst bereitete den Tee, füllte die Tassen und versorgte die Gäste. Doch blieb sie still und in sich gekehrt, und auch sonst wollte sich kein rechtes Gespräch entfalten. Der Kommerzienrat scherzte mit Liselotte, die nichts an schlagfertigen Antworten schuldig blieb, ihre Mutter widmete sich in gewohntem Schweigen mit Ausdauer nur dem vortrefflichen Pflaumenkuchen und Glaritz redete mehr mit Blicken zu Hanna hinüber als mit Worten.

So war es wohl angebracht, als Liselotte schließlich rief: »Onkel Rainer hat uns allen die Zunge gelähmt mit seinem Schweigegebot über Xaver Stieler. Deshalb will ich einen Vorschlag machen: Sie singen uns etwas vor, Herr Doktor. Nein, keine Müdigkeit vorschützen, wir alle schwärmen für Ihren schönen Bariton. Der passt auch für den Heiling, und aus dem ›Hans Heiling‹ müssen Sie singen, dagegen gibt es keinen Widerspruch.«

Glaritz blickte still eine Sekunde lang vor sich nieder, warf dann einen fragenden Blick auf Hanna, stand aber, da sie stumm blieb, mit einer energischen Bewegung auf.

»Gut, ich werde singen.« Es klang etwas wie Trotz in seiner Stimme.

Hinten in der Ecke des Raumes neben dem Fenster stand ein blanker, schwarzer Flügel, sodass der Platz für den Spielenden hell beleuchtet war, während matte Dämmerung den Körper des Instruments umhüllte. »Wer begleitet mich?«, fragte Glaritz, während er den Flügel öffnete.

Jetzt war es Liselotte, die mit einem Blick zu Hanna hinüber eine Frage tat, als jedoch auch er unbeantwortet blieb, sprang sie geschäftig auf. »Ich werde so frei sein, Meister Heiling, wenn ich würdig dafür befunden werde.«

»Bitte, – Sie sind sehr liebenswürdig.«

Sie suchte sich hastig aus einem Notenhaufen den Klavierauszug heraus und setzte sich an den Flügel.

»So, jetzt kann es losgehen. Die große Arie natürlich, nicht wahr?«

Glaritz neigte nur stumm den Kopf, indem er ein wenig zurücktrat in die Dämmerung der tiefen Zimmerecke.

Zwischen den beiden Schattenflächen, die dort aneinanderstießen, erschien sein Gesicht in der Umrahmung des dunklen Barts noch bleicher als vorher, – man konnte wirklich an den Schmerz gequälten Geisterfürsten denken, dem Erdenliebe für immer versagt bleiben sollte. Hoch aufgerichtet stand Glaritz da, die Blicke mit einer tiefen, beinahe drohenden Glut auf Hanna gerichtet. Er bedurfte keiner Noten, die Musik war ihm offenbar genau vertraut.

Und so, mit einer Hand auf den Flügel gestützt, begann er zu singen; von einer schönen, weichen, vibrierenden Stimme gebildet, erklangen die Worte der Oper in den Raum hinein:

An jenem Tag, da du mir Treue versprochen,
Als ich in Wonn' und Schmerz zu deinen Füßen rang,

Da, ja da, da ist in meiner Brust der Morgen angebrochen,
Gestillt, gestillt zum ersten Mal war meiner Seele Drang.

Bei den Worten von der ihm versprochenen Treue ging wieder das merkwürdige flüchtige Lächeln von vorhin über sein Gesicht, nur, dass diesmal ein Ausdruck tiefer Wehmut in ihm deutlich wurde.

Darauf erklang der Ton stehenden Bittens, grenzenloser Hingebung in dem Oh, lass die Treue niemals wanken, in dem beschwörenden: In dir nur lebe ich. Dann aber kamen Verzweiflung und wilde Drohung: Schon bei dem Gedanken fassen mich die finsteren Gewalten, treiben zu grässlicher Rache mich an! Seine Stimme hob sich zu furchtbarer Gewalt; von der in ihr tragenden, verzehrenden Leidenschaft schienen die Wände zu klingen, als wenn sie zerspringen, sollten vor dem Ansturm eines übermächtigen Gefühls.

Unwillkürlich beugte sich Hanna an die Lehne ihres Sessels zurück; sie schien körperlich zu fühlen, wie sich ein alle Schranken überflutendes Empfinden auf sie herandrängte. Denn ihr allein galten die Worte des finsteren Mannes dort am Flügel, auf ihr allein hafteten seine Blicke, für sie nur sang er zuletzt sein demütiges, Erbarmen heischendes Wort: So lieb ich dich…! in dem alles Drohen hin schmolz in willenloses Hingegeben sein.

Keiner sprach, als er geendet hatte, selbst Liselottes geschwätziger Mund war stumm geworden vor dieses gesungenen Bekenntnisses Allgewalt. Langsam und lautlos ging der Sänger zu seinem Platz zurück, doch bevor er sich noch niedersetzen konnte, schrillte vom Flur her der Klang einer elektrischen Glocke herein, doppelt grell in der tiefen Stille der Ergriffenheit. Hanna fuhr zusammen und wandte die Blicke fragend zur Tür.

Gleich erschien auch der Diener, trat mit etwas unbeholfener Behutsamkeit neben Rainer und übergab ihm eine Visitenkarte. »Der Herr wünscht Herrn Kommerzienrat in dringender Sache zu sprechen.«

Rainer schüttelte den Kopf, indem er die Karte las. »Wer ist, – was will denn der von mir? Nun, ich bitte mich ein paar Minuten zu entschuldigen.«

Er ging rasch hinaus, vom Diener gefolgt. Liselotte tat ein paar Fragen unbefriedigter Verwunderung, doch hätte niemand ihr Auskunft geben können. Alle schienen bedrückt von einem Gefühl, das der Ausdruck auf Rainers Gesicht geweckt hatte. Gleich einer drohenden Wolke lag noch gestaltlos und unerkennbar nahendes Unheil überm Haus.

Mit einer nervösen Bewegung erhob Hanna die Hand nach der vom Beleuchtungskörper herabhängenden Glockenbirne, deren Knopf sie drückte. Der leise, feine Ton, der draußen erklang, rief schnell den eben hinausgegangenen Diener wieder herein.

»Wer war draußen, Johann?«, fragte Hanna. »Wer ist bei Vater?«

»Zwei Herren, gnädiges Fräulein. Der eine, von dem ich die Karte hereinbrachte, heißt Amtsgerichtsrat Germelmann.«

Glaritz wandte den Kopf mit lebhafter Bewegung zu Hanna hin. »Germelmann? Das ist ja der Untersuchungsrichter im Fall Xaver Stieler.«

»Was will er nur? Was kann er hier wollen?« fragte Hanna tonlos, während Liselotte mit einem erfolglosen Versuch zu gewohntem Scherz lachend ausrief: »Da wird Onkel Rainer nun doch über Xaver Stieler sprechen müssen.«

Achtes Kapitel

Gedrückt und wortkarg saß die kleine Gesellschaft ein paar Minuten lang in gespanntem Warten. Einmal nur erhob sich Hanna und ging zur Tür, um von dort aus das elektrische Licht anzuzünden. Die Dämmerung, die sich erst ganz leise in den Raum hereinschlich, schien sie zu bedrücken.

Aber auch die von oben herab flutende Helle machte die Stimmung nicht froher.

Plötzlich wurde die Tür geöffnet und mit raschen, aufgeregten Schritten kam der Kommerzienrat wieder herein. Schon in der Tür begann er zu reden.

»Hanna, du musst mitkommen. Die Herren wollen dich sprechen.«

Er schwieg eine Sekunde lang, atemlos vom raschen Gehen, um dann, sich an Frau Hell wendend, hinzuzufügen:

»Wir müssen leider unser heutiges Beisammensein abkürzen, liebe Freundin, aber eine notwendige Besprechung …«

»Auf Deutsch also, wir werden hinausgeworfen«, sagte Liselotte mit nur halb geglücktem Versuch, den Ton gewohnter Munterkeit anzuschlagen. »Aber wir verstehen den leisen Wink und konzentrieren uns rückwärts mit gewünschter Schnelligkeit. Nicht wahr, Mutter?«

»Ja, Kind«, erwiderte Frau Hell, sich langsam erhebend, mit einem wehmütigen Abschiedsblick auf ein Stück Pflaumenkuchen, das erst halb verzehrt war.

Glaritz erhob sich gleich ihnen und fragte: »Soll ich auch…?«

Doch der Kommerzienrat unterbrach ihn ganz schnell.

»Nein, es wäre mir lieb, wenn du mit hinüber kämest, Heinrich. Du hast als Arzt ja sowieso schon zu tun gehabt bei dieser unglückseligen Geschichte, – denn um den Tod von Xaver Stieler handelt sich's.«

Er sagte flüchtig noch ein paar Abschiedsworte zu Hells und fügte dann ein hartes, beinahe drohend klingendes Komm, Hanna! hinzu. Sie war schon bei seinen ersten Worten schnell aufgestanden, aber noch einen Augenblick mit auf den Tisch gestützten Händen stehen geblieben. Ihres Vaters Mahnung folgend, ging sie dann, Hells nur noch mit einem Nicken zum Abschied grüßend, neben dem Kommerzienrat stumm hinaus. In gleich tiefem Schweigen folgte Glaritz den beiden.

Auf dem Flur machte der Kommerzienrat noch einmal Halt, fasste seiner Tochter Hand mit festem Griff und fragte, heiser flüsternd: »Ist es wahr, was die Herren vom Gericht behaupteten? Sie sagen, Xaver Stieler wäre gestern Abend hier gewesen, hier bei dir?«

»Ja, Vater, es ist wahr. Er ist hier gewesen vor dem Theater. Aber, …«

»Unerhört, unbegreiflich! Du hast mein Haus mit Schmach und Schande beladen, hast mit bodenlosem Leichtsinn…«

»Onkel Rainer.« Es war Glaritz, der die Worte leise, doch mit starkem Nachdruck mahnend sprach, indem er seine Hand auf des Kommerzienrats Arm legte. Schützend war er vor Hanna hingetreten.

Rainer besann sich und sah mit einem freundlichen Aufleuchten der Augen Glaritz an. »Es gefällt mir, dass du sie noch in Schutz nimmst, aber, – na,

– kommt jetzt nur her, die Herren warten auf uns ungeduldig.«

Er ging hastig voran und öffnete die Tür zu seinem Arbeitszimmer. Auch hier war schon helles Licht und beschien die Gestalten des Amtsgerichtsrats Germelmann und seines Begleiters, des Kommissars Bauer.

Mit weltmännischer Höflichkeit erhob sich der Untersuchungsrichter von seinem Stuhl bei Hannas Eintritt und ging ihr entgegen.

»Ich möchte wünschen, ein anderer Anlass hätte mir Ihre Bekanntschaft vermittelt, gnädiges Fräulein. Heute bin ich leider in amtlicher Eigenschaft hier und muss ein paar Fragen an Sie richten. Ich bin überzeugt, Sie werden mit wenigen Worten aufklären können, was vorläufig noch unklar und merkwürdig erscheint.«

»Bitte, fragen Sie.«

Hanna stützte sich auf die Lehne eines Sessels, und ihre darauf gestemmte Hand bebte leise.

Den scharfen Augen Germelmanns entging das nicht, und er sagte: »Sie scheinen mir ein wenig erschrocken und aufgeregt, gnädiges Fräulein, Gericht und Polizei haben ja leider diese Wirkung bei vielen Menschen. Bitte, beruhigen Sie sich. Haben Sie die Freundlichkeit, sich hier neben mich zu setzen. Wir wollen dann die Sache ganz ruhig einmal miteinander besprechen.«

Hanna dankte nur mit einer Bewegung des Kopfes, dann setzte sie sich auf den Sessel nieder, der sie gestützt hatte.

Der Untersuchungsrichter schob für sich einen anderen dicht an den ihren heran und setzte sich neben sie.

Mit Sorgfalt vermied er alles, was dem Gespräch den Charakter eines Verhörs aufprägen konnte, gab sich nur als gewandter Mann der Gesellschaft und sprach in einem behaglichen Plauderton.

»So, mein gnädiges Fräulein, jetzt muss ich Sie bitten, mir einmal etwas über den Abend von gestern zu erzählen. Ihr Herr Vater hat Ihnen wohl schon gesagt, weshalb ich hier bin?« Er warf einen Blick auf Rainer und fügte mit Bezug auf dessen bejahende Bewegung hinzu: »Danke sehr, Herr Kommerzienrat, ich sehe, dass ich richtig vermutete. Das erspart mir ein weiteres Vorwort.«

Den Kopf jetzt rasch wieder nach Hanna hinwendend und aufmerksam, aber mit freundlichem Lächeln auf ihr Gesicht schauend, fuhr er fort: »Eine Zeugin hat etwas ausgesagt, was mich hauptsächlich veranlasste, hierher zu kommen. Diese Zeugin hat sich gestern Abend auf der Straße befunden, die hinten, jenseits Ihres Gartens vorbeiläuft, – wie heißt sie doch gleich?«

»Heidinger Straße.« Glaritz war es, der an Stelle von Hanna die Antwort gab.

»Heidinger Straße, ganz recht. So hat sie die Zeugin auch genannt. Sie befand sich, wie gesagt, gestern Abend auf der Straße dort und behauptet, Xaver Stieler, den sie sehr genau kannte, dort gesehen zu haben. Sie behauptet ferner, dass eine weibliche Gestalt ihm die Pforte von Ihrem Garten geöffnet und ihn in einen dort gelegenen Pavillon geführt habe. Die Zeugin will auch trotz der bereits eingetretenen Dunkelheit Sie selbst, gnädiges Fräulein, in der weiblichen Gestalt erkannt haben. Sie sehen, es ist notwendig für mich, ein Zeugnis darüber von Ihnen zu hören, wie sich die Sache verhält.

Wäre wirklich Xaver Stieler gestern Abend noch mit Ihnen zusammen gewesen, so könnten ja gerade Sie vielleicht Mitteilungen von großer Wichtigkeit für die Aufklärung des an ihm begangenen Verbrechens machen.«

Der Kommerzienrat bewegte seinen Kopf in ärgerlicher Spannung hin und her und trommelte mit den Fingern einer Hand auf der Tischplatte. Glaritz dagegen saß wie versteinert und schaute mit weit offenen, brennenden Augen unverwandt auf Hanna. Sie selbst richtete sich nun aus einer stummen Versunkenheit, in der sie gesessen hatte, hoch auf und begann zu sprechen. Ihre Stimme klang sicher und ruhig, nur dass ein fremder Klang darin wohnte, der ihren Vater aufhorchen ließ.

»Es ist richtig, was die Zeugin ausgesagt hat. Xaver Stieler ist gestern Abend bei mir im Pavillon gewesen.«

»Hanna, Hanna!« Zornig wollte Rainer aufspringen, wieder war es Glaritz, der ihm die Hand beschwichtigend auf den Arm legte.

»Also wirklich«, sagte Germelmann. Er war doch ein wenig durch Hannas Antwort betroffen, bemühte sich aber, dies unter einem scherzhaften Ton zu verbergen. »Dass die ganze weibliche Welt unserer Stadt für den armen Xaver Stieler schwärmte, wie vielleicht kaum jemals für einen Künstler größerer Art, ist ja bekannt. Und ich kann es wohl verstehen, wenn sich in einer Seele von – sagen wir – etwas romantischen Anlage diese Begeisterung in den Wunsch umsetzte, solch einen bewunderten Künstler auch als Künstler kennenzulernen.«

»Das kam bei mir nicht in Frage.« Lebhaft, mit einem Ton, dem verhaltener Zorn inneres Feuer gab, sprach Hanna die Worte. »Meine Zusammenkunft mit Xaver Stieler hatte Gründe von durchaus praktischer, sachlicher Art.«

»Sie werden mich sehr zu Dank verpflichten, gnädiges Fräulein, wenn Sie mir diese Gründe genau darlegen wollten.«

Einen Moment noch zauderte Hanna, bevor sie sprach, und ließ einen raschen Blick über ihres Vaters gerötetes Gesicht gleiten, um ihre Augen dann für die Dauer von einer Sekunde auf dem bleichen Antlitz von Glaritz ruhen zu lassen. Aber gleich löste sie den Blick mit einer fast heftigen Bewegung und sagte: »Das ich nichts bezeugen kann, was den Mord an Xaver Stieler aufzuklären vermöchte, muss ich von vornherein betonen. Aber sein Hiersein am gestrigen Abend, so merkwürdig es auf den ersten Blick erscheinen mag, will ich erklären. Das hängt mit seinem Namen, seiner Abstammung zusammen. Er war ja doch in Wirklichkeit ein Graf Hersberg und war der Bruder des Grafen Stefan Hersberg. Der verkehrt in unserem Haus und – er ist mein Freund.«

Glaritz presste die Lippen bei Hannas letzten Worten fest aufeinander zog die Stirn in Schmerz oder Unwillen zusammen und senkte den Kopf, als wenn eine schwere Hand sich darauf gelegt hätte.

»Hatte die Zusammenkunft auf den Grafen Stefan Bezug?«, fragte Germelmann.

»Ja. Wie Sie wissen werden, wollte Graf Botho – Xaver Stieler – sich von der Bühne zurückziehen. Sein Vater, der unter seines ältesten Sohnes standesgemäßer Laufbahn schwer gelitten hatte, war glücklich über seine Heimkehr, wollte dieser Freude nun aber in einer Weise Form geben, dass er nicht nur den wieder geschenkten verlorenen Sohn zu vollen Gnaden aufnahm, sondern auch zu seinen Gunsten den Grafen Stefan in pekuniärer Hinsicht bitter benachteiligte. Das bedeutete für ihn den Ruin. Er hatte flott gelebt, wie junge Leute seiner Kreise das tun, er war verschuldet und konnte seine diplomatische Karriere nur weiter fortführen, wenn der Vater ihn auch ferner im bisherigen Umfang unterstützte. Das ging mir zu Herzen. Ich sah durch die Maske des Leichtsinns beim Grafen Stefan hindurch sein wahres Gesicht, sein wahres Gefühl. Ich wusste, dass er litt, und ich sehnte mich danach, ihm zu helfen. Sein Bruder hatte sich beim Theater ein Vermögen erworben, viel größer als das vom Vater einmal zu Erwartende. Warum sollte Graf Stefan zwecklos benachteiligt werden? Er schilderte seinen Bruder als gutherzigen, liebenswürdigen Menschen, doch war er zu stolz, ihn selbst um Wahrung seiner Interessen zu bitten.

Indem ich über meines Freundes Unglück nachgrübelte, kam ich dann auf den Gedanken, die beiden, die durch ihr verschiedenartiges Leben einander entfremdet waren, wieder zusammenzuführen, in Freundschaft und Frieden zu vereinigen, durch Xaver Stieler auf den Vater dahin zu wirken, dass er auf die geplante Benachteiligung des jüngeren Sohnes verzichtet.«

Mit einem Blick, in dem Bewunderung und Misstrauen sonderbar miteinander kämpften, betrachtete Germelmann Hannas Gesicht, auf dem ein warmes rot langsam aufgeglüht war, und sagte bedeutungsvoll. »Sie haben für Ihren Freund viel getan.«

»Ich tue mehr für einen Freund als für mich selbst«, entgegnete Hanna mit Stolz.

Ein Schweigen folgte für einen Augenblick ihren Worten.

In dieser Stille stand Glaritz langsam, schwerfällig auf und ging zum Fenster hinüber, hinter dessen Scheiben draußen bereits die Dunkelheit hing. Dort blieb er stehen und starrte hinaus, abgewandt von den übrigen. Seine Figur spiegelte sich in den düster erstrahlenden Scheiben, sodass von draußen eine zweite finstere Gestalt in den erleuchteten Raum hineinzuspähen schien.

»Haben Sie Xaver Stieler durch den Grafen Stefan kennengelernt, gnädiges Fräulein?«

»Auf meine Bitte, ja. Persönlich hat er die Bekanntschaft allerdings nicht vermittelt, aber schriftlich hat er meinen Besuch ihm angekündigt.«

»Sie waren dort, in seiner Wohnung?«

»Einmal, ja. Vielleicht war es unvorsichtig von mir, aber ich hatte nur den einen Wunsch, möglichst rasch das Unheil vom Grafen Stefan abzuwenden.«

Der Kommerzienrat ballte die Hand bei diesen Worten seiner Tochter zur Faust und schlug schwer damit auf den Tisch. Das Misstrauen in Germelmanns Augen hatte sich verstärkt, von den Lippen des Kriminalkommissars kam ein vielsagendes Räuspern.

»Ihr Schritt war allerdings etwas außergewöhnlich«, sagte der Amtsgerichtsrat mit merklich kühler gewordenem Ton: »Warum knüpften Sie diese Verbindung nicht schriftlich an?«

»Ich vertraute dem lebendigen Wort mehr. Auch gab der Erfolg mir recht. Ich erhielt von Xaver Stieler das Versprechen, mit seinem Bruder bei mir zusammenzutreffen.«

»Am gestrigen Abend?«

»Gestern, ja.«

»Danach hätte sich's um eine Zusammenkunft von drei Personen gehandelt. Ich habe von einem Dort sein des Grafen Stefan Hersberg aber bisher nichts gehört.«

»Nein, leider war er am Kommen verhindert.«

«Ah!«

»Gestern gegen Abend kam er eilig zu mir, um zu sagen, dass er unvermutet in einer dringenden dienstlichen Angelegenheit zu seinem Chef bestellt worden sei.«

»Wann war das? Um welche Zeit?«

»Es muss nach fünf, nein, später – kurz vor sechs Uhr muss es gewesen sein. Er versprach, sicher noch zu kommen, wenn er sich irgend frei machen könne. Doch war es ihm dann tatsächlich unmöglich. Er kam hinterher ins Theater und entschuldigte sich bei mir.«

»Von dem allen hat er mir nichts gesagt.«

»Er wird es nicht für nötig erachtet haben.«

»Sie waren demnach mit Xaver Stieler dort im Pavillon allein, denn im Pavillon Ihres Gartens hat ja wohl die Begegnung stattgefunden?«

»Ja. Wir waren dort allein.«

»Wie lange war Stieler hier?«

»Bis er ins Theater musste. Seine Gewohnheit war, – er sagte mir das – immer schon einige Zeit vor seinem Auftreten dort zu sein, um sich noch ein wenig auszuruhen und ganz frisch auf die Bühne zu kommen.«

»Worüber haben Sie mit ihm gesprochen?«

»Über das natürlich, was mir so sehr am Herzen lag. Über das Verhältnis des Grafen Stefan zu seinem Vater und über die Möglichkeit, bei dem alten

Grafen zu seinen Gunsten zu vermitteln. Xaver Stieler war gut und freundlich, und ich hatte die feste Hoffnung, durch ihn mein Ziel zu erreichen. Sein schreckliches Ende hat ja nun das alles vereitelt.«

»Ist Ihnen irgendetwas an ihm aufgefallen? Irgendein Zeichen von Krankheit oder Schwäche?«

»Nein. Ich habe keine Spur davon bemerkt.«

»Sind Sie bei dem Besuch in seiner Wohnung irgendjemandem dort begegnet außer Xaver Stieler selbst?«

»Ja, seine Frau kam und unterbrach unser Gespräch, – diese Baratta, sie war ja noch seine Frau, wenn er sich auch von ihr scheiden lassen wollte.«

»Vielleicht um einer anderen willen? Ist Ihnen davon etwas bekannt?«

Hanna sah mit erstaunten Augen auf den Fragenden und schüttelte den Kopf. »Nein, ich habe darüber nichts gehört.«

Germelmann blickte schweigend einen Augenblick vor sich hin, dann stand er auf. »Nun, die Hauptsache hätten wir wohl besprochen. Ich möchte jetzt aber noch gern den Pavillon besichtigen.«

»Dann lassen Sie mich Sie selbst führen«, sagte der Kommerzienrat lebhaft. »Es wäre mir lieber, wenn die Dienerschaft, – Sie werden mein Gefühl verstehen. Ich habe hier eine helle Taschenlampe, damit kann ich Ihnen durch den Garten leuchten. Im Pavillon selbst ist elektrisches Licht.«

»Gewiss, wie Sie wünschen, Herr Kommerzienrat. Nur eine Frage noch gestatten Sie mir an Ihr Fräulein Tochter.«

Hanna hatte sich erhoben, als der Untersuchungsrichter aufstand. Er trat nun nahe vor sie hin.

»Wir wissen durch Sie, gnädiges Fräulein, ja nun genau, dass und wann Xaver Stieler gestern hier war. Ich erführe jetzt gern das eine noch. Geschah diese Zusammenkunft in der Form einer gesellschaftlichen Einladung? Ich meine, haben Sie dem Herrn Speisen oder Getränke vorgesetzt, hat er dort im Pavillon irgendetwas gegessen oder getrunken?«

»Sie meinen doch nicht, – Sie wollen doch damit nicht sagen, dass er hier, – hier…?«

Ihre Stimme versagte, jede Spur von rot war aus ihrem Gesicht verschwunden.

»Ich will nichts damit sagen und nichts behaupten. Aber ich muss alle Tatsachen feststellen, die von Wichtigkeit für diese Sache sind. Meine Fragen sind ruhig und sachlich, antworten Sie mir, bitte, mit gleicher Sachlichkeit und Ruhe.«

Hanna gab ihrer Haltung und Stimme die für einen Augenblick verlorene Festigkeit wieder. »Sie haben mich gefragt, ob Xaver Stieler im Pavillon dort bei mir etwas genossen, gegessen oder getrunken hat. Jawohl, – er hat ein Glas Wein getrunken.«

Germelmann umfasste sein Kinn mit einer Hand. »Hat Ihr Diener Ihnen den Wein dort hinaus gebracht? Hat er Xaver Stieler gesehen?«

»Ich habe den Wein selbst schon am Nachmittag in den Pavillon getragen, denn ich wollte jedes Aufsehen vermeiden. Die von mir geplante Zusammenkunft war, wenn auch gut und nützlich in ihrem Zweck, jedenfalls gegen den Willen meines Vaters. Also brauchte die Dienerschaft nichts davon zu wissen.«

»Dann haben Sie den Wein auch wohl selbst aus dem Keller geholt?«

»Ja, das tat ich.«

»Was ist aus den Gläsern, aus der Flasche geworden?«

Hanna legte die Hand sinnend auf die Stirn. »Ich habe daran wirklich noch gar nicht wieder gedacht. Gläser und Flasche müssen jetzt noch im Pavillon stehen.«

»Dann wollen wir gleich hinübergehen, – in Ihrem eigensten Interesse, gnädiges Fräulein.«

Der Kommerzienrat machte seine Taschenlampe fertig und schritt in den Garten voran. Hanna folgte, Glaritz ging an ihrer Seite, hinter ihnen die Herren von Gericht und Polizei.

Neuntes
Kapitel

Wortlos bewegte sich der kleine Zug durch den Garten. Der Lichtkegel, der aus der Lampe strahlend hervorkam, glitt über den Kies der Wege, das Grün des Rasens, das Laub der Büsche dahin, holte sie für einen Augenblick aus der toten Dunkelheit hervor und ließ die rasch Auferweckten ebenso schnell wieder zurücksinken in das Grab der nächtlichen Finsternis, die dem geblendeten Auge jetzt noch um vieles sehr tiefer schien.

Am Ende des Weges kam zuletzt aus ihr der Pavillon hervor, ein heller Bau mit bescheidenem Barockornament an den Wänden und weit vorspringendem Dach, das den Boden um das kleine Gebäude her vor dem Regen schützte.

Der Kommerzienrat öffnete die Tür, sie war unverschlossen. Unter seiner Hand flammte das Licht im Innern auf. Es floss aus ein paar zierlichen Glasblumen unter der Decke mit sanfter Helle von oben herab in den Raum. Ein kleines

Fenster war in der Seitenwand rechts von der Tür. Es ging in den Garten hinaus und war, gleich dem größeren Fenster zur Straßenseite hin, durch einen zugezogenen weißlich gelben Vorhang dicht verschlossen.

»Da steht ja, was wir suchen«, sagte Germelmann, der schnell an einen runden, von vier Stühlen umgebenen Tisch in der Mitte des Raumes getreten war. Dort stand tatsächlich auf silbernem Tablett eine geöffnete Rotweinflasche, die noch bis weit hinauf gefüllt war, daneben vor zweien der Stühle zwei weiße Gläser, das eine mit Spuren von Wein auf dem Boden, das andere scheinbar völlig unbenutzt.

»Burgunder«, sagte Germelmann, die Flasche hochhebend und betrachtend. »Sie pflegten diesen Wein zu trinken, Herr Kommerzienrat?«

»Allerdings, es ist mein Lieblingswein. Ich hatte gerade gestern eine neue Sendung davon bekommen.«

Der Untersuchungsrichter nahm den Korken mit silbernem Knopf aus der Flasche, roch an dem Inhalt, setzte sie dann wieder hin. Mit einer schnellen Bewegung ergriff er das anscheinend unbenutzte Glas, hob es empor und hielt es gegen das Licht.

»Ein paar Umstände müssen Sie mir noch erklären, die mir auffallen, gnädiges Fräulein. Wir haben hier zwei Gläser, doch ist offenbar nur das eine davon benutzt oder das andere nach der Benutzung wieder gereinigt worden. Wie können Sie mir das erklären?«

Der leichte Schatten eines Lächelns ging über Hannas Gesicht. »Sehr einfach. Ich trinke selbst niemals Wein, habe das andere Glas deshalb nur der gastlicheren Form wegen hingestellt.«

»Ich kann das Bezeugen«, fügte Rainer schnell hinzu.

»Wenigstens die Tatsache, dass meine Tochter keinen Wein trinkt. Sie hat seit ihrer Kindheit einen Widerwillen dagegen gehabt.«

»Gut, somit bliebe dies Glas außer Frage. Dagegen fällt mir noch etwas anderes auf. Der Stefan Graf Hersberg wurde ja doch auch erwartet. Warum haben Sie, gnädiges Fräulein, kein Glas für ihn mit hingestellt? Oder war dies leer gebliebene für ihn bestimmt?«

»Nein.« Hanna schüttelte den Kopf und ging rasch zu der fensterlosen Wand auf der linken

Seite, wo sich ein kleiner, eichenbrauner Wandschrank von der mit weißem Stuck leuchtenden Mauer ab hob. Seine Tür öffnend machte sie den Blick auf eine darin stehende schlankhalsige Weißweinflasche mit einem hellgrünen Glas daneben frei.

»Graf Stefan trank immer nur Weißwein«, sagte Hanna.

Der Amtsgerichtsrat holte beides hervor, murmelte lesend: Liebfrauenmilch und hob auch dieses Glas gegen das Licht, um es dann mit einem Achselzucken auf den Tisch zu stellen. »Die Flasche hier ist anscheinend überhaupt nicht geöffnet worden, das Glas unbenutzt. Immerhin muss ich Sie bitten, Herr Kommissar, beide Flaschen und beide Gläser mit sich zu nehmen zur Untersuchung.«

»Zur Untersuchung?«, rief der Kommerzienrat, und sein volles Gesicht wurde noch um ein paar Töne roter.

»Sie wollen doch nicht behaupten…?«

»Ich will nur meine Pflicht erfüllen, weiter nichts. Und Sie werden die Notwendigkeit meines Handelns verstehen, wenn ich Sie darauf hinweise, dass Xaver Stieler vergiftet worden ist und ein paar Stunden vor seinem Tod hier ein Glas Wein getrunken hat. Somit muss unter allen Umständen dieses von ihm benutzte Glas untersucht werden, ebenso die zugehörige Flasche. Gestatten Sie mir zunächst noch eine Frage. Wurde dieser Pavillon hier verschlossen gehalten oder nicht?«

»Nein, er war immer offen, bei Tag und bei Nacht.

»Haben Sie, gnädiges Fräulein, etwa gestern die Tür verschlossen? Sie haben doch den Wein schon vor dem Abend hierhergebracht. Immerhin war dieses Tablett ein Gegenstand von Wert...«

»Nein. Der Gedanke daran ist mir nicht gekommen.«

»Bitte, sagen Sie mir noch genau die Zeit, wann Sie die Sachen hierher getragen haben.«

»Es war gleich, nachdem ich von der Salome-Probe nach Hause gekommen war. Ungefähr um halb sechs muss es gewesen sein.«

»Und wann war die Begegnung mit Xaver Stieler?«

»Um halb sieben. Er kam pünktlich auf die Minute.«

»Demnach hat also der Wein hier ungefähr eine Stunde lang unbeaufsichtigt gestanden, bevor der Besucher kam?«

»Gewiss.«

»Und ebenso war der Pavillon nach dem Abschluss Ihres Gespräches mit Xaver Stieler für jedermann zugänglich?«

»Doch nur für jemanden, der sich im Garten befand.«

»Gewiss. Aber der Garten hat eine Pforte zur Straße dahinter, nicht wahr? Wurde sie verschlossen gehalten oder nicht?«

»Nur bei Nacht. Gegen zehn Uhr hatte sie der Gärtner abzuschließen.«

»So war es also gestern am Nachmittag bis um halb sieben und am Abend von halb acht Uhr an. So lange hat Ihr Gespräch doch wohl gedauert?«

»Nicht ganz, aber beinahe.«

»Sagen wir also von ein Viertel auf acht bis gegen zehn und ebenso heute den ganzen Tag über war es möglich, dass irgendjemand in den Pavillon eindrang und sich an dem Wein zu schaffen machte?«

»Heute?«, fragte Rainer, dessen Gesicht sich aufgehellt hatte, seit er den Untersuchungsrichter diesen Gedankenweg einschlagen sah. »Xaver Stieler ist ja doch gestern schon gestorben. Was könnte der heutige Tag damit noch zu schaffen haben?«

»Die Spuren von einem Verbrechen zu beseitigen, ist für den Täter ebenso wichtig wie die Vorbereitung. Ich fragte

dass alles aber nur, um ein vollkommen klares Bild von der Sachlage zu haben.«

Germelmann ließ die Blicke noch einmal prüfend und suchend über den Raum dahingehen, um sie dann mit schneller Wendung des Kopfes wieder auf Hanna zu heften.

»Sie sagten doch, gnädiges Fräulein, der Graf Stefan sei gestern hier gewesen, um Ihnen seine wahrscheinliche Verhinderung für die geplante Zusammenkunft anzukündigen. Sie gaben die Zeit seines Hierseins auf kurz vor sechs Uhr an. Er traf Sie demnach nicht mehr im Pavillon, sondern im Haus.«

»Jawohl, im Haus.«

Stirn und Augenbrauen des Fragenden zogen sich scharf zusammen, sodass ein finsterer, drohender Ausdruck in sein meist so freundliches Gesicht kam. »Können Sie mir sagen, ob er das Haus durch den Haupteingang betrat oder ob er durch den Garten gekommen ist?

»Ich weiß es nicht. Meistens ging er durch den Garten, weil ihm das von seiner Wohnung aus näher und bequemer war.«

»So.«

Kurz und hart, wie der Klang eines einschnappenden Schlosses war sein Wort. Nach einem augenblicklichen Schweigen setzte Germelmann hinzu: »Graf Stefan Hersberg war also vermutlich hier im Garten zu der Zeit, als der Pavillon unbeaufsichtigt war?«

Verständnislos blickte Hanna zuerst auf den Untersuchungsrichter. Dann aber packte sie plötzlich ein jähes Entsetzen. Sie versuchte zu sprechen, öffnete den Mund, aber die Lippen gehorchten ihr nicht, sie blieb stumm und stand so vor dem Richter, von fassungslosem Grausen gelähmt. Er sah den bedeutsamen Ausdruck auf ihrem Gesicht und hob mit leiser Beruhigung die Hand.

»Ich muss immer wiederholen, gnädiges Fräulein, ich stelle nur Tatsachen fest. Alles andere muss die Zukunft lehren. Und ich glaube, dass ich Sie für heute nicht mehr zu belästigen brauche.«

Hanna blieb auch jetzt noch stumm, der Kommerzienrat entzündete seine Taschenlampe wieder, um den beiden unwillkommenen Besuchern durch den Garten zu leuchten.

Bauer hatte die Gläser und Flaschen inzwischen bereits in einem großen Papier geborgen, das er aus der Tasche zog, und wandte sich nun gleich Germelmann zur Tür. Beinahe hatten die Herren sie schon erreicht, als eine leise, heisere Stimme sie wieder Halt machen ließ.

»Herr Amtsgerichtsrat!«

Es war Glaritz, der gesprochen hatte. Schwer atmend stand er neben dem Tisch. Das von oben schräg auf ihn fallende Licht ließ durch tiefe Schatten in den Augenhöhlen sein Gesicht noch geheimnis- und schmerzvoller wirken als gewöhnlich.

»Sie haben mir auch etwas mitzuteilen?«

Glaritz holte wieder tief Atem. »Ja, so schwer es mir wird. Ich möchte nicht gern jemanden verdächtigen, aber ich

fürchte, dass, ich es tue, wenn ich spreche.«

»Das darf Sie nicht abhalten, reden Sie.«

»Graf Stefan Hersberg ist gestern am Nachmittag hier im Garten gewesen, das wissen Sie. Diesem Hiersein ist aber noch ein zweites gefolgt.«

»Ein zweites?«

»Jawohl. Der Graf ist gestern Abend kurz vor acht Uhr noch einmal hier gewesen.«

»Woher wissen Sie das?«

»Ich wohne hier ganz in der Nähe. Die Fenster meiner Wohnung, die sich an der Straße hinter diesem Garten befindet, liegen im ersten Stockwerk des Hauses fast genau dem Pavillon gegenüber. Wenn die Vorhänge nicht geschlossen sind, kann ich von oben in diesen Raum hineinsehen.«

»Aber sie waren gestern geschlossen.«

»Allerdings. Ich habe den Grafen Stefan Hersberg auch nur auf der Straße gesehen.«

»Von Ihrem Fenster aus?«

»Jawohl. Es war Zeit für mich, ins Theater zu gehen zu meinem Dienst, und ich hatte das Licht im Zimmer schon gelöscht. Aber ich trat noch einmal ans Fenster, um zu sehen, ob das Wetter sich nicht geändert hätte. Dabei fiel mein Blick auf die Gestalt eines Herrn. Er stand mitten auf dem Fahrdamm, sodass kein Schatten von den Bäumen ihn traf, und schaute zu dem Fenster dieses Pavillons hinüber. Ich erkannte den Grafen ganz deutlich. Gleich darauf ging er fort.«

»Wohin ging er?«

Ein Zaudern, kürzer als ein Atemholen, ein Blick auf Hanna, dann sprach Glaritz weiter. »Zur Pforte dieses Gartens

und in den Garten hinein.«

Ein dumpfer Laut kam aus Hannas Brust. Er klang mehr nach Zorn als nach Angst. Aber die leise, von Erregung heisere Stimme sprach weiter.

»Graf Stefan ist aller Wahrscheinlichkeit nach auch hier im Pavillon gewesen.«

»Wahrhaftig?«

»Wenigstens wurde ganz kurz nach seinem Eintritt in den Garten das Fenster dort hell, es war Licht gemacht worden in diesem Raum. Auch der Schatten einer männlichen Figur glitt einmal an dem Vorhang vorüber. Ob es der des Grafen gewesen ist, kann ich natürlich nicht behaupten, aber die Vermutung liegt nahe.«

»Selbstverständlich. Wie lange blieb er hier im Pavillon?«

»Ganz kurze Zeit nur. Dann erlosch das Licht.«

»Kam er wieder auf die Straße hinaus?«

»Nein. Soviel ich gesehen habe, nicht. Ich blieb noch einen Augenblick am Fenster stehen, musste dann aber fort und

ging aus dem Haus.«

»Es ist sehr interessant, Herr Doktor, sehr bemerkenswert, was der Zufall Sie da hat beobachten lassen. Ich bin Ihnen dankbar für Ihre Mitteilung, und ich freue mich darüber auch in Ihrem Interesse, gnädiges Fräulein.«

Hanna schien seine Worte kaum zu hören und erwiderte nur mechanisch in halber Geistesabwesenheit seinen Gruß, womit er Abschied nahm. Als die beiden Herren mit ihrem Vater den Pavillon verlassen hatten, da fühlte Glaritz, der ihnen folgen wollte, sich plötzlich am Arm ergriffen, und ein hartes, befehlendes »Bleib!« klang an sein Ohr. Hanna stand neben ihm, ein wildes, funkensprühendes Feuer war in ihren Augen. Und bevor er noch etwas erwidern konnte, sprach sie weiter auf ihn ein mit einem dumpfen Grollen in ihrer Stimme, das an fernen Donner gewohnte.

»Du musst es hören. Dass du das gesagt hast, war gemein. Du konntest schweigen, dich hatte niemand gefragt. Und es musste dir so deutlich sein, wie mir, dass du Stefan durch deine Worte verdächtigtest.«

»Mein Gewissen, Hanna…«

»Dein Gewissen! Du hast es nur deshalb getan, weil er dir im Weg steht! Jawohl, ich weiß ganz genau, was der Zweck von deinen Worten war. Du wolltest mich Stefan damit entfremden. Selbstsucht, Neid, Hass und Eifersucht allein haben dich regiert, als du sprachst.«

»Eifersucht, Hanna! Wenn du davon sprichst, – du weißt also,- du weißt also, dass ich dich liebe, wenn du von Eifersucht redest?«

Sein Atem flog, seine Nasenflügel bebten, der ganze Mensch war ein Bild von angstvoll verzweifelter Spannung.

»Ich bin ja nicht blind. Aber wenn ich sonst ein Gefühl von Trauer und Mitleid hatte, wenn ich deine vergebliche Liebe sah, – vergeblich für immer, das vergiss niemals! – du hast heute dies Gefühl getötet in meinem Herzen.«

»Du liebst ihn, du liebst ihn!« Schreiend beinahe rief er die Worte, die den Tod seiner Hoffnung bedeuteten.

»Jawohl, ich liebe Stefan. Er ist mein Glück, meine Zukunft, mein alles. Er ist mir mehr wert als mein eigenes Leben. Ich könnte für ihn sündigen und sterben. Wer ihn verfolgt, sagt sich von mir los für immer. Sein Feind ist mein Feind, und es gibt bei mir für ihn kein Erbarmen und keine Verzeihung.«

Wie gepackt und fortgerissen von einem gewaltigen Sturm, von diesem aus ihr selbst hervorbrechenden Sturmwind ihrer Leidenschaft stürzte sie hinaus. Glaritz blieb allein zurück, bebend, wie von Fieberschauern geschüttelt, und starrte dorthin, wo sie noch eben gestanden hatte, drohend und gewaltig in ihrem Zorn, aber mit ihren Blitze sprühenden Augen so schön in diesem Zorn, wie noch nie zuvor.

Zehntes Kapitel

Germelmann ging in seinem Amtsraum gedankenvoll auf und ab. Es war am Vormittag nach seinem amtlichen Besuch in der Villa Rainer. Der Morgen war von ihm bereits eifrig benutzt worden, um tunlichst in der Untersuchung weiterzukommen, die der Fall Stieler ihm gebracht hatte.

Kommissar Bauer war nach einer kurzen Besprechung zwischen den beiden Beamten von ihm beauftragt worden, das gestern ungefragt gelassene Dienstpersonal in der Villa des Kommerzienrats nachträglich einzuvernehmen. Er selbst hatte telefonisch den Grafen Hersberg noch einmal vorgeladen, um zu hören, was er zu Hannas und Glaritz' Mitteilungen zu sagen hatte.

Das Verhalten Stefans war es, was ihn jetzt vornehmlich beschäftigte, während er ungeduldig auf Bauers Wiederkommen wartete. Der Amtsgerichtsrat hatte sich in ein paar schlaflosen Stunden der Nacht mehr und mehr in einen starken Verdacht auf den jungen Grafen hineingearbeitet, war aber durch dessen Benehmen fast entwaffnet worden. Stefans lässiges, leicht humoristisch gefärbtes Wesen hatte sogar zu dem Bild eines heimlichen Giftmischers und Brudermörders nicht stimmen wollen! So sprach und betrug sich nur ein Unschuldiger. Dieser Eindruck blieb in dem Untersuchungsrichter lebendig, solange Stefans Bild noch lebhaft vor ihm stand, solange der Klang seiner weichen, warmen Stimme noch in seinem Ohr nachklang.

Glaritz' Angabe, dass der Graf am vorletzten Abend gegen acht Uhr ein zweites Mal auf der Straße beim Pavillon gewesen und von dort in den Garten eingetreten sei, wurde von Stefan ohne

Weiteres bestätigt. Er sei nach Abschluss der dienstlichen Tätigkeit bei seinem Chef in aller Eile wieder zur Villa Rainer gegangen in der Hoffnung, doch vielleicht seinen Bruder noch dort im Pavillon zu treffen. Und wenn ihm das bereits verdunkelte Fenster auch schon gesagt hatte, dass diese Hoffnung vergeblich war, so sei er doch noch in den Garten und für einen Augenblick auch in den Pavillon selbst eingetreten, um dort nach irgendeinem Anzeichen zu schauen, ob sein Bruder wirklich dagewesen sei. Das benutzte Weinglas habe die Frage bejaht. Er sei dann auf dem kürzesten Weg, der durch den Garten am Haus vorüber geführt habe, zum vorderen Ausgang und von da zum Theater gegangen.

Die von Germelmann gestellte Frage, wie denn die merkwürdige Tatsache zu deuten sei, dass Hanna Rainer von dieser seiner zweiten Anwesenheit nichts gewusst oder wenigstens nichts ausgesagt habe, war von Stefan mit einem leichten Auflachen beantwortet worden. Und er hatte hinzugefügt: »Ja, Herr Amtsgerichtsrat, was jemand nicht weiß, kann er auch nicht sagen. Ich habe nämlich ganz vergessen, Fräulein Rainer davon zu erzählen. Im Theater war es mir nur möglich, ein paar Worte mit ihr zu sprechen, und hinterher kam dann die traurige Sache mit meinem Bruder, die mich auf die Bühne rief und mich an alle die gleichgültigen Dinge nicht mehr denken ließ.«

Gleichgültige Dinge! – Diese Worte klangen in der Seele des Untersuchungsrichters nach. Er meinte durch Übung und Erfahrung den Ton der Wahrheit aus den Reden der Menschen heraushören zu können, und er glaubte, diesen untrüglichen

Ton hier vernommen zu haben. Aber mancherlei Verdachtsgründe sprachen dagegen, und seine Gedanken vertieften sich in ein Netz von Widersprüchen.

Umso froher war er, als Bauer laut atmend vor Eifer und Wichtigkeit wieder ins Zimmer trat.

»Nun, was haben Sie ausgerichtet, mein lieber Herr Kommissar?«

»Ich bringe verschiedenes Neue. Das Wichtigste zuerst: In Glas und Flasche, die wir aus dem Pavillon der Villa Rainer mitgenommen haben, ist ebenso wenig eine Spur von Gift gefunden worden, wie gestern in denen aus dem Theater.«

»Das überrascht mich nicht«, sagte Germelmann ruhig.

»Ein Mensch, der zwölf bis vierzehn Stunden Zeit hat, um die Spuren seines Verbrechens zu verwischen, ist ein Esel, wenn er es unterlässt. Und wir haben es in diesem Fall offenbar nicht mit einem Esel zu tun.«

»Herr Amtsgerichtsrat meinen?«

»Ich meine, dass es für den Täter – wenn es dort wirklich einen Täter gab – eine leichte Sache war, unbemerkt in den Pavillon einzudringen, die Weinflasche mit einer anderen, in gleicher Höhe gefüllten zu vertauschen, das benutzte Glas gründlich zu reinigen und ihm aufs Neue den Anschein des Benutztseins zu geben. Das Nichtvorhandensein von Gift ist also kein Beweis, dass die Tat nicht im Pavillon verübt worden ist. Allerdings hätte uns der Schurke den direkten Beweis von seiner Schuld damit genommen. Wir müssten den indirekten versuchen.«

»Aber wie?«

»Wenn die Flasche wirklich mit einer anderen vertauscht worden ist, wird auch die zweite der gleichen Sorte vermutlich aus dem Rainerschen Keller stammen. Es wäre so wenigstens am bequemsten gewesen.«

»Allerdings auch unvorsichtig.«

»In einem Punkt sind ja die Verbrecher das meistens, Gott sei Dank! Es wäre jedenfalls gut, wenn Sie der Sache nachgingen. Der Kommerzienrat sagte, wie Sie sich erinnern werden, dass er gerade vorgestern eine neue Sendung von dem Burgunder bekommen hätte. War nichts mehr von dem alten Bestand vorhanden, so ließe sich leicht feststellen, ob an der Zahl der vorgestern gelieferten Flaschen eine fehlt oder zwei.«

»Schade!«

»Schade, wieso?«

»Weil ich das leicht schon heute früh hätte mit abmachen können. Ich komme ja gerade von der Villa Rainer her und von der Vernehmung des Dienstpersonals.«

»Was haben Sie dort erfahren.«

»Zunächst nur die Bestätigung dessen, was Doktor Glaritz und Graf Stefan Hersberg ausgesagt haben. Der Diener – Johann Lütjen heißt er – hat gestern Abend gegen acht Uhr aus dem Fenster des Portierzimmers neben der Haustür hinaus geschaut und hat gesehen, dass der Graf aus dem Garten gekommen und auf die Straße hinausgegangen ist. Also stimmt das doch, was er angegeben hat.«

»Gut. Aber der Vorgang im Pavillon ist wichtiger. Haben Sie den Gärtner befragt.«

»Gewiss. Und er hat auch bestätigt, was Doktor Glaritz uns gestern erzählt hat. Im Pavillon ist gegen acht Uhr wirklich für kurze Zeit das Licht angewesen.«

»Hat er den Grafen dort gesehen?«

»Das nicht. Er hat sich nicht weiter darum gekümmert.«

»Hat er über die Zeit nichts Bestimmtes ausgesagt?«

»Er weiß, dass es genau fünf Minuten vor acht Uhr gewesen ist. Es war sein um acht beginnender Skatabend, und er hatte nach der Uhr gesehen, bevor er vom Haus fortging.«

»Also viel Neues bringen Sie doch nicht«

»In dieser Hinsicht, nein. Aber ich habe noch ein Übriges getan.«

»Und was?«

»Ich habe den Schutzmann, der um die fragliche Zeit in der Gegend Patrouille ging, zur Sicherheit auch befragt. Es war der Schutzmann Hensel. Er ist kein Licht, doch ein ordentlicher, zuverlässiger Mensch. Und er sagt mit Bestimmtheit aus, er hat auch eine halbe Stunde früher schon auf den Glockenschlag halb acht – gerade hat nämlich die Turmuhr von Sankt Kilian geschlagen – in dem sonst nur selten beleuchteten Pavillon Licht gesehen.«

»Das wird Fräulein Rainer selbst noch gewesen sein.«

Bauer lehnte mit lebhafter Handbewegung ab. »Nein, das ist ausgeschlossen, Herr Amtsgerichtsrat.«

»Warum? Wieso?«

Germelmann hatte dem Bericht anfangs mit großer Gemütsruhe zugehört, jetzt hob er den Kopf gleich einem witternden Jagdhund.

»Weil Hensel um das ganze Häuserquartier die Runde gemacht hatte, zu dem die Villa Rainer gehört. So war er auch auf deren Vorderseite gekommen und hatte gerade gesehen, wie Fräulein Rainer ein Auto bestieg, um ins Theater zu fahren. Er hatte die Weisung an den Chauffeur gehört.«

»War denn das vorher? Bevor er den ersten Lichtschein, den um halb acht Uhr, im Pavillon sah?«

»Jawohl, ganz genau.«

»Das ist eine sonderbare Sache. Hat er noch weiter dort patrouilliert?«

»Er ist noch zweimal auf und ab gegangen in der Heidinger Straße. Der Pavillon ist finster gewesen, als er das erste Mal wieder daran vorbeikam, aber beim zweiten Mal ist es abermals hell darin gewesen. Das war kurz vor acht Uhr, kurz vor dem Ende seines Dienstes. Hier hat sich's demnach um das von den beiden anderen Beobachtern auch gesehene Licht gehandelt, während Hensel allein das frühere wahrgenommen hat. Und bei diesem ersten Lichtschein ist ihm aufgefallen, dass er der sonstigen Beleuchtung des Pavillons nicht entsprach. Der Schein war nach seiner Darstellung beweglich wie von einer elektrischen Taschenlampe, sodass er nur ein paarmal am Vorhang des Fensters vorüber glitt.«

»Warum ist er nicht direkt hineingegangen, der Mensch?«

»Er hat wohl dazu keinen Anlass gesehen.«

»Das ist jammerschade!«

Germelmann, der die ganze Zeit im Zimmer auf und ab gegangen war, senkte den Kopf in schweigendem Nachdenken. Dann blieb er vor Bauer stehen. »Mein lieber Herr Kommissar, jetzt wollen wir einmal die Tatsachen zusammenstellen. Wir haben einstweilen drei Personen, die für die Täterschaft in Betracht kommen können: den Grafen Hersberg, das Fräulein Rainer, die Frau von Xaver Stieler.«

»Ich kann mir nicht helfen, Herr Amtsgerichtsrat, aber mein Verdacht richtet sich in erster Linie gegen die Frau, gegen die Baratta.«

Germelmann hob die Schultern in zweifelnder Bewegung.

»Möglich, – möglich auch nicht. Ihre Persönlichkeit widerspricht mir der Tat, wie die der beiden anderen auch. Haben Sie schon häufig von Mordgeschichten beim Theater gehört? Ich nicht. Es gibt Gelegenheit genug auf der Bühne, seine Leidenschaft auf andere Art auszutoben. Diese Frau von Xaver Stieler ist außerdem erstklassige Hysterikerin, – tatsächlich nach Beobachtung des von mir befragten Arztes, der sie mehrfach behandelt und ihr auch die berühmten Pulver zur Nervenberuhigung verschrieben hat. Er bestätigt mein persönliches Urteil durchaus. Hysterische Frauenzimmer jedoch lieben mehr Theaterfeuerwerk als wirklichen Brand. Für starke Taten fehlt es ihnen an Energie.«

»Wenn sie nicht in Betracht kommt, wen halten dann Herr Amtsgerichtsrat für schuldig?«

Germelmann machte wieder und noch lebhafter seine Schulterbewegung. »Unter uns gesagt: keinen von allen dreien. Es hatte sich mir ein starker Verdacht auf den Grafen Hersberg aufgedrängt. Er war der Einzige, dem seines Bruders Tod großen Vorteil brachte. Mir gilt noch immer die viel bewährte Frage: Wem zum Nutzen? Aber vermutlich ist er durch die Wahrnehmung des Schutzmannes Hensel fast bestimmt entlastet. Wenn wirklich dort im Pavillon das Verbrechen begangen worden ist, – und mit Rücksicht auf die Wirkung dieses indischen Giftes nach ein paar Stunden ist mir das am wahrscheinlichsten, – dann hatte der Täter ein dringendes Interesse daran, die Spuren seines Verbrechens baldmöglichst zu beseitigen. Hatte das also nicht Fräulein Rainer – einmal angenommen, sie wäre schuldig, – bereits gleich nach dem Fortgehen Stielers getan. War ein anderer, von dem auch sie nichts wusste, der Täter, dann ist jene Vernichtung der Spuren höchstwahrscheinlich geschehen, als Ihr Schutzmann um halb acht Uhr das Licht im Pavillon erblickte. Wir müssen jetzt vor allem ermitteln, ob Graf Hersberg nicht schon um diese Zeit an Ort und Stelle war. Er gibt an, bei seinem Chef gewesen zu sein. Fragen Sie vorsichtig einmal nach, wann er dort war, wann er fortgegangen ist.«

»Ich werde das gleich besorgen, Herr Amtsgerichtsrat.«

»Aber vorsichtig, bitte! Befragen Sie den Diener, den Portier ganz unter der Hand. Niemand weiter braucht vorläufig etwas davon zu erfahren. Und machen Sie das möglichst bald, mit aller nötigen Diskretion.«

»Sofort, Herr Amtsgerichtsrat. Und ich glaube von mir sagen zu dürfen: ich bin kein Anfänger mehr.«

In der Villa Rainer herrschte dumpfe Schwüle. Schweigsam und in sich versunken lebte Hanna neben ihrem Vater her. Sie war sonst immer sein Stolz und seine Freude gewesen, wenn er auch ihre wachsende Neigung zum Grafen Stefan Hersberg nur ungern gesehen und eine Verbindung zwischen ihr und seinem Neffen Glaritz warm gewünscht hatte. Zum ersten Mal war er wegen dieser peinlichen Verwicklung in den Fall Stieler wirklich zornig auf sie. Dieses Gefühl aber war ihm, gerade weil er sie liebte, höchst unangenehm, und weil es ihm unangenehm war, wuchsen dadurch noch sein Zorn und seine schlechte Laune.

Hanna selbst schien für seine Verstimmung fast unempfindlich. Sie war offenbar ganz hingenommen von einem einzigen Gefühl, einem einzigen Gedanken. Ihres Vaters bissige Bemerkungen prallten am Panzer dieses Gefühls wirkungslos ab, das gleich einer eisernen Rüstung sie von der Welt schied.

Zwei Tage lang hatte Glaritz die Villa nicht wieder betreten, seit Hannas heftigem Auftritt mit ihm, am dritten Tag war er zur Teestunde gekommen und hatte dadurch das gewohnte wortarme Beisammensein des Kommerzienrats mit seiner Tochter unterbrochen. Ihrem Vater war es offenbar willkommen gewesen, in dieser sonst immer sehr geliebten Stunde wieder jemanden zu haben, von dem ihn keine Verstimmung trennte. Rainer hatte denn auch, nachdem er gleich von vornherein jedes Wort über den Fall Stieler für ihr Gespräch auf den Index gesetzt hatte, höchst gemütlich mit ihm geplaudert und ihn mit Absicht vor seiner Tochter in jeder Art ausgezeichnet.

Als er wieder an seine Geschäfte gehen musste, war Glaritz mit Hanna allein geblieben. Zaudernd und stumm stand er ihr gegenüber und starrte sie mit seinen schwarzen, brennenden Augen schwermütig an. Sie hatte schweigend vor sich nieder gesehen und einen silberblitzenden Teelöffel zwischen den Fingern hin und her bewegt. Nun hob sie den Blick empor und begegnete dem seinen Blick. Langsam, in den tiefen melodischen Tönen ihrer Stimme begann sie zu sprechen.

»Ich habe dich neulich durch meine Heftigkeit verletzt. Es tut mir leid, verzeih mir. Nicht etwa…«

Sie hob die Hand auf eine lebhafte, vorwärts drängende Bewegung von ihm.

»Dass ich in der Sache bereute, was ich gesagt habe. Nur meine Heftigkeit reut mich. Man erniedrigt sich, wenn man

heftig wird, und ich bin es neulich gewesen.«

»Du gibst mir in einem Atemzug Freude und Schmerz zugleich, Hanna. Du würdest mich zum glücklichsten Menschen machen, wenn du zurücknehmen könntest, was du damals gesagt hast. Aber du tust es nicht, und ich muss mich damit begnügen, dass es dir leid ist, mir weh getan zu haben. Denn das darf ich doch wohl heraushören aus deinen Worten, und ich danke dir dafür. Aber nicht meinetwegen bin ich heute hergekommen, sondern deinetwegen. Es lässt mir keine Ruhe, dich dein Herz an einen Menschen hängen zu sehen, der deiner nicht würdig ist. Höre mich ruhig an. Ich weiß nicht, ob du die Zeitungen heute Morgen gelesen hast…«

»Ich habe sie gelesen.«

»Du musst mir zugeben, aus allen Berichten klingt ein starkes Misstrauen gegen den Grafen Hersberg hervor. Sein ganzes leichtsinniges Leben ist bei diesem Anlass ans Licht gezogen worden, und selbst einmal angenommen, dass er unschuldig ist…«

»Er ist unschuldig.«

»Semper aliquid haeret – es wird immer ein Makel an ihm haften bleiben. Du, Hanna, bist mir zu gut für solch einen gezeichneten Menschen. Ich spreche heute nicht als Bewerber und Liebhaber zu dir, sondern als dein Freund und Verwandter. Und ich kann dir immer nur das eine wiederholen: Mache dich frei von diesem Gefühl, das er nicht verdient.«

Ein kurzes Auflachen von ihr unterbrach ihn. »Mich frei machen von diesem Gefühl! Kann man das, wenn man liebt? Versuche es doch, ob du selbst es kannst. Aber ich sage dir, du hast niemals geliebt, wenn du das über dich vermagst.« Sie schwieg eine Sekunde lang, dann stand sie mit einer energischen Bewegung auf. »Ich bin dir trotzdem

dankbar für deine Worte, Vetter. Den ganzen Tag über, seit ich die heimtückischen Verdächtigungen der Zeitungen gegen Stefan gelesen habe, lag ein halber Entschluss in meiner Seele. Jetzt ist er zum ganzen geworden. Öffentlich, vor aller Welt will ich mich für Stefan erklären. Durch meine Verlobung mit ihm will ich den Leuten sagen: Er ist unschuldig.«

»Hanna!«

»Das war dein Zweck nicht, ich weiß es. Aber...«

»Hanna, gegen den Willen deines Vaters...«

»Ich habe meinen Vater von ganzem Herzen lieb und würde vieles, vieles für ihn opfern. Aber dieses eine nicht, meine Liebe nicht. Ich selbst gehöre mir selbst, ich will mich schenken können, wem ich will. Und mein fester Entschluss wird meines Vaters Widerstand brechen, ich weiß es.«

Es war, als ob Glaritz unter dem Gewicht ihrer Worte in sich selbst zusammensinke. Sein Kopf neigte sich, wie zu schwer geworden, seine Zähne traten weiß hervor auf der von ihnen misshandelten Unterlippe. Zuckend bewegten sich Finger und Arme. So stand er da gleich einem Bild stummer Verzweiflung. Und unausgesprochen blieb, was mit so vulkanischer Gewalt in ihm arbeitete. Das leise Hereinkommen des Dieners verhinderte weiteres Gespräch.

Er brachte seiner Herrin eine Visitenkarte, die sie mit einer Bewegung unwilligen Erstaunens las. Auch ihr Ich lasse bitten kam widerstrebend heraus. Als der Diener gegangen war, fügte sie, zu Glaritz gewandt, missmutig hinzu: »Die Baratta kommt mich besuchen. Ich weiß nicht, was diese Frau von mir will.«

Bevor Glaritz etwas erwidern konnte, wurde die Tür bereits geöffnet und mit ihrem Rahmen die Figur der Künstlerin, die dort noch für eine Sekunde zaudernd und herein sprühend stehen blieb, gleich einem schönen, in dunklen Tönen gemalten Bildnis umschlossen. Die Baratta war in tiefer Trauer, und ihr bleiches, vom Gram gezeichnetes Gesicht mit seinen großen, glühenden Augen war in der Umfassung von schwarzem Haar und Schleier von einer steinernen Schönheit, in der ein harter Zug von Grausamkeit wohnte.

Nach dem augenblicklichen Zaudern kam sie mit großen, elastischen Schritten schnell herein. Sie blieb vor Hanna stehen und betastete mit suchenden Blicken ihr Gesicht, ihre Gestalt, während unter kurzen, eiligen Atemzügen ihre Brust sich mühsam bewegte. Sie sprach keine Silbe zur Begrüßung, begründete mit keinem Wort ihr Erscheinen, zerbrach alle gesellschaftlichen Formen und sagte nur mit einem noch verhaltenen Drohen in ihrer Stimme: »Ja, Sie sind es.«

Hanna trat unwillkürlich einen Schritt vor der schwarzen, unheimlichen Erscheinung zurück.

»Was wünschen Sie von mir?«

»Ich will Sie sehen.«

»Dieser Wunsch ist Ihnen erfüllt.«

»Sie meinen, ich soll wieder gehen? Vorher müssen Sie hören, was ich zu sagen habe. Dreimal haben Sie meinen Weg bis jetzt gekreuzt, und jedes Mal hat es Unheil für mich bedeutet. Dieses Unheil war namenlos, ich wusste nicht, wer Sie waren. Schrittweise bin ich hergetrieben worden bis in dieses Haus. Das letzte Mal stand ich verzweifelnd, halb wahnsinnig vor dem Pavillon Ihres Gartens und sah den Schatten dieses Gesichtes hier vor mir auf dem Vorhang an seinem Fenster. Der Schatten dort hat mich hierher geführt, ich stehe jetzt vor Ihnen und sehe, Sie sind es…«

»Ich bin…«

Vergeblich war Hannas Versuch, den Redestrom der Halbrasenden zu hemmen. Er durchbrach und überflutete jedes Hindernis.

»Ich wäre vor Tagen schon hergekommen, aber ich war völlig zusammengebrochen unter dem Schlag, der mich getroffen hatte. Wahnsinn oder Betäubung war die Losung. Ich nahm Schlafmittel auf Schlafmittel und hoffte dabei, nicht wieder zu erwachen. Ach, mein Wunsch ist unerfüllt geblieben. Ich bin aufgewacht und mit mir zugleich mein Hass. Mein Hass auf die Frau, die dies grässliche Schicksal über mich gebracht hat. Jetzt weiß ich auch, wie sie heißt. Sie sind meines Mannes Verderberin gewesen, Fräulein Hanna Rainer.«

»Sie sprechen im Wahnsinn…«

»Dieser Wahnsinn ist hellsehend. Seitdem ich Ihnen begegnet bin, damals in der Wohnung meines Mannes, hat Ihr Gesicht mich verfolgt bei Tag und bei Nacht. Ich wusste, fühlte, Sie wollten ihn mir nehmen, und Sie haben ihn mir genommen. Haben ihn an sich gelockt, an sich gekettet fester und fester, und als er sich sicher fühlte, haben Sie das Gift gemischt, an dem er gestorben ist.«

»Nun ist es genug!«

»Schweigen Sie!«

Gleichzeitig mit Hanna hatte Glaritz die Worte gerufen, war zu der Tobenden herangetreten und hatte mit eisernem Griff ihre Hand erfasst. Und es war, als ob diese Berührung der Männerhand, in deren Beben ein heißer Zorn sich verriet, ihre Leidenschaft besänftigte. Für einen Augenblick verstummten ihre Lippen, sie starrte wortlos auf Glaritz.

Er aber herrschte sie noch einmal an: »Schweigen Sie, sage ich. Sie haben etwas Unerhörtes gesprochen, haben es gewagt, hier diese Dame schuldig zu nennen an Ihres Mannes Ermordung. Wagen Sie das nicht noch einmal, hüten Sie sich vor mir.«

Mit Blicken, aus denen widerstrebende Bewunderung seiner energischen Männlichkeit sprach, schaute sie den Wütenden an, aber sie gab sich nicht überwunden.

»Wer sind Sie?«, fragte sie, den Kopf mit stolzer Bewegung zurückwerfend. »Wer gibt Ihnen das Recht, so zu sprechen mit mir?«

»Ich bin ein Freund und Verwandter dieses Hauses. Und als Arzt jenes Theaters, in dem Ihr Gatte starb, war ich von Anfang an in der Lage, den tragischen Vorgang in allen seinen Einzelheiten zu verfolgen. Ich kenne den Gang der Untersuchung und kenne den Weg, den der Verdacht nehmen wird und nehmen muss. Und kann Ihnen sagen: Diese Dame hier ist unschuldig wie Sie selbst, unschuldig, so wahr ich Ihrem Gatten in seiner Sterbestunde zur Seite stand.«

»Sie waren bei Xaver, bei meinem geliebten Xaver…?«

»Leider kam ich zu spät. Aber das gibt mir ein Recht, Ihnen zu sagen: Seien Sie gerecht, seien Sie vernünftig.«

Er sprach jetzt ein wenig ruhiger, nicht mehr so fortgerissen von wildem Zorn, aber immer noch mit großer Bestimmtheit.

»Sie haben ihm zu helfen versucht, das Leben dieses Wundermenschen retten wollen. Lassen Sie mich Ihnen die Hände küssen, mich Ihnen auf meinen Knien danken…«

Sie sank wirklich vor ihm auf die Knie, fasste seine Hände, ließ Tränen und Küsse darauf niederfallen mit einer wilden Theatergeste, schön und unwahr zugleich. Sich gewaltsam freimachend sprach er weiter. »Sie haben einen großen Schmerz erlebt, ich weiß es. Aber dadurch dürfen Sie sich nicht sinnlos und blind machen lassen. Bitten Sie Fräulein Rainer um Verzeihung.«

»Ich um Verzeihung bitten? Das wird niemals geschehen. Ich weiß, was ich weiß, und ich habe gesagt, was ich sagen wollte. Nun kann ich gehen. Aber Sie haben mir wohl getan, Sie sind ein Mann.«

Sie wandte sich um, ohne noch einen Blick auf Hanna zu werfen, und rauschte hinaus, malerisch umweht von ihrem langen, schwarzen Witwenschleier.

Hanna hatte mit ineinander gekrampften Händen stumm der Szene zwischen den beiden zugeschaut. Jetzt atmete sie tief und sagte zu Glaritz, der näher an sie herangetreten war: »Ich danke dir, dass du so tapfer für mich eingetreten bist. Für den Augenblick war ich wirklich betäubt von ihren brutalen Worten und hätte mich vielleicht nicht so…«

Sie brach mitten im Satz ab.

»Aber es ist ja gleich. Auf jeden Fall bin ich dir dankbar.«

»Auch ich bin glücklich, dass ich hier war. Deutlich und klar liegt nun der Weg vor mir, den ich zu gehen habe. Von dir muss jeder Verdacht und jede Gefahr fern bleiben, Hanna. Das wäre zu furchtbar, wenn man dir die Schuld an dieser Tat aufzubürden versuchte. Das müsste ja den wirklichen Täter wahnsinnig machen, wenn er es erführe. Nein, das muss um jeden Preis verhindert werden. Und ich will nicht ruhen, bis ich dich frei gemacht habe von jedem Schatten eines Verdachts, den dieses wahnsinnige Weib auf dich werfen könnte. Mag darüber zugrunde gehen, wer will. Du sollst nicht leiden, Hanna, du nicht!«

Er wartete auf keine Antwort von ihr, gab ihr auch nicht seine Hand, sondern ging schnell hinaus, von seinem Entschluss getrieben.

Hanna blieb allein. Sie legte die linke Hand auf die Stirn und bewegte den Kopf darunter langsam hin und her. Dann sank ihr der Arm schwer herab, und sie fing an, in tiefem, angespanntem Grübeln auf und niederzugehen. Das dauerte geraume Zeit. Mitunter blieb sie stehen, als ob ein Hindernis vor ihr aufgetaucht wäre oder als ob vor den Augen ihres Geistes etwas daläge, was mit besonderer

Genauigkeit betrachtet werden müsste. Jedes Mal machte sie sich wieder los, wies das, was ihre Schritte gehemmt hatte, mit einer Handbewegung von sich und setzte die ruhelose Wanderung fort.

Zuletzt machte sie an einem der beiden Fenster Halt, die zu dem Vorgarten hinausgingen. Büsche und Bäume standen mit schon gelichtetem Laub, und über den schmalen Garten konnte sie zur Straße dahinter sehen. Eine Laterne war auf der anderen Seite gerade gegenüber, und in ihrem Licht sah Hanna zuweilen dunkle Menschengestalten gleich flüchtigen Schatten vorüber gleiten. Aber dann erst, als eine von diesen Schattengestalten dort stehen blieb und scheinbar unverwandt zu ihr selbst herüber schaute, haftete Hannas Blick fester und mit Bewusstsein darauf.

Es war ein Mann, der dort stand. Sie konnte sein Gesicht nicht erkennen, weil der Laternenschein den Schatten seines Hutrandes darüber breitete. Jetzt sah sie, dass er diesen Hut vom Kopf hob und zu ihr her grüßte.

Während er so den Schattenschleier für einen Augenblick seines Gesichtes fortnahm, und während sie selbst unwillkürlich mit leichter Kopfbewegung einen Gruß erwiderte, konnte sie jetzt erkennen, wer ihr jenseits der Straße gegenüberstand.

Rasch trat sie vom Fenster zurück. Dann schien ihr ein plötzlicher Entschluss gekommen. Die Zweifel und Fragen, die sie hin und her gewälzt hatte während ihres langen Umherwanderns, schienen auf einmal gelöst. Sie ging zügig zu einem kleinen Schreibtisch in der Ecke, entzündete die Lampe darauf und öffnete die Schreibmappe, die dort herumlag.

Dann glitt eine Feder in ihrer Hand eilig über einen Briefbogen, doch schrieb sie nur wenige Zeilen, überlas, faltete, verschloss den Brief. Auf dem Umschlag waren die Worte zu lesen: Dem Varieté-Künstler, Herrn Amaru. Hotel zur Stadt Hamburg.

Elftes Kapitel

Das ist interessant, wahrhaftig, das ist einmal etwas Neues. Der Kommissar Bauer war es, der die Worte rief. Er saß in seinem Büro, vor ihm stand ein junger Mann, der in Kleidung und Haltung von ungekünstelter Eleganz war. Sein Gesicht mit braunem, gestutztem Schnurrbart war weich und rund. Ein paar Augen von graugrüner Farbe mit scharf beobachtendem Blick widersprachen dem Genussmenschenausdruck des übrigen Gesichtes.

»Ich bin zufrieden, Herr Grabert, Sie haben Ihre Sache sehr gut gemacht.«

»Vielen Dank für das Lob. Aber ich habe es vorher gewusst, Herr Kommissar, so etwas kann ich. Ihr Verdienst ist es, mit mir einen Versuch gewagt zu haben.«

Der Kommissar schmunzelte. »Nun, das wäre schlimm, wenn man im Laufe der Jahre bei diesem Beruf nicht etwas Menschenkenntnis erworben hätte. Sie haben mir gleich gefallen, Herr Leutnant, Pardon, Herr Grabert. Sie wollen ja den Titel nicht mehr hören.«

»Der hängt mit meinem bunten Rock am Nagel im Schrank und soll dort hängen bleiben. Es war auch eine der Geschichten von zwei glücklichen Tagen. Der eine war, als ich den bewussten bunten Rock anzog, der zweite, noch glücklichere dann, als ich ihn auszog. Allen Respekt vor dem Beruf des Militärs, aber ich war nicht für ihn geboren. Sie werden lachen, Herr Kommissar, ich war dafür zu neugierig.«

»Von Ihrer Neugierde haben Sie mir schon ein paar Mal erzählt.«

»Jawohl. Und gerade für den Kommiss war sie mir furchtbar lästig. Da hieß es immer nur: ›Du sollst!‹ Und ich hätte doch für mein Leben gern gefragt: ›Warum?‹ Das aber war verboten, war Tabu, war Frevel. Ich habe seit jeher alles wissen wollen und habe meine gute Mutter halb tot gequält mit all meinen Fragen. Na, da hat mir schließlich ein guter Geist eingegeben, dass es einen Beruf gibt, wo Neugierde zur Tugend wird. Ich bin hier bei der Polizei gelandet und kann jetzt so viel umher fragen und umher schnüffeln, wie mir gefällt. Sie haben mich in Ihre Vaterarme gütig aufgenommen, Herr Kommissar, wenn ich so vertraulich reden darf, und geben sich alle Mühe, den Leutnant zum perfekten Detektiv auszubilden.«

»Und ich hoffe, Sie machen mir Ehre. Diese Sache haben Sie sehr gut gefingert. Bei solchen Überwachungen kann man die Geduld leicht verlieren, weil man oft stundenlang herumstehen und herumlaufen muss, ohne dass etwas dabei herauskommt. Aber Sie haben Ihren Inder, diesen Herrn Amaru, nicht aus den Augen gelassen und haben etwas wirklich Neues herausgebracht. Kommen Sie her, Sie müssen das dem Herrn Untersuchungsrichter gleich selbst erzählen.«

Er war aufgestanden und klopfte mit einem einzigen kurzen, lauten Schlag der Handknöchel an die Tür zum Nebenzimmer. Auf ein von drinnen erklingendes ›Herein!‹ traten die beiden in den Amtsraum des Untersuchungsrichters, der mit freundlichen Blicken auf den hübschen, eleganten, jungen Detektiv schaute.

»Nun, hat sich Ihr Schützling seine Sporen verdient?«, fragte Germelmann zu Bauer gewandt.

»Jawohl, sie klirren schon«, entgegnete Bauer lachend.

»Herr Grabert hat uns Wichtiges ermittelt. Allem Anschein nach besteht eine geheime Beziehung zwischen diesem Herrn Amaru und Fräulein Hanna Rainer.«

»Alle Wetter! Das ließe tief blicken. Erst Xaver Stieler im abendlichen Dunkel mit ihr im Pavillon, und nun dieser Inder!« Germelmann wandte sich lebhaft an Grabert. »Vor allen Dingen berichten Sie mir genau: Was haben Sie gesehen und erlauscht?«

»Anfangs war es nicht viel. Es gab wirklich solch ein zweckloses Herumstehen und Herumlaufen, wie der Herr Kommissar eben sagte. Der Inder ging pünktlich an jedem Vormittag ins Theater zur Probe. Gegenwärtig befindet er sich auch dort, sodass ich für den Augenblick dienstfrei bin«, fügte Grabert mit einem leichten, liebenswürdigen Auflachen hinzu.

»Wohl, und hinterher?«

»Hinterher hat er einen merkwürdig stillen, eingezogenen Lebenswandel geführt und sein Hotel ein paar Tage lang überhaupt kaum verlassen, seine Mahlzeiten sogar ganz allein unten im Restaurant eingenommen. Ich bin dort auch Stammgast geworden und beobachte mein Opfer nach Herzenslust. Er scheint mir ein wenig Melancholiker und Menschenfeind. Ich habe mir einen Zauberkünstler bisher immer ganz anders vorgestellt.«

»Und was haben Sie Neues entdeckt?«

»Ja, das eine war vor zwei Tagen. Da war morgens das Begräbnis von Xaver Stieler. Die ganze Stadt war auf den Beinen, und beinahe auch das ganze Personal des Varietétheaters war dabei. Mein Inder aber blieb ruhig zu Hause. Nur am Nachmittag erschien er unerwartet auf der Straße, ging in einen Blumenladen, um einen Strauß von wundervollen weißen Rosen zu kaufen, und fuhr dann auf der Trambahn zum Friedhof hinaus. Ich im Anhängerwagen ungesehen hinter ihm her, rasch in den Friedhof hinein.

Dort sah ich, hinter einem hohen Grabstein versteckt, Herrn Amaru zu dem frischen Hügel von Xaver Stielers Grab herantreten. Dort stand er lange Zeit, nachdem er die Rosen darauf niedergelegt hatte, und über sein braunes Gesicht flossen ihm reichliche Tränen, wie Vater Homer wahrscheinlich gesagt haben würde.«

»Das ist nichts Belastendes.«

»Durchaus nicht. Ich erzähle die Sache nur, weil sie mir charakteristisch für ihn erscheint. Am Abend kam dann das – möglicherweise – Belastende. Mein Inder fuhr nur auf ganz kurze Zeit nach Hause. Sehr bald schon kam er wieder auf die Straße heraus und ging in einem auffallend raschen Tempo zu der Hohenberger Straße.«

»Dort liegt ja die Villa Rainer.«

»Ganz recht. Und sie war offenbar auch für ihn der Anziehungspunkt. Ihr gegenüber ging er, jetzt sehr langsam, ein paar Mal auf und ab, dann blieb er stehen, ging wieder weiter, machte kehrt und stand abermals da, so gespannt hinüber schauend zu den Fenstern der Villa, dass er von meinem Vorhandensein keine Spur bemerkte.«

»War das keine Komödie?«

»Nein, ich glaube sicher nicht. Übrigens war ich auch vom Schatten eines überhängenden Baumes gut gedeckt. Das war vorgestern, und gestern hat sich das gleiche Schauspiel wiederholt. Nur dass mein Amaru diesmal zu einem erleuchteten Fenster des Erdgeschosses hinüber grüßte, hinter dem eine hohe Frauengestalt stand, und, soviel ich von Weitem sehen konnte, von ihr wieder gegrüßt wurde. Sie verschwand gleich darauf sehr schnell, und auch der Inder machte sich bald auf den Heimweg. Das eine scheint mir nach alledem doch sehr wahrscheinlich, dass irgendwelche Beziehung zwischen diesem trübsinnigen Zauberkünstler und Fräulein Rainer besteht.«

Germelmanns Gesicht hatte sich umwölkt. Er sträubte sich nach wie vor gegen einen Verdacht auf Hanna. Sein Missmut verriet sich auch in der kurz, beinahe schroff gegebenen Weisung: »Es ist gut. Setzen Sie die Beobachtung fort und berichten Sie mir.«

Grabert hatte wohl auch hier ein ähnliches Lob wie vom Kommissar erwartet. Als er aus dem Zimmer hinausging, ließ er den kleinen Ärger darin zurück. Er schüttelte sich leicht gleich einem nass gewordenen Pudel und ging mit einem Lachen auf den Lippen die Treppe hinunter, sich das ›Mit mir so spät im Tête-à-Tête‹ aus der Fledermaus leise pfeifend.

Ohne dies war es für ihn Zeit, seine Spur wieder aufzunehmen. Er empfing ungesehen den Inder am Bühnenausgang des Theaters, begleitete den Ahnungslosen gleich einem Schatten zum Hotel, aß nicht weit von ihm zu Mittag. Und er sah wieder etwas Neues. Amaru zog ein paarmal einen Brief hervor und las ihn mit solchem Aufleuchten seiner ausdrucksvollen Augen, dass es aus ihnen wie Sonnenschein hervorbrach.

Ein paar Stunden lang blieb er dann wieder still im Hotel, und Grabert musste sich auf seinem Beobachtungsposten in einem kleinen Café dem

Gasthaus gegenüber pflichtschuldig langweilen. Die hübsche Kellnerin darin kam – nicht ohne sein Zutun – täglich mehr dahin, zu glauben, dass dieser elegante Herr, der so viele Stunden an demselben Platz am Fenster saß und ungezählte Tassen Kaffee oder Schokolade auf Staatskosten vertilgte, mit reellen Absichten auf ihre Hand umginge.

Nur dass er manchmal so plötzlich aufbrach, auch wenn sie das gefühlvolle Gespräch gerade geschickt eingeleitet hatte, gefiel ihr nicht. Und auch dieses Mal wieder geschah das. Punkt vier Uhr sprang er plötzlich auf – er zahlte der völligen Bewegungsfreiheit wegen seine Schuld immer sofort – und eilte mit freundlichem, eiligem Abschiedswort hinaus. Gegenüber war sein Opfer gerade aus der Haustür getreten, – seine Jagd begann aufs Neue.

Diesmal ging Amaru wieder sehr eilig mit seinem wiegenden, anmutigen Gang, sodass Grabert Mühe hatte, seine Gestalt in den dicht belebten Straßen im Auge zu behalten. Doch ließ er nicht ab und sah schließlich den Inder vor der Tür eines großen, eleganten Cafés haltmachen und eintreten. Er folgte sehr bald, musste jedoch mit Kummer feststellen, dass eine Menge Menschen schon darin und nur noch ganz wenige von den kleinen runden Tischen frei waren.

An einen von ihnen, an dem eine dunkel gekleidete Dame saß, – Hanna Rainer, wie Grabert bei sich feststellte, – trat Amaru schnell heran und begrüßte sie mit größter südländischer Höflichkeit, aus der zugleich innere Bewegung zu sprechen schien. Es war Grabert unmöglich, einen Platz in der Nähe der beiden zu bekommen, wo sein Ohr etwas von ihrem Gespräch erlauschen konnte. Nur aus einiger geringen Entfernung sie zu beobachten, war ihm vergönnt.

Nach kurzer Zeit aber sprang er wieder auf. Er hatte ganz nahe bei ihrem Platz einen Ständer für Zeitungen aufgefunden. An den trat er eilig heran und blieb, unter den Zeitungen scheinbar nach einem bestimmten Blatt suchend, vor ihm stehen. Und hier fing er wirklich ein paar Worte von Hannas Lippen auf.

»Ich habe mich leider sehr in der Wahl dieses Cafés geirrt. Ich hatte geglaubt, wir wären hier ziemlich allein und könnten ungestört sprechen. Aber nun rüsten sie sich sogar, Musik zu machen...«

Schmetternder Trompetenklang unterbrach sie. Die Vorbereitungen für das Musikmachen waren beendet. Ein Cafékonzert begann und raubte durch den lärmenden Militärmarsch, der das Programm eröffnete, Grabert vorerst jede Möglichkeit, mehr vom Gespräch der beiden zu hören.

Er nahm eine Zeitung mit sich auf seinen Platz und vertiefte sich scheinbar ganz in die Lektüre. Nach geraumer Zeit erst, als eine Pause in der Musik eingetreten war, erhob er sich wieder, anscheinend nur, um die gelesene Zeitung mit einer anderen zu tauschen. Abermals blieb er, unter den Blättern suchend, an ihrem Ständer eine Weile stehen, und jetzt vernahm er, wie der Inder halblaut sagte: »Gewiss, ich haben dem Herrn Untersuchungsrichter ganz offen gesagt, ich haben das Gift. War doch das Beste das, nicht wahr? Ich ihm haben sogar noch...«

Ärgerlicher war Grabert noch niemals über den Anblick eines alten Freundes gewesen als in diesem Augenblick.

Eine Hand schlug ihm herzhaft auf die Schulter, und eine wohlbekannte Stimme rief die Worte: »Sieht man dich endlich einmal wieder, alter Junge?« Vor ihm stand ein Kamerad seines früheren Regimentes, ein frischer, lustiger Mensch, den er immer gern gehabt hatte, jetzt aber in den Höllengrund verwünschte. Doch blieb ihm, wenn er kein Aufsehen erregen wollte, nichts anderes übrig als dessen Einladung zu folgen und sich zu ihm an seinen Tisch zu setzen.

Er hörte nur halb, was der andere sprach, und antwortete zerstreut. Seine Blicke hafteten auf dem Inder und Hanna Rainer, von denen er hier etwas weiter entfernt war, und als Hanna sich plötzlich, anscheinend aufgeregt oder zornig, erhob, da nahm er eine notwendige Verabredung zum Vorwand, um sich auch von dem unwillkommenen alten Freund schnell zu verabschieden. Mit einer demütigen, verlegenen Miene war Amaru gleichfalls aufgestanden, doch machte Hanna sich mit kurzem, offenbar wenig freundlichem Abschied von ihm los und ging allein hinaus.

Langsam, den Kopf tief zu Boden gesenkt, verließ der Inder das Lokal durch einen anderen Ausgang. Vorsichtig ging Grabert in gleichem Tempo hinter ihm her – voller Ärger, dass es ihm nicht gelungen war, mehr von der Unterredung der beiden zu hören. Die Häuser der Stadt aber sahen wieder einmal Amarus fremdartige Gestalt an sich vorübergleiten, verfolgt von seinem lebendigen, unermüdlichen Schatten.

Der Morgen des nächsten Tages stand, in kühle, herbstliche Schleier gehüllt, über der Stadt. Ein mattes und schwermütiges Licht nur war in dem Wohnzimmer des Doktors Glaritz, und auf seinem Gesicht lag verwandte Schwermut.

Kaum berührt stand vor ihm sein Frühstück. Er hatte nur kurze Zeit am Tisch gesessen, dann war er aufgesprungen und ging nun zwischen Tür und Fenster hin und her. Seine herabhängenden Hände waren ineinander gekrampft, als ob er ein stummes Gebet spräche, nicht nach oben zum Gott des Lichtes, sondern abwärts gerichtet an eine geheimnisvolle Gottheit in finsterer Tiefe.

Unablässig schritt er gleich einem ruhelosen, gehetzten Geist auf und nieder. »Hanna, Hanna!«, murmelten seine Lippen ein paar Mal kaum vernehmlich. Nachdem er es eine Weile so getrieben hatte, trat er, einem plötzlichen Einfall folgend, an seinen Schreibtisch, setzte sich davor nieder und riss die hastig aufgeschlossene Schublade mit einer gewaltsamen Bewegung auf. Unter anderen Papieren lag ein weißer Briefumschlag darin, den er herausnahm und öffnete. Nichts war in ihr als eine Fotografie, sichtlich ein Werk von Dilettantenhand, ein leichtes, nicht aufgezogenes Blatt.

Hannas Gestalt war auf ihm zu sehen, daneben die des Grafen Stefan. Ein Stück vom Garten der Villa Rainer bildete den Hintergrund. Liselotte Hell, die mit Anfängerleidenschaft fotografierte, hatte das Bild im letzten Sommer gemacht.

Er legte das Blatt vor sich hin und starrte darauf nieder, den Kopf auf die breit an die Seiten der Augen gelegten Hände aufgestützt, als ob er die Welt von sich abschließen wollte. Seine Blicke hafteten unverwandt auf Hannas Bildnis. Ein Zittern durchlief seinen Körper und ließ ihn im Frost der Leidenschaft erschauern. Zuletzt fasste Glaritz mit einer plötzlichen, wilden Bewegung das Blatt, riss es empor und presste die Lippen auf Hannas Gesicht – wieder und wieder.

In einer augenblicklichen Erschlaffung ließ er es dann wieder sinken und starrte wie zuvor darauf nieder. Aber dieses Mal suchten seine Blicke Stefans Gestalt, und wütender Hass verzerrte mehr und mehr seine Züge.

»Du hast sie mir genommen, du Hund«, rief er in zischender Wut.

Und plötzlich ergriff er ein scharf zugespitztes Falzbein aus blankem Stahl, das auf dem Schreibtisch lag, hob es gleich einem Dolch empor und stieß es immer aufs Neue in Stefans Bild an der Stelle hinein, wo das Herz des Lebenden saß.

Nach diesem Ausbruch wieder ein Erschlaffen, ein in sich Versinken, dann ein rasches Aufspringen unter dem Antrieb einer jähen Eingebung. Und auf dem Gesicht dabei das triumphierende, grausame Lächeln, das den Anblick eines besiegt Unterlegenen, Vernichteten begleitet.

Rasch machte sich der Arzt zum Ausgehen fertig, nahm etwas aus dem Schreibtisch, was er sorgsam in der Tasche verbarg, legte Hut und Mantel an und verließ das Haus.

Dann ging er schräg über die Straße zu der Gitterpforte, die sich an jenem Unglücksabend für Xaver Stieler aufgetan hatte. Drinnen im Garten tat Glaritz mit einer kurzen, zaudernden Bewegung einen Schritt zu der Seite, wo links von ihm der Pavillon lag, als o es ihn dorthin zöge, wandte sich aber gleich wieder ab und verfolgte mit eiligen Schritten den Weg, der direkt auf die hinter hohen Bäumen verborgene Villa zuführte.

So kam er ins Haus und klopfte mit einer vor Aufregung bebenden Hand an die Tür vom Arbeitszimmer seines Onkels, wo der alte Herr schon eifrig über seinen Briefen und Geschäftspapieren saß. Doch unterbrach er seine Tätigkeit mit einer freundlichen Begrüßung des Neffen.

»Welch ein früher Gast, aber umso willkommener. Guten Morgen, Heinz. Bei dir kann man sich doch einmal vom Herzen herunter reden, was darauf liegt. Hanna heißt bei mir jetzt nur noch das große Schweigen. Sie kommt mir manchmal vor, wie das verschleierte Bild von Sais, wenn ich von dem auch eigentlich nicht viel weiß.«

Glaritz nickte stumm und reichte Rainer die Hand.

Sein Onkel redete sprechfreudig weiter.

»Setz dich zu mir, Junge. Nimm dir eine Zigarre, sie stehen da neben dir.«

»Danke, ich rauche jetzt nicht.«

»Und was verschafft mir denn dein Besuch zu dieser ungewohnten Zeit?«

»Ich komme wegen Hanna.«

»Ja, wenn ich dir helfen könnte, wie gern würde das Geschehen.«

»Es ist nicht meinetwegen, dass ich heute hier bin. Du weißt, wie lieb ich sie habe, wie sehr ich mir wünsche... davon wollen wir aber gar nicht sprechen. Auf mich kommt es nicht an. Ich möchte nur... ich möchte Hanna retten.«

»Retten, wovor?«

»Vor sich selbst und vor... ihm!«

Er sprach die letzten Worte mit einem Ton, der an die leidenschaftliche Wut erinnerte, womit er Stefans Bild kurz vorher zerfetzt hatte.

»Wie sollen wir das machen? Sie liebt ihn, leider Gottes.«

»Wir, müssen sie jetzt als Kranke betrachten. Wir dürfen dabei nicht fragen, ob die Medizin ihr schmeckt, womit wir sie heilen. Ob es ihr weh tut, wenn wir in ihr Herz hineinschneiden.«

»Gewiss, gewiss, nur, dein alter Onkel ist gerade kein Sachverständiger in Liebesangelegenheiten, Heinz, aber so viel weiß er doch auch, dass es gegen die Liebe keine Medizin gibt.«

»Doch, es gibt solch eine Medizin«, sagte Glaritz, jedes Wort mit schwerem Nachdruck belastend.

»Zeig' sie mir, wenn du kannst.«

»Wenn wir Hanna beweisen, dass Graf Stefan Hersberg der Mörder seines Bruders ist, wird sie von ihrer Liebe geheilt werden.«

»Heinz, dieser Mensch ein Mörder? Das wäre ja so furchtbar, dass es unglaublich ist. Ich bitte dich, das ist ja ganz unmöglich. Und beweisen, wir sollen das beweisen? Das Gericht quält sich schon tage- und nächtelang vergeblich, den Schuldigen zu finden. Wie sollten wir mehr als das Gericht fertigbringen?«

»Es hat bereits einen engen Kreis des Verdachts um den Grafen gezogen. Die Zeitungsberichte lassen das deutlich genug erkennen. Jetzt fehlt nur noch der endgültige, schlagende Beweis von seiner Schuld.«

»Eben, der fehlt.«

Schweigend sah Glaritz noch eine Sekunde lang zu Boden, dann hob er den Kopf und sagte langsam: »Ich glaube, dass ich diesen Beweis liefern kann.«

»Du, Heinz, du?«

»Der Zufall hat mich an dem Abend, als der Ermordete hier im Pavillon bei Hanna war, seinen Bruder sehen lassen, als er nach Stielers Fortgehen, und als auch Hanna schon ins Theater gefahren war, beobachtend auf der Straße stand und gleich darauf im Pavillon Licht machte. Der Gedanke daran hat mich nicht losgelassen. Und ich habe ganz vor Kurzem noch etwas anderes entdeckt, gesehen. Ich habe gezaudert, ob ich davon sprechen sollte. Wenn du mich fragst, Onkel, weshalb? Um einer falschen, missverstandenen Rücksicht auf Hanna willen, weil mein Fund ihren geliebten Grafen Stefan verdächtigt. Aber nach und nach ist es mir klar geworden: Die Wahrheit allein kann sie von der Vergiftung, die an ihrer Seele verübt worden ist, heilen. Soll ich dir zeigen, Onkel, was ich gefunden habe?«

»Ja, ja, natürlich, so furchtbar es auch wäre, wenn du recht hättest.«

Glaritz erhob sich. Sein Körper schwankte bei der Bewegung ein wenig.

»Dann warte, gleich bin ich wieder hier.«

Damit ging er hinaus. Rainer war gleichfalls aufgesprungen und schritt, während er allein war, in höchster Aufregung hin und her.

»Das wäre ja doch eine großartige Sache«, kam es halblaut von seinen Lippen, »es ist wahrhaftig eine verteufelte Geschichte!«

Da war Glaritz bereits wieder da. Zwei Gegenstände hielt er in seiner Hand: blank, dunkelgrün, mit Glasglanz der eine, weiß mit roten Flecken und schwarzen Schriftzügen der andere.

»Dieses ist, was ich gefunden habe. Nein, Onkel, rühr' es nicht an. Es muss noch untersucht werden, ob sich Gift daran befindet.«

»Aber ich verstehe nicht, was ist es?«

»Dieses hier ist nichts anderes als der Boden einer zerschlagenen Weinflasche. Du siehst, ein Bodensatz von eingetrocknetem Wein ist noch darin. Dieses andere…«

»Ja, woher kommt es denn? Und wie kommt es in deinen Besitz?«

»Ich habe die beiden Sachen unmittelbar neben dem Pavillon gefunden. Die Polizei hat nur sein Inneres durchsucht. Mir kam der Gedanke, dass draußen im Garten vielleicht noch eine Spur zu finden wäre. Das eine seitliche Fenster geht ja in den Garten hinaus. Darunter ist, wie du dich erinnern wirst, ein kleiner Luftschacht am Fundament. Ein junger, niedriger Holunderstrauch breitet seine Blätter darüber und verdeckt ihn fast ganz. Als ich den gestern beiseite bog, blinkte mir diese Scherbe von unten aus dem Luftschacht entgegen. Dass gerade von einer Weinflasche ein Stück dort lag, machte mich stutzig. Mehr noch dieses Papier, das in den Blättern des Holunderbusches hängen geblieben war, dass man aber vom Garten aus nicht bemerken konnte. Wie du siehst, ist es ein zerknitterter Briefumschlag – der Umschlag eines Briefes, der an den Grafen Hersberg adressiert war.«

»Das ist doch Hannas Handschrift. Um Gotteswillen, lass uns vorsichtig sein!«

»Ich hätte das Papier heimlich für mich behalten, wenn ich fürchtete, dass ihr dadurch irgendein Schaden geschähe.

Sie selbst kann aber dadurch in keiner Weise belastet werden. Denn sie hätte niemals…«

»Aber was bedeuten diese roten Flecken darauf?«

»Sie stammen meiner Ansicht nach von Wein, vom Auswischen eines gebrauchten Weinglases. Ich denke mir den Vorgang so: Der Mörder ist eine Weile nach Verübung der Tat noch einmal in den Pavillon gekommen, wie wir das vom Grafen Stefan ja wissen. Er hat nun die Flasche, die den vergifteten Wein enthielt, mit einer anderen von unschädlichem Inhalt vertauscht. Auch das Gericht soll diesen Verdacht hegen. Das benutzte Weinglas hat er ausgewischt, um die Giftspuren darin zu beseitigen. Hierzu hat er das erstbeste Papier, das er in der Tasche trug, benutzt. Vielleicht hat er dann auch noch das Glas mit reinem Wein ausgespült und ihn aus dem Fenster in den Garten gegossen. Anscheinend hat er auch dabei die vergiftete Flasche noch in der Hand gehalten, hat sie fallen lassen und so zerschlagen. Die Scherben hat er hinterher vermutlich im Dunkeln zusammengerafft, hat aber diesen Flaschenboden, der in den Luftschacht gefallen war, nicht fühlen und bemerken können. Danach und nach dem gleichfalls hinausgefallenen Papier bei Tage zu suchen, war ihm wohl zu gefährlich. So blieben beide Sachen liegen, und mir war es beschieden, sie zu finden.«

»Aber die Scherbe lag unten im Luftschacht, wie du sagst…«

»Ich habe sie jetzt eben daraus hervorgeholt. Unter dem weit vorspringenden Dach des Pavillons ist sie vor jeder Feuchtigkeit geschützt gewesen, ebenso das Papier. Der Wein ist auf dem Glas eingetrocknet. Wenn er vergiftet war, muss man das heute noch feststellen können.«

»Feststellen? Du meinst…?« Wieder ging Rainer in maßloser Aufregung im Zimmer auf und ab, um endlich mit einem tiefen Atemzug, der einem schmerzlichen Seufzer sehr ähnlich war, vor seinem Neffen stehen zu bleiben. »Ja, mein Gott, mir scheint, wir hätten dann doch die Verpflichtung...«

»Ich sehe dabei nur das eine: Hanna muss von ihrer Liebe zu diesem Grafen geheilt werden. Dazu haben wir hier das Mittel in den Händen.«

»Das auch, das auch. Aber darüber hinaus: Ich muss eine Pflicht erfüllen, eine der schwersten Pflichten meines Lebens. Ja, Heinz, ich habe die Pflicht, bei der Aufdeckung eines Verbrechens, das anscheinend hier auf meinem Grund und Boden begangen worden ist, nach besten Kräften mitzuwirken. Deshalb muss ich – es wird mir furchtbar schwer, – aber ich muss dich bitten, Heinz, geh' hin zum Untersuchungsrichter und bring' ihm, was du gefunden hast.«

»Ich gehe.«

Zwölftes Kapitel

Ach, das ist ja doch alles Unsinn, Onkel Kommerzienrat. Lachhaft ist es, dass Graf Stefan seinen leiblichen Bruder soll, gemeuchelt haben. Ich bin ganz unparteiisch in der Sache, – der Graf hat sich niemals viel aus mir gemacht. Aber eben darum. Ich sehe mit unbefangenen Augen und lasse mich nicht blind machen durch diese sogenannten gravierenden Beweise, vor denen ihr klugen Männer solch einen heiligen Respekt habt. Im Grunde sind wir Frauenzimmer doch viel klüger als ihr; wir lassen das Herz mitsprechen auch bei Verstandesangelegenheiten.

Es war die kleine Liselotte Hell, die ganz rot im Gesicht von heißem Eifer ihrem Adoptivonkel Rainer im warm beleuchteten Speisezimmer seiner Villa diese Gardinenpredigt hielt. Sie war mit ihm allein; Hanna war nicht anwesend.

»Und mein Herz fühlt und weiß, dass der Graf solch eine Sache nicht gemacht haben kann. Absolut ausgeschlossen, sagt mein Herz. Vornehme, wirklich, wirklich vornehme Leute tun solche Dinge nicht. Und solch ein wirklich, wirklich vornehmer Mensch ist Graf Stefan. Auf den ganzen Menschen muss man sehen, Onkel, damit kommt man viel weiter als mit allen zerbrochenen und vergifteten Weinflaschen der Welt. Ich gebe zu, das Verbrechen scheint wirklich hier im Pavillon begangen worden zu sein. Seit unser bleicher Hans Heiling vorhin hier war, wissen wir ja, dass sich wirklich Gift an der Flaschenscherbe befunden hat und auch an dem unglücklichen Briefumschlag. Aber deshalb ist Graf Hersfeld noch lange nicht schuldig. Und ich will dir sagen, was ich tun werde. Beweisen will ich das, Onkel Kommerzienrat – ich, ich selbst werde die

Sache in die Hand nehmen. Da sollt ihr einmal Respekt kriegen vor der kleinen Liselotte. Sag' Hanna, dass ich ihr furchtbar böse bin, weil sie sich nicht einmal von mir hat sprechen lassen, aber dass ich feurige Kohlen auf ihr Haupt sammeln will und ihr den geliebten Grafen in funkelnagelneuem, schneeweißem Unschuldsgewand zurückbringe. So, jetzt geht es los, Onkel Kommerzienrat.«

Sie war draußen, bevor er noch ein Wort hatte, sprechen können. Gleich einem Wassersturz war Liselottes Redeschwall über ihn hin geströmt. Er blies den Atem von sich, als wenn er selbst seine Lungen sehr bemüht hätte, doch war ein leichtes Lächeln wiederkehrenden Behagens auf seinem roten Gesicht.

Im Geschwindschritt eilte die kleine Verteidigerin des Grafen über den Hausflur und in den Garten hinaus. Doch war es hier schon viel zu dunkel, um irgendetwas genauer unterscheiden zu können.

Als eine schwere Schattenmasse stand unter den mehr und mehr sich entlaubenden Bäumen und Sträuchern der Pavillon da; kein Lichtschein kam heute von ihm herüber. Der Todeshauch sterbender Blätter hing schwermütig in der todesstillen Herbstluft.

Liselotte verlangsamte ihre Schritte. Ja, was wollte sie nun eigentlich? Sie fragte sich's und lächelte leise vor sich hin.

Der Drang ihres guten Herzens hatte sie hinaus getrieben, jetzt begann sie zu überlegen, was ihr zu tun in Wahrheit möglich war. Sie wollte Dinge vollbringen, an denen Gericht und Polizei sich mit all ihrem Personal, ihren Hilfsmitteln, ihrer Übung und Erfahrung bisher vergeblich abgemüht hatten, sie, die kleine Liselotte Hell, ganz allein. Wie konnte sie das machen?

Immer langsamer war sie gegangen und jetzt blieb sie völlig stehen, als sich die Gitterpforte des Gartens zur Heidinger Straße hinter ihr geschlossen hatte. Einsam, still, matt beleuchtet lag die Straße vor ihr, nur wenige Lichter brannten in den Häusern gegenüber. Das eine helle Fenster im ersten Stockwerk dort gehörte zur Wohnung des Doktors Glaritz, das wusste sie. Doch kam ihr von ihm keine Hilfe. Der Doktor hasste den Grafen, – das war auch eine von den Wissenschaften des Herzens, die Licht auf ihren Weg warfen.

Sie suchte mit forschenden Blicken an den Häuserfronten umher. Gab es hinter den dunklen Mauern dort gegenüber nicht vielleicht Menschen, die durch mehr zufällige Zeugenschaft von den Vorgängen des verhängnisvollen Mordabends wussten als andere? Menschen, die dem Forschen der Polizei bisher entgangen waren oder ihr gegenüber in weitverbreiteter Scheu geschwiegen hatten? Nach solchen Leuten suchen, – das war es, was ihr zu tun blieb.

Mit bestimmter Absicht äugte sie noch einmal hinüber, und nun kam das Lächeln von vorhin wieder auf ihr Gesicht, wurde sogar zum leisen Lachen. Da war ja das Häuschen der Knusperhexe, wie sie die brave Krämersfrau drüben getauft hatte, deren wirklicher Name fast ebenso schlimm war; denn sie hieß Kübelmorgen. Wie das Häuschen des Märchens, eine Hütte mehr als ein Haus, lag das altmodisch ländliche Bauwerk als Überbleibsel einer vergangenen Zeit unter – im wahrsten Sinne des Wortes – unter den hoch ihm über den Kopf gewachsenen Häusern der Villenvorstadt. Über seinem einzigen Geschoss ging das dunkle Schindeldach steil in die Höhe, von rechts und links breiteten die Bäume des großen dazu gehörigen Gartens ihre Zweige freundlich darüber. Dieser nach hinten bis an den dort vorüber strömenden Fluss reichende Garten war als Baugrund ein unschätzbarer Besitz der alten Krämerin. Es war ihr dafür noch immer nicht genug geboten worden, um sie zur Trennung vom ererbten Besitz ihrer Eltern und Großeltern zu vermögen.

Liselotte war da drüben gut bekannt und wohlgelitten.

Sie hatte der Frau Kübelmorgen aus Vorliebe für das kleine, komische Lädchen schon so viele Malz- und andere Bonbons abgekauft und hatte sich immer dabei so freundlich Zeit genommen für einen lustigen Schwatz, dass ihr ein günstiger Empfang dort gewiss war. Voll Eifer ging sie rasch über die Straße hinüber, wo neben der Ladentür ein

einziges, von weiß grüner Gasflamme schwach erhelltes Fenster die verkäuflichen Schätze der alten Krämerin zeigte, deren Schaustellerkünste der lustigen Liselotte schon oft ein Lachen abgewonnen hatten. Esswaren, Papierwaren, Garne, Stoffe gab es in buntem Gemisch mit anderen zusammen gehörigen Dingen. In einer aufrecht stehenden

Rolle Klosettpapier steckten fünf Kämme – der eine davon

wundervoll hoffnungsgrün leuchtend – wie Strahlen eines großen Sternes. Auf diesem Papiergestell aber thronte die Stoffpuppe von einem kleinen Krieger in blau-roter Uniform. Ein Madonnenbild lehnte sich an ein Glas mit Malzbonbons, und ein

Teddybär hielt ein Paket mit Sicherheitsnadeln in den Pfoten.

Heute hatte Liselotte nur einen flüchtigen Blick für alle diese Herrlichkeiten. Mit blechernem Klang der altmodischen Schelle tat sich die Tür des Ladens unter ihrer Hand auf, und sie sah mit Genugtuung, dass die Frau Kübelmorgen drinnen allein war.

Der Beiname der Knusperhexe war für sie nicht übel gewählt. Ihre niemals große Figur war von des Alters Last noch stark in sich zusammengedrückt worden, graues Haar hing ihr wirr um den Kopf, und eine große, gelbe Hornbrille sorgte für die hexenhaften Eulenaugen.

»Guten Abend, Frau Kübelmorgen. Die Sehnsucht nach Ihren köstlichen Malzbonbons treibt mich so spät noch zu Ihnen her.«

»Ja, das gnädige Fräulein! Das ist heute wirklich ein später Besuch, – aber je später der Abend, umso schöner die Gäste.«

»Danke fürs Kompliment. Geben Sie mir nur gleich ein Pfund von Ihren Bonbons, – an denen kann ich mich tot essen.«

»Na, das wollen wir nicht hoffen. Aber sie sind auch gut, sind wirklich ausgezeichnet«, sagte die Krämerin und griff nach einem hohen, braun gefüllten Deckelglas.

»Und heute muss ich mir notwendig noch etwas Angenehmes antun«, sagte Liselotte mit freundlichem Lachen.

»Bei meinen Freunden da drüben, bei Rainers, hängt augenblicklich der Himmel voller Wolken. Es ist ja auch scheußlich, so hineingezogen zu werden in solch eine gräuliche Mordgeschichte. Dass die

Sache drüben Pavillon passiert ist, scheint ja jetzt so ziemlich sicher...«

»Wirklich, wirklich?« fragte Frau Kübelmorgen und funkelte Liselotte neugierig mit ihren großen Brillengläsern an.

»Man behauptet es wenigstens. Sie wohnen ja hier dem Rainerschen Garten gerade gegenüber. Haben Sie denn gar nichts gesehen an dem fraglichen Abend? Hat Sie die Polizei noch nicht befragt?«

Ein lautloses Lachen erschütterte den zusammen gebogenen Körper der Alten in unheimlicher Weise. »Die Polizei, – jawohl! Die kann viel fragen und hat es auch schon getan, aber Antwort kriegt sie nicht von mir. Sollen sich nur die Nasen wund stoßen, die Schnüffelmajore.«

»Wenn ich Sie nun aber fragte, meine liebe Frau Kübelmorgen. Ich bin wahrhaftig keine Schnüffelmajorin, ich bin eine so gute Freundin von Hanna Rainer...«

»Jawohl, Ihnen will ich auch gerne sagen, was ich weiß, mein gnädiges Fräulein.«

»Also, – Sie wissen etwas?«

»Vielleicht, vielleicht auch nicht. Aber...«

Ein Lächeln teilte die Lippen der Alten und machte dadurch ihr, Gesicht noch runzeliger als vorher – »komisch ist es doch...«

»Was ist komisch?«

»Dass gerade heute Mittag schon ein junger Herr hier war, der mich auch ausgefragt hat wegen dieser, Geschichte.«

»War er von der Polizei?«

»Gott soll mich bewahren! Dafür war er viel zu liebenswürdig und viel zu hübsch. Oh nein, es war ein wirklich netter, feiner, junger Herr. Und er hatte so 'ne Manier, – er hat wirklich aus mir heraus gefragt, was ich nur irgend wusste.«

»Reden Sie, reden Sie, – was wissen Sie denn nun?«

»Ja, versprechen Sie sich nur nicht gar zu viel, mein liebes, gnädiges Fräulein. Ob das, was ich gesehen habe, auf die Mordgeschichte Bezug hat, kann ich nämlich wirklich nicht sagen. Vielleicht, vielleicht auch nicht – muss ich immer wiederholen. Also zunächst: An dem Abend – es war so zwischen sieben und halb acht – ist ein junger Herr hier in den Laden gekommen.«

»Derselbe wie heute?«

»Nein, oh nein, er hat ganz anders ausgesehen. So fremdländisch, mit ganz dunklen Augen und brauner Gesichtsfarbe.«

»Was hat er denn gewollt?«

»Gar nichts besonderes. Er hat sich ein Paket von meinen besten Zigaretten gekauft, von denen, die das gnädige Fräulein auch so gerne rauchen.«

»Ja, ja. Hat er etwas gefragt, gesprochen?«

»Nur das was nötig war. Aber ich habe so viel doch hören können, dass er das Deutsche gesprochen hat, wie die Ausländer es tun. Ich hätte ja gar nicht wieder an den Herrn gedacht, wenn mir sein Gesicht nicht so merkwürdig nachgegangen wäre. Das hat man ja wohl, nicht wahr? Mir war es immer, als wenn ich ihn schon einmal gesehen hätte, wusste nur partout nicht, wo das gewesen sein konnte, bis ich dann las, dass der Herr Stieler ermordet worden war, da hab' ich's auf einmal gewusst.«

»Wieso denn das?«

»Ich bin doch auch im Theater gewesen, um den Herrn Stieler zu sehen, von dem die ganze Stadt sprach, und natürlich vom Anfang an die ganze Vorstellung durch. Im ersten Teil ist ein indischer Zauberkünstler aufgetreten, der seine Sache ja soweit auch sehr gut gemacht hat, – und ich wusste nun auf einmal: der war an dem Abend hier bei mir im Laden gewesen.«

»Dieser Inder, der Amaru?«

»Jawohl, Amaru, so hat er geheißen. Der Name hat mir immer noch nicht wieder einfallen wollen. Und auch der junge Herr heute Mittag hat ihn scheinbar nicht gewusst. Aber Amaru, so hieß er. Und es war mir hinterher auffallend, weil er an dem Abend gerade hier war, an dem der Herr Stieler im Pavillon von der Villa Rainer gewesen ist.«

»Sahen Sie nichts weiter von ihm?«

»Ja, mein gnädigstes Fräulein, da muss ich wieder sagen: Vielleicht, – vielleicht auch nicht. Sie müssen wissen, ich mache den Laden hier immer um halb acht Uhr zu. Dann wird noch aller Dreck und Abfall, der sich im Laufe des Tages angesammelt hat, auf den Komposthaufen hinten im Garten getragen. Das tat ich auch damals an dem bewussten Abend. Nun führt dicht neben dem Garten an der Hecke hin ein schmaler Fußweg zum Fluss hinunter. Dort ist ein alter Anlegeplatz für eine Fähre, die jetzt eingegangen ist, seit man die Stefansbrücke gebaut hat. Nur der morsche Landesteg steht noch im Wasser. Der Weg da hinunter ist auf beiden Seiten von Hecken umzäunt und ganz einsam, es hat ja da heute niemand mehr was zu suchen. An dem Abend aber…«

»Was war an dem Abend?«

»Damals ist ein Mensch den Weg hinunterge-gangen. Ich hatte meinen Staubkübel ausgeleert und wollte gerade wieder ins Haus, da klangen Schritte vom Weg her. Der ist nämlich gepflastert, und abends hört man hier jedes Geräusch. Ich war neugierig und blieb ruhig einen Augenblick stehen.«

»War es denn hell genug, um etwas unterschei-den zu können?«

»Auf den Weg fiel von der Straße her ein ganz, ganz matter Laternenschein, im Garten bei mir war es aber stockfinster. Mich hat sicher keiner bemer-ken können.«

»Und was wollte der Mann? Was tat er?«

»Ich sagte ja schon, dass der Komposthaufen hinten im Garten am Fluss liegt. Und ich konnte des-halb sehen, dass der Mann ganz nahe ans Wasser heranging und was hineinwarf. Es klatschte schwer auf, aber etwas muss ihm aus der Hand und auf den Kies am Ufer gefallen sein. Das klirrte wie Glas.«

»Wie Glas?«

»Ich kann es nicht anders sagen. Er bückte sich rasch und hob es wieder auf und warf es auch noch ins Wasser hinein.«

»Mein Gott, Frau Kübelmorgen, das ist ja fabel-haft interessant. Und ungeheuer wichtig vielleicht. Haben Sie den Menschen denn erkannt, meinen Sie, dass es der Inder gewesen wäre?«

»Da fragen Sie mich wahrhaftigen Gottes zu viel. So hell war es ja auch da draußen auf dem Weg nicht, um das Gesicht erkennen zu können, und an den Sträuchern war noch eine ganze Menge Laub. Der Figur nach kann er's gewesen sein, – vielleicht, vielleicht auch nicht, muss ich immer wieder sa-gen.«

»So recht glauben kann ich es eigentlich nicht vom Amaru. Sein Gesicht ist so nett und sympathisch. Aber wer kann es wissen? Jedenfalls bin ich Ihnen riesig, – riesig dankbar für Ihr Vertrauen. Und jetzt will ich rasch meine Schulden bezahlen, dann muss ich gehen.«

»Die Schulden sind nicht so groß. Nur der Polizei nichts von dem sagen, was ich geschwatzt habe, gnädiges Fräulein.«

»Wenn sich's irgend machen lässt, sollen Sie Ruhe behalten vor den Schnüffelmajoren.«

»Ja, ja, das müssen Sie machen. Die kann ich nun 'mal in den Tod nicht leiden…«

Liselottes Rechnung war schnell berichtigt, und sie ging mit freundlichem Abschiedswort hinaus. Was die Knusperhexe berichtet hatte, klang aufregend in ihr nach. Der Inder hier an dem Abend, an dem Xaver Stieler vergiftet worden war! Und hinterher auf dem einsamen Weg der einsame Mann, der etwas in den Fluss geworfen hatte, das geklirrt hatte wie Glas! Vielleicht war es die vergiftete, mit einer anderen vertauschte Flasche gewesen, die der Mörder ins Wasser versenkt hatte, das nichts verriet. Und um halb acht Uhr hatte die Frau den Laden geschlossen. Erst um acht Uhr war Graf Stefan hier gesehen worden, – es war ein Unschuldsbeweis für ihn, was die Frau beobachtet und gesagt hatte.

Liselotte durchlebte das freudige Gefühl eines gutherzigen Triumphs. In ungeheurer Eile jagten sich die Gedanken in ihrem Kopf. Sie stand noch vor der Tür des kleinen Ladens und hatte schon alle Folgerungen und Schlüsse gezogen.

Nun noch auch den Weg sehen, wo der Unbekannte damals gegangen war. Dort, – nein, dort auf der anderen Seite des Gartens bog er ab von der Straße zum Fluss hinunter. Und schon hatte Liselotte diese Stelle mit eiligen Schritten erreicht. Ein mattes Licht von einer schräg jenseits der Straße stehenden Laterne fiel wirklich auf den Anfang des in leichter Senkung abwärts führenden Wegs, dann verlor er sich, von schwarzen Hecken fest eingeschlossen, in der Dunkelheit. Nur hinten, geradeaus kam wieder ein wenig Helle von der Wasserfläche her. Und vor dieser wenigen Helle, ja, war das wirklich ein Mensch, der dort sich bewegte?

Das Herz der Suchenden, Forschenden schlug so stark, dass ihr der Atem verging. Ja, dass dort hinten war wirklich die langsam sich vorwärts zum Fluss zu bewegende Gestalt eines Menschen. Gleich einem aufrechten Schattenstreifen schwebte sie der matt leuchtenden Wasserfläche zu. Liselotte presste die Hand auf das Ungestüm klopfende Herz.

Wenn dies derselbe Mann wäre, den die Krämerin hier gesehen hatte, – wenn es der Mörder wäre, den irgendein Grund noch einmal an die Stelle trieb, wo hin er den Beweis seiner Tat getragen hatte!

Sie wagte nicht den Weg hinunterzugehen, um sich durch kein Geräusch zu verraten, sie bohrte nur die Blicke hinein in das dichte Gewebe von bewegtem und unbewegtem Schatten dort hinten. Und jetzt gab es ihr einen Stoß, – die Gestalt war verschwunden. Wo war sie geblieben? Gab es dort am Wasser entlang einen Pfad, auf dem sie weiter gegangen war? Jetzt hielt sich Liselotte nicht länger. Alles, was an Keckheit und Mut in ihrem kleinen, zierlichen Körper wohnte, zusammenfassend, ging sie mit vorsichtigen, hastenden Schritten den Weg

hinunter, das Licht hinter sich lassend, fest eingeschlossen von den schwarzen Heckenwänden.
Leise, leise schlich sie sich vorwärts, und jetzt kam
ihr die feuchte Kühle des Wassers entgegen. Die
von der Dunkelheit geweiteten Augen vermochten
hier ein wenig schärfer zu sehen.

Geradeaus, ins Wasser hinein, erstreckte sich
ein schmales, dunkles Bauwerk, wahrscheinlich die
Landebrücke der einstigen Fähre. Rechts ging die
Hecke des Gartens von Frau Kübelmorgen bis un-
mittelbar an den Fluss hinunter, – dorthin konnte die
Nachtgestalt nicht verschwunden sein. Aber links,
da ließ das Nachbargrundstück einen schmalen
Streifen am Wasser her frei.

Mit ganz mattem Leuchten zeichnete der
schmale Kiespfad sich ab, und auf ihm, – ja, wahrhaftig, da war sie wieder, die gesuchte Gestalt!

Etwas deutlicher zeichnete sie sich hier im
Freien ab. Es war ein Mann, das konnte Liselotte
nun deutlich erkennen.

Er ging mit gebeugtem Kopf suchend oder nachdenklich langsam dahin. Dort hinten machte der
Fluss eine Biegung und mit ihm der Pfad, auf dem
der Mann sich bewegte; gleich musste der ebenfalls
umbiegende Gartenzaun ihn verdecken. Unwillkürlich trat Liselotte weiter vor ans Wasser heran, um
die Gestalt nicht aus den Augenwinkeln zu verlieren.

Ihr Mut reichte nicht aus, dem verdächtigen
Mann weiter nachzulaufen, sie hätte gar zu gerne
gesehen, wohin er ging. Jetzt war sie schon so weit
vorwärts getreten auf dem kiesigen Ufer, dass unmittelbar vor ihren Füßen die nächtlich dunkle Flut
vorüber glitt. Sie schaute suchend umher.

War es nicht möglich, – ja, dort auf der Spitze der alten Landebrücke konnte sie vielleicht sehen, wo der Mann geblieben war. Schnell betrat sie den hölzernen, ins Wasser hinein gebauten Steg, schritt weiter und weiter vorwärts auf ihm, spähte zu gleich zu der Seite hin, wo die Gestalt auf dem gebogenen Pfade verschwunden war. Da plötzlich ein Krachen, ein Stürzen, ein Aufschrei, – und »Hilfe! Hilfe!« klang es durch den Abend. Gleich fand auch der Hilferuf ein Echo. Der Klang von raschen, laufenden Füßen auf dem Kies tönte herüber, die Gestalt eines Mannes bog um die Wendung des Pfades und kam eilig näher.

»Was ist? Was gibt es?« rief er schon von weitem.

»Hierher, hierher – ach, Hilfe, Hilfe«, jammerte Liselotte.

Schon war er neben ihr und streckte die Hand nach ihr aus. Ein morsches Brett war unter ihr eingebrochen, im Fallen hatte sie sich an das Holzwerk angeklammert, aber allein konnte sie sich nicht wieder aus dem Wasser herausarbeiten, das kalt und gierig an ihren Kleidern zerrte.

»So, – halten Sie sich an mir fest, – die Hand nicht loslassen, – so, – so, – jetzt geht es.«

Er hatte sie ziehend und hebend wieder aufs Trockene gebracht, und sie stammelte, noch von Schrecken und Nässe zitternd: »Ach, danke, – danke, – um Gotteswillen, sind Sie es, der mich gerettet hat?«

Er lachte fröhlich auf. »Ich bin es. Daran ist kein Zweifel. Aber wen Sie mit Ihrem ›Sie‹ meinen, das dürfen Sie mir noch anvertrauen.«

»Ja, sind Sie nicht eben hier am Wasser hinunter gegangen?«

»Das tat ich. Und es war gut. Sie hatten hier nämlich um diese Stunde wenig Auswahl an Lebensrettern.«

»Also, Sie sind es wirklich. Ach, bitte, bitte, lassen Sie mich gehen, – dort hinauf zur Straße, dorthin, wo Licht ist.«

»Mit Vergnügen. Ich bin selbst gespannt, bei Beleuchtung zu sehen, was ich denn eigentlich aus dem Wasser gezogen habe. Sagen Sie mir nur erst einmal, was in aller Welt Sie veranlasst hat, hier in der Finsternis auf dem alten Bauwerk herumzuturnen?«

»Ach, das kann ich Ihnen, – Ihnen am allerwenigsten sagen.«

»Ich glaube wirklich, wir müssen ans Licht gehen. Vielleicht werden dann auch Ihre Worte ein wenig heller.«

»Ich kann ganz gut allein gehen«, sagte sie, noch immer bebend vor der Nähe des vermutlichen Mörders.

»Oh nein. Das Vergnügen muss ich zur Belohnung wenigstens haben, Sie mir anschauen zu dürfen. Denn Ihre Stimme, – mir ist es wahrhaftig, als wenn ich die schon einmal gehört hätte.«

»Ich weiß nicht, fragen Sie mich nicht, – Gott sei Dank, da sind wir auf der Straße.«

Sie waren sprechend auf dem engen Pfad emporgestiegen, und jetzt kam das Laternenlicht freundlich auf sie zu.

Liselotte blieb stehen und sah sich ihren Retter mit halb ängstlichen, halb forschenden Blicken an, um dann lebhaft auszurufen. »Mein Gott, Sie sind es ja gar nicht!«

Er lachte laut auf. »Erst rufen Sie, dass ich es bin, – dann rufen Sie, dass ich es nicht bin. Sie machen mich wahrhaftig noch zweifelhaft über mich selbst. Aber jetzt, seit ich Sie sehen kann, ist an mir die Reihe zu rufen: Ihre Stimme hat mich nicht getäuscht, mein gnädiges Fräulein, Sie sind Fräulein Liselotte Hell. Es gibt nämlich Stimmen, die man in einer ganz besonderen Abteilung seiner Seele bewahrt. Aber dass ich Sie hier aus dem Wasser habe ziehen müssen, das ist mir wie der abenteuerliche Traum, den ich jemals geträumt habe.«

»Herr Leutnant, – mein Gott, Herr Leutnant!«

»Mit meinem Leutnantsrang ist's vorüber. Hugo Grabert bin ich doch darum immer noch, und ich denke mit Wonne daran, wie häufig und wie vergnügt wir vorigen Winter zusammen getanzt haben.«

»Ja, ja, – Walzer linksherum, das war himmlisch mit Ihnen. Aber Sie sind ja jetzt bei der Polizei, – da sind Sie gewiss der hübsche junge Herr.«

»Ich fürchte, nein. Kommen Sie, wir müssen vor allen Dingen sehen, ein Auto für Sie zu bekommen, damit Ihnen das kalte Bad nicht schadet. Wir können im Gehen ja Plaudern; so leicht werden Sie mich nicht los. Und ein klein wenig Aufklärung, was Ihr nächtliches Abenteuer hier bedeutet hat, könnten Sie mir wohl geben.«

»Ja, ja, – wissen Sie, für wen ich Sie gehalten habe?«

»Keinen Schimmer.«

»Für den indischen Zauberkünstler Amaru.«

Grabert blieb für einen Augenblick stehen, von Überraschung an die Stelle gebannt. »Alle Wetter! Das ist aber wirklich die tollste Sache, die mir je vorgekommen ist. Ihnen will ich es anvertrauen: ich selbst bin hierhergekommen, um diesem indischen Zauberkünstler nachzuspüren, und Sie halten mich für ihn, den ich verfolge.«

Liselotte lachte fröhlich auf, sie fühlte neben diesem hübschen jungen Herrn – sie fand ihn wirklich sehr hübsch – nicht einmal die schwere Nässe von ihren Kleidern.

»Oh, jetzt kann ich mir alles ganz gut zusammenreimen. Sie sind heute Mittag bei der braven Frau Kübelmorgen gewesen, sie hat Ihnen ebenso gut wie mir von dem Inder in ihrem Laden und von dem schwarzen Mann auf dem einsamen Weg erzählt, und Sie haben sich bei der passenden abendlichen Beleuchtung den Schauplatz dieses Ereignisses angesehen.«

»Ganz recht, ganz recht. Und ich habe dabei nur in meinem Beruf gearbeitet. Bin ich doch jetzt wohlbestallter Detektiv in Amt und Würden, wenn auch möglichst inkognito, – wegen der Herren Spitzbuben. Aber weshalb Sie den abendlichen Streifzug hier unternommen haben, …«

»Ich habe gern auch einmal Detektiv spielen wollen.«

»Fräulein Detektiv, das ist reizend! Wir müssten eigentlich ein Teilhabergeschäft gründen.«

»Ja, das wäre furchtbar nett!«

Sie waren für einen Moment stehen geblieben und sahen einander lachend an. In ihren Augen war ein merkwürdig warmes Leuchten, – Frühling im Herbstabend.

Nach einem kleinen Schweigen wurde Liselottes Gesicht ernsthaft. »Ich bin nicht zum Spaß hier herumgelaufen. Dass man dem Grafen Stefan Hersberg die Schuld am Tod Xaver Stielers geben will, das hat mich ganz wild gemacht, – nicht meinetwegen, Herr Leutnant –, – Herr Detektiv. Aber wegen meiner Freundin Hanna Rainer. Und ich fühle ganz bestimmt, er ist unschuldig. Bei ihren Worten war sein Gesicht noch ernsthafter geworden als ihres. »Der Graf ist unschuldig, – das ist auch mein Glauben.«

»Und Sie halten den Inder für den Mörder, nicht wahr?«

»Vielleicht, – vielleicht auch nicht.«

»Wie Frau Kübelmorgen sagt. Ich sehe, Sie sind nicht nur Detektiv, Sie sind auch Diplomat geworden.«

»Das hängt wohl ein wenig zusammen. Dort steht ein Auto, jetzt müssen Sie rasch nach Hause fahren …«

»Schade!«

»Schade?«

»Jawohl, ich hätte gerne noch ein wenig mit Ihnen geplaudert.«

»Hoffentlich sehen wir uns bald einmal wieder, – in trockenen Kleidern.«

»Ja, das müssen Sie mir versprechen. Und jetzt noch einmal meinen aller, aller herzlichen Dank für das Ausdemwasserziehen. Vorhin, als ich Sie noch für den mörderischen Inder hielt, ist mein Dank wohl etwas kühl ausgefallen.«

»Ich bin glücklich, dass der Zufall – wenn es nicht eine besondere Schickung war – mich hierher geführt hat. Und nun steigen Sie ein…« er hatte den

Wagen heran gewinkt – »und gute Nacht, Fräulein Detektiv.«

»Gute Nacht, Herr Detektiv. Auf baldiges Wiedersehen.«

»Auf recht baldiges.«

Er half ihr gern beim Einsteigen, das ein wenig schwierig war wegen der nassen Kleider. Bevor er die Wagentür hinter ihr schloss, rief er noch in den Wagen hinein: »Vergessen Sie das Teilhabergeschäft nicht.«

Dreizehntes Kapitel

Der alte Graf Hersberg ging in seinem Hotel-zimmer unruhig auf und ab. Mit modernen, weißlackierten Möbeln, weißen Biedermeier-vorhängen und einem Jagdstück in weißem Rahmen war es ein sehr sauberes, elegantes und helles, aber ungemütlich kühles Gemach.

Das einzig Weiche, Behagliche darin war eine dunkelblau bezogene Chaiselongue, die Graf Stefan für den leidenden Vater mit Mühe vom Wirt erkämpft hatte. Was in den letzten Tagen Schlag auf Schlag über ihn und seinen Vater hereingebrochen war, hatte dessen Widerstandskraft gebrochen. Der Tod seines ältesten Sohnes, die persönliche Vernehmung durch den Untersuchungsrichter über seine Familienverhältnisse, vor allem der immer schwerer auf Stefan lastende Verdacht hatten seinen Stolz und sein Vatergefühl in gleicher Weise verletzt.

Er wartete in brennender Unruhe darauf, dass der Sohn von einer neuen Vernehmung, zu der er geladen worden war, heimkehrte. Wenn er überhaupt wiederkam! Ein ganzer Stoß von Morgenzeitungen lag auf einem kleinen Tisch neben der Couch, unordentlich, nicht gefaltet hingeworfen.

Alle waren voll vom Verdacht gegen seinen Sohn, ein paar von den radikalsten Blättern forderten direkt seine Verhaftung, mahnten das Gericht, nicht vor dem Grafentitel haltzumachen. Längst war das Versprechen vergessen, dass er dem Sohn gegeben hatte, sich zu schonen, ruhig liegen zu bleiben, bis die Vernehmung vorüber war. Die warme Reisedecke, die Stefan vor seinem Fortgehen sorgsam über ihn gebreitet hatte, war sehr bald von ihm beiseite geworfen worden, und nun bewegte sich seine hohe, dunkle Gestalt rastlos hin und her, hin und her zwischen den weißen Möbeln des hellen Zimmers.

Neben Angst und Sorge waren es gute, nützliche Gefühle, die in dieser einsamen Stunde bangen Wartens kraftvoll in ihm arbeiteten. Er hielt ein strenges über sich selbst Gericht ab. Seinem ältesten Sohne war in Leidenschaft und Heftigkeit Unrecht von ihm geschehen, und er war nahe daran gewesen, ein gleiches Unrecht an Stefan zu begehen.

Wenn es anders gekommen war, sein eigener Verdienst war es nicht gewesen. Aber die Genugtuung über glücklich Verhütetes, der Schmerz über den schrecklichen Tod seines ältesten Sohnes, das mächtig in ihm erwachte Vatergefühl in der Nähe von Stefans liebenswürdiger Persönlichkeit, gepaart mit schwerer Angst um sein Geschick, – das alles hatte die Liebe zu diesem Sohn zu warmer, leuchtender Flamme werden lassen.

»Beschütze meinen Jungen, Gott!«, murmelte der alte Mann mit bleichen, zuckenden Lippen, »beschütze meinen guten, lieben Stefan.«

Endlich öffnete sich die Tür, und in ihrem Rahmen erschien der junge Graf. Rasch wandte sein Vater sich um und ging auf ihn mit ausgestreckten Händen zu. »Du bist es, mein Junge, – wie schön. dass du wieder da bist.«

Der Sohn lachte leicht auf. Es war nicht ganz das gewohnte weiche Lachen, ein wenig von ihm fremder Bitterkeit wohnte darin. »Ja, sie haben mich wahrhaftig noch einmal wieder laufen lassen müssen. Sehr gegen ihren Willen allerdings. Die Kerle haben sich die Menschen mögliche Mühe gegeben, mir einen Strick zu drehen, womit sie mich zur

Erbauung aller moralischen Gemüter an einen weithin sichtbaren Galgen hängen wollten. Aber die Sache ging vorbei, der Strick riss durch, ehe sie mich hinaufziehen konnten.«

»Komm, komm, erzähle!«

»Nur, wenn du dich wieder ruhig hinlegst, Vater. Du bist ein ungehorsames Kind gewesen.«

»Wer kann denn bei solcher Aufregung liegen? Nun du wieder da bist, sieh her, setzen will ich mich wenigstens.«

Er setzte sich wirklich auf das Sofa, wehrte dem Sohn jedoch, als er ihm die Decke sorgsam wieder überbreiten wollte. »Nein, nein, lass mich, das engt mich zu sehr ein. Und nun sprich, erzähle.«

»Man muss ja gerecht sein«, sagte Stefan mit langsam wiederkehrendem heiterem Gleichmut, »irgendein kleiner Teufel hat bei dieser Geschichte wirklich seine Hand im Spiel. Wenn sie nur nicht so grässlich geschmacklos wäre. Mich, ausgesucht, mich als Brudermörder zu frisieren, das geht wahrhaftig über den Spaß...«

»Ach, unerhört ist es, unerhört infam!«

»Nein, Vater, der kleine Teufel zieht auch die hochwürdigen Herren vom Gericht an der Nase herum. Er hat ihnen so wunderhübsche Bausteine für das Gebäude meiner Schuld in die Hände gespielt. Sie konnten wirklich nicht anders, als an meine Höllenschwärze glauben.«

»Das ist doch Unsinn.«

»Unsinn ist es natürlich, aber auch die größte Verrücktheit kann einmal glaublich scheinen. Da war Nummer eins: Niemand als ich konnte nach menschlichem Ermessen durch Bothos Tod gewinnen. Verzeih, wenn ich davon spreche...«

»Sprich nur, sprich immerzu. Du kannst mir nichts weiter sagen, als was ich mir hundertmal selbst gesagt habe, während ich hier allein war. Ich habe reuevoll im Geist an meine Brust geschlagen und habe gerufen: ›Mea culpa, mea culpa, mea maxima culpa!‹ Denn alles wäre nicht so gekommen, wenn dein alter, eigensinniger, heftiger Vater jawohl, das war ich, will es aber nicht mehr sein, – dir nicht mit Kürzung deines Erbes gedroht hätte. Dann würde niemand behaupten können, dass du von unseres armen Botho Tod Vorteil hättest. Aber ich habe mich, wie damals bei ihm, auch dir gegenüber durch mein leider noch immer jugendliches Temperament fortreißen lassen. Und nun hat sich unser Herrgott als ungeheuer nützliche Lektion für mich diese Prüfung ausgedacht. Nur du solltest nicht mit unter ihr leiden müssen.«

»Ach, mir kann solch eine Lektion auch nicht schaden, Vater. Also das war Nummer eins. Nummer zwei war eine Weinflasche.«

»Ja, ja, die vergiftete. Davon kann ich schon gar nicht mehr hören.«

»Ausnahmsweise war diese nicht vergiftet. Um sich mir verständlich zu machen, hat mir der Herr Untersuchungsrichter etwas von den Gedanken und Vermutungen der hohen Behörde verraten müssen. Da Botho scheinbar wirklich im Pavillon der Villa Rainer vergiftet worden ist, in der dort gefundenen Flasche jedoch kein Gift hat festgestellt werden können, so nimmt man an, dass der Mörder die vergiftete Flasche mit einer anderen von harmlosem Inhalt vertauscht hat. Und ich allein konnte dieser schlaue Mörder sein. Ich war im Garten der Villa Rainer gewesen, als Hanna Rainer die Flasche dort in den Pavillon gestellt hatte, selbst aber nicht anwesend war. Das war die beste Gelegenheit für die Giftmischung. Ich war hinterher – um acht Uhr – noch einmal dort gewesen und hatte so den Flaschentausch wundervoll besorgen können, wobei die vergiftete Flasche mir leider aus dem Fenster fiel. Von den durch Doktor Glaritz gefundenen Scherben geben ja die Zeitungen heute schon die schönsten Beschreibungen. Ein Wunder, dass man sie nicht auch noch fotografiert hat.«

»Ja, ja, da liegen die Zeitungen. Ich habe die Tollheiten alle gelesen, die darin stehen.«

»Dann ist Nummer drei dir vermutlich auch bereits bekannt. Ein alter Briefumschlag, den der Mörder als Gläsertuch benutzt haben soll. Auch wieder so fürchterlich geschmacklos. Man hat mir das rot gefleckte Papier sogar gezeigt, und ich habe nur sagen können, dass ich dieses Ding meines Wissens vorher nie zu Gesicht bekommen habe. Die Adresse ist an mich und von Hanna Rainers Hand geschrieben, aber der zugehörige Brief ist offenbar niemals abgeschickt worden. Sie hatte nämlich keine Marke darauf geklebt. Wie der Umschlag dann in des Mörders Hände gekommen ist, wissen die Götter, ist mir auch ziemlich gleichgültig.«

Eine plötzliche Heiterkeit machte mit ihrem Lachen sein Gesicht hell. »Ach, ich habe mich im Grunde sehr darüber amüsiert, wie der Herr Germelmann die drei Steine seines verhängnisvollen Baukastens immer wieder hin- und herschob und schließlich selbst auf seinem Stuhl hin- und herzurutschen anfing. Die Steine wollten absolut nicht aneinander passen. Wie mir nach und nach klar wurde, musste nämlich um halb acht Uhr des

Mordabends irgendetwas passiert sein, was nicht zu meinem Verbrechertum stimmen wollte. Ich habe für diese Zeit ein so völlig unanfechtbares Alibi, dass dagegen kein Teufel und keiner von seiner Verwandtschaft – will sagen Untersuchungsrichter – aufkommt.«

»Aber du bist an dem Abend doch dort im Pavillon gewesen.«

»Freilich. Nur nicht um halb acht. Lass mich dir sagen, es ist wirklich noch ganz etwas Neues passiert, wovon sogar den allwissenden Zeitungen bisher nichts bekannt ist. Als der Herr Germelmann schließlich einsah, dass es mit Strick und Galgen für mich absolut nichts war, wurde der edle Herr ganz gemütlich und erzählte mir allerlei. Dass auch um halb acht Uhr ein Lichtschein im Pavillon gesehen worden ist, wusste man ja schon. Aber nun hat ein funkelnagelneuer Detektiv – ein früherer Offizier nebenbei, den ich ganz gut kenne, – glücklich noch feststellen können, dass gleich nach halb acht ein Mann dem Rainerschen Garten gegenüber einen ganz einsamen Weg zum Fluss hinuntergegangen ist und etwas ins Wasser geworfen hat, was wie Glas geklirrt haben soll. Dieser Dunkelmann scheint nun dem Gericht denn doch in allernächster Beziehung zu der vergifteten Flasche zu stehen. Weil ich aber zum Glück dienstlich verhindert war, um halb acht Uhr am Fluss herumzulaufen, bin ich dir wiedergegeben, frei von Ketten und Banden, wenn auch vielleicht noch nicht ganz von meinem bekannten Leichtsinn.«

»Gott sei Dank, dass ich dich wiederhabe. Nun wollen wir alles Vergangene vergangen sein lassen und sehen, dass wir ein recht, recht schönes Glück für dich miteinander aufbauen. Es soll ja dein Glück werden.«

»Mein Glück – das kann ich dir zeigen und nennen. Es heißt…«

»Hanna Rainer, nicht wahr?«

Stefan sprang auf, beugte sich über den Vater und küsste liebevoll die Stirn des Alten. »Wie du klug bist, – wie du mich gut verstehst.«

»Ach, ich bin so begierig, diese Hanna Rainer endlich zu sehen. Du weißt ja, dass ich eigentlich andere Wünsche für

dich hatte…«

»Jawohl, jawohl. Adel zu Adel, feudal zu feudal, Grafenkrone zur Grafenkrone. Sehr stilvoll an sich, nur nicht verwendbar in diesem Fall. Mein Herz hat sich fürs Bürgertum entschieden.«

»Ich will auch nichts mehr dagegen sagen, will nicht in meinen alten Fehler verfallen und für meinen Sohn Geschick spielen. Aber ich möchte diese Hanna Rainer sehen. Ich hätte ja doch ohne mein dummes Unwohlsein ihr und ihren Vater schon längst meinen Besuch gemacht. Aber…«

»Du wirst sie sehen.«

»Wann?«

»Heute.«

»Wahrhaftig?«

»Jawohl, sie wird hierher kommen. Sie telefonierte mir heute früh, scheinbar in großer Aufregung über den Scherbenträger Glaritz, und bat mich, in der Villa vorzusprechen, wenn meine Vernehmung vorüber sei. Ich habe sie dabei telefonisch gebeten, lieber um zwölf Uhr hierher zu kommen, damit ich sie dir vorstellen kann.«

»Es ist gleich zwölf…«

»Und eben klopft es, pünktlich auf die Minute.«

Stefan ging mit elastisch eiliger Bewegung zur Tür und nahm eine Meldung des draußen stehenden Dieners entgegen. Dann trat er auf den Korridor hinaus, und ein paar warme Begrüßungsworte seiner weichen Stimme klangen von dort herein. Gleich darauf erschien Hanna Rainer in der Tür, die Stefan hinter der Eintretenden schloss. Er legte den Arm liebevoll um ihre Schultern und sagte zu dem alten Grafen, der von seinem Sitz hastig aufgestanden war: »Sieh her, Vater, so sieht mein Glück aus.«

»Willkommen, willkommen!«

Der Alte streckte die Hand ihr entgegen, sie beugte sich darauf nieder und küsste sie, leise sagend: »Endlich darf ich Sie sehen.«

»Lassen Sie mich Sie anschauen. Stefan hat mir so viel Schönes und Gutes von Ihnen erzählt, – aber es ist eine schwere, schwere Zeit, in der wir uns kennenlernen, und Ihr blasses Gesicht sagt mir, wie sehr auch Sie darunter leiden.«

Sie hatte sich wieder aufgerichtet und stand ihm einen Augenblick stumm gegenüber. Ihre düstere Schönheit wirkte durch die gelbliche Blässe des Gesichtes doppelt stark, das unter dem dunklen Haar die Färbung alten, edlen Marmors trug.

»Eine schwere Zeit!«, murmelte sie kaum verständlich, indem sie die Hand wie zur Kühlung auf die Stirn legte. Zugleich durchlief ein Beben und Schwanken ihren Körper, und sie wäre niedergesunken, wenn Stefan ihr nicht, sie stützend, eilig beigesprungen wäre.

»Um Gotteswillen, Hanna! Was ist, was ist denn?«

Sie hatte sich auf einen von Stefan herangezogenen Stuhl sinken lassen und machte noch einmal die hilflose Handbewegung zur Stirn. »Verzeih, – einen Augenblick, – ich habe keine Minute geschlafen, – es war eine furchtbare Nacht.«

»Erhole dich, schone dich, halte dich ganz ruhig.«

Nun hatte sie die gewohnte Haltung wieder zurückerlangt und richtete sich fest auf. »Es ist jetzt vorüber. Ich bin ja nicht von so schwacher Art. Aber es war einen Augenblick stärker als ich.«

Sie fasste Stefans Hand und erhob sich mit einer energischen Bewegung, als ob von ihm neue Kraft in sie hinüberströmte.

»Wie töricht ich bin. Ich sehe dich wieder, halte dich wieder, – ach, Stefan, ich habe solche Todesangst um dich gehabt. Aber nun ist alles gut. Sie haben dir nichts anhaben können, haben dich nicht verhaftet…«

»Nein, mit allerbestem Willen haben sie es nicht fertigbringen können. Ich bin vorläufig frei wie der Vogel in der Luft. Aber dass du dich darum so geängstigt hast? Solche Sachen können einen eigentlich doch nicht berühren, wenn man unschuldig ist.«

»Wenn man unschuldig ist.« Sie wiederholte die Worte leise, scheinbar mechanisch, ohne zu denken. Ihre Blicke flanierten über ihn hin, über sein Gesicht, seine Gestalt. Sogar seines Vaters Anwesenheit schien sie vergessen zu haben.

»Du hast mir gestern schon telefoniert, hast mich sprechen wollen, wie meine Wirtin mir sagt, …«

Sie nickte.

»Leider war es vergeblich. Ich hatte bis gegen Abend noch keine Ahnung, dass etwas Neues geschehen war. Mein Vater sagt, er hätte über den Fund meines Vetters in unserem Garten nicht sprechen wollen, bis das Gericht von ihm gewusst hätte. Spät am Nachmittag erst hat er mir davon erzählt, hat mir gesagt, welche Folgerungen gegen dich man wahrscheinlich daraus ziehen würde. Da hat mich die Todesangst um dich überfallen. Ich habe versucht, ob ich dich nicht am Abend noch sprechen könnte, habe telefoniert, – einmal, – zweimal, – dreimal, – immer vergeblich.«

»Leider bin ich gestern spät nach Hause gekommen.«

»Und nun heute deine neue Vernehmung, – und sitzen müssen, warten, warten und nichts tun können, – es war furchtbar.«

»Ich habe das Erfahren wie Sie, liebe Hanna«, sagte der alte Graf. »Ich habe hier in Todesängsten gesessen, wie Sie zu Hause, – in gleicher Weise haben wir beide um unseren großen, lieben Schlingel hier gebangt.«

»Gott sei Dank, das ist jetzt vorüber!«

Sie fasste nach Stefans Hand und sprach weiter, sie fest in der ihren haltend.

»Es war mir, als wenn ich nicht mehr denken könnte, so tobte das Blut in meinem Gehirn. Angst und Verzweiflung war alles, was ich fühlte. Nun ist mir es, als ob ein Schleier fortgezogen würde, sodass ich wieder sehen kann, was ist. Aber du, Stefan, – ist es wirklich keine Gefahr mehr für dich?«

»Nach dem menschlichem Ermessen, gar keine.«

»Dann ist alles gut. Und ich bringe noch etwas Neues mit, was auch vielleicht gut ist, – ich hatte nur kein Gefühl dafür in der Todesangst.«

»Was ist es?«, fragte der alte Graf. Stefan hatte nur Blick und Gedanken für Hanna, wie sie für ihn.

»Ach, wenn man von all diesen Hässlichkeiten doch nicht mehr zu hören und nicht mehr zu sprechen brauchte. Von Gift und Mord und, – aber Sie wollen wissen, was ich Neues bringe. Um unseren Diener handelt sich es und um die Flaschen, die nach des Gerichts Glauben im Pavillon vertauscht worden sein sollten. Es gab ein endloses Fragen, wie viel Flaschen von der Weinhandlung geliefert worden waren und wie viele fehlten. Hundert hatten wir bekommen, das war sicher. Ich selbst hatte nur eine davon genommen, aber beim Nachzählen waren nur achtundneunzig vorhanden, es fehlten also zwei. Die Vertauschung der Flaschen schien sicher. Da nahm ich unseren Diener noch einmal ganz für mich energisch ins Gebet. Es ist ein junger, naschhafter Bursche, – nun, er hat mir endlich eingestanden, dass er die zweite Flasche heimlich ausgetrunken hat.«

»Bravo, bravo!«, rief Stefan.

»Für dieses Geständnis bekommt er von mir noch eine dazu.«

»Dafür ist er von mir schon fürstlich belohnt worden.«

»Ja, das ist für euer ganzes Haus ungeheuer angenehm.

So kann doch der Teufel, der im Pavillon sein Wesen getrieben hat, seine Ware nicht aus eurem Keller bezogen haben.«

»Ich habe nicht an uns gedacht bei dem allen, Stefan, – immer nur an dich! – Immer nur an dich! Ach, ich habe ja keinen anderen Gedanken mehr. Du hast eine Gewalt über mich, der ich willenlos gehorchen muss. Ich tue für dich, was ich sonst nie tun würde. Ich schreibe fremden Menschen, gehe zu fremden Menschen, ohne nur zu fragen, ob es klug und schicklich ist. Wenn es dein Wohl erforderte, Stefan, ich würde Heldentaten und Verbrechen für dich begehen und würde nicht einmal wissen, ob es Heldentat oder Verbrechen ist. Mit Leib und Seele bin ich dir verfallen. Du bist mein ganzes, einziges Glück, und ich fühle, sehe, denke nichts anderes als dich allein.«

Liebevoll sich an ihn schmiegend stand sie, vom Gefühl überwältigt, einen Augenblick wortlos da. Dann wandte sie

sich mit einem demütigen Lächeln, das ihrem ernsten Gesicht eine bittende Kindlichkeit gab, an Stefans Vater.

»Seien Sie nicht böse, Graf, dass ich immer nur mit ihm, von ihm, über ihn spreche. Sonst bin ich auch vernünftiger und ruhiger, aber die letzte Nacht mit ihrer Todesangst hatte mir jeden Halt genommen.«

»Sprechen Sie nur, sprechen Sie nur, wie Sie es getan haben. Sie gewinnen damit mein Herz, haben es bereits gewonnen. Ich habe ja doch nur noch diesen einen Jungen, – all meine Liebe gilt jetzt ihm allein. Und wer ihn auch lieb hat, – sehen Sie, das ist ein festes Band zwischen Ihnen und mir, liebe Hanna.«

»Danke, Danke, – Sie machen mich sehr glücklich…«

»Und nun wollen wir gemeinsam unseren Stefan glücklich zu machen suchen. Er lässt es sich nicht anmerken, aber gelitten hat er auch unter dem hässlichen, schändlichen Verdacht. Wir wollen…«

Er kam nicht weiter. Ein kurzes, hartes Klopfen, fast einem Hammerschlag ähnlich, erklang an der Tür, und sie wurde schon geöffnet, bevor noch Graf Hersberg »Herein!« hatte rufen können. Kriminalkommissar Bauer trat über die Schwelle, hinter ihm blieb ein Schutzmann im Halblicht des Korridors stehen.

Hanna fuhr zusammen bei diesem Anblick und klammerte sich fester an Stefan. Der alte Graf, aber fragte mit einem nervösen Zucken seiner Lippen: »Was wünschen Sie? Weshalb dringen Sie hier ein?«

»Ich bitte dafür um Entschuldigung, aber ich wusste, dass diese Dame hier war, und ich durfte sie nicht aus den Augen lassen.«

»Warum, weshalb?« Es war Stefan, der die Frage rief.

Bleich, mit krampfhaft geschlossenen Händen stand er da.

»Fräulein Hanna Rainer, ich habe den Auftrag, Sie zu verhaften wegen dringenden Verdachtes, den Giftmord an Xaver Stieler begangen zu haben.«

»Mich, mich verhaften?« Leise, fast unverständlich stammelte sie die Worte.

»Das muss ein Irrtum sein, – das ist ja Wahnsinn«, rief Stefan. »Sie haben sich mit Ihrem Verdacht auf mich getäuscht, Sie täuschen sich auch jetzt.«

»Auf Erörterungen irgendwelcher Art kann ich mich nicht einlassen. Ich muss meinen Auftrag ausführen und Fräulein Rainer bitten, mir zu folgen.«

»Aber Herr Kommissar, Sie sind ja doch ein vernünftiger, verständiger Mann. Sagen Sie mir wenigstens, wie dies kommt, wie dieses möglich ist.

Sie selbst haben Fräulein Rainer schon ein paar Mal vernommen und haben keinen Verdacht auf sie gehabt...«

»Näheres kann und darf ich darüber nicht sagen. Das eine nur mögen Sie wissen, dass diese Verhaftung die Folge von einer persönlich erstatteten Anzeige der Frau des ermordeten Xaver Stieler, der Kinoschauspielerin Afra Baratta, bei dem Herrn Untersuchungsrichter ist. Und nun muss ich bitten, Fräulein Rainer.«

Eine steinerne Ruhe war über Hanna gekommen. Sie nahm des alten Grafen Hand und küsste sie, dann wandte sie sich zu Stefan. »Ich muss gehen, leb' wohl. Dass es mich trifft, ist gut. Kommen Sie, Herr Kommissar.«

»Du sollst nicht gehen, ich will es nicht leiden, dass man dich misshandelt«, rief Stefan verzweifelt hinter der Hinausgehenden her. Der alte Graf legte beruhigend seine Hand auf Stefans Arm, die Tür fiel zu. Gebeugt, mit herabhängenden Händen, auf der Unterlippe nagenden Zähnen und rasch auf- und nieder bewegten Augenlidern stand Stefan ein paar Sekunden, in stummes Grübeln versunken.

Dann sich hoch aufrichtend rief er aus: »Von der Baratta kommt uns das Unheil, – dieses Weib soll mir Rede stehen.«

Vierzehntes Kapitel

In atemloser Aufregung, vorwärts gepeitscht von seinen angstvollen Gedanken, eilte Graf Stefan durch die Straßen. Er kannte das Maskenhaus, die Wohnung seiner Schwägerin, dieses Weibes, das über seine Braut solch furchtbares Unheil gebracht hatte. Hanna Verhaftet! Wegen Mordverdachts verhaftet!

War es denn Wirklichkeit, was er nicht ausdenken konnte? Für ihn hatte Hanna so hoch erhaben dagestanden, dass ihm auch fremder Verdacht gegen sie nicht möglich erschienen war. Es war ihm niemals in den Sinn gekommen, wie sehr sich die Vorgänge des Mordabends dort im Pavillon gegen sie konnten auslegen, ausnutzen lassen.

Jetzt auf einmal überfiel ihn dieser Gedanke mit erstickender Angst. Und um seinetwillen war das alles geschehen, um seinetwillen musste sie dieses grässliche erleiden. Ihm hatte sie wohltun, seinetwegen hatte sie feindliche Gegensätze versöhnen wollen, indem sie seinen Bruder zu sich einlud!

Nie zuvor in seinem Leben hatte Stefan sich so sehr im Innern erschüttert, sein ganzes Wesen aufgewühlt und umgewälzt gefühlt, wie jetzt in dieser grausamen Stunde. Das Tiefste, was ihn bisher bewegt hatte, war seine Liebe gewesen. Aber auch seine leidenschaftlichen Augenblicke waren Frieden und Ruhe gewesen im Vergleich zu diesem Sturm.

Ein dunkles Empfinden ging ahnungsvoll durch seine Seele, dass er als Knabe gleichsam gelebt hatte bis jetzt und nun erst Mann würde, mit harten, eisernen Schlägen dazu gehämmert. Er fühlte, wenn jemals ein Morgen kam nach dieser Nacht, ein Erwachen auf solchen wüsten Traum, dass er dann für immer ein anderer sein würde, gereift, verwandelt in dieser Not.

Sein eigenes Erleben, der auf ihn selbst gefallene Verdacht hatten seinen heiteren Gleichmut nicht erschüttern können; das Gefühl seiner Unschuld war ihm ein Schild gewesen, an dem alle Pfeile wirkungslos abgeprallt waren.

Was mit Hanna geschah, traf ihn mitten in sein Herz.

Er lernte es zum ersten Mal kennen, was Leiden war. Zugleich aber offenbarte sich ihm das eigene Leben als etwas geheimnisvoll großes, hohes und mächtiges, dessen Bedeutung für sein Leben zu Heil und Unheil ihm jetzt erst völlig aufging.

Zu den lachenden Masken hin trug er sein schmerzbeladenes Herz, als er die Haustür erreicht hatte, besiegte der Zorn über die Störerin seines Glückes die weicheren Regungen. Sein sonst so leichter, elastischer Schritt wurde hart und fest, als er die Treppe hinauf stieg, und Rosa d'Otrantos rede lustige Lippen verstummten schnell vor seiner gebieterischen Forderung, Frau Baratta zu sprechen.

Einen schüchternen Versuch, ihn abzuweisen, schob er mit energischem Wort beiseite: »Sagen Sie Frau Baratta, dass ich nicht gehe, bevor ich sie gesehen und gesprochen habe. Hier meine Karte.«

Der Name, den ihre zwinkernden Augen auf der Karte sahen, zeigte der verschrumpelten Varietédame, dass hier kein Widerspruch möglich war. So ging sie nach leisem, rücksichtsvollem Anpochen zu Frau Baratta hinein, öffnete die Tür wieder kurz darauf und gab wortlos mit ausdrucksvoller Bühnengeste den Eingang frei.

Bei seinem Eintreten sah Stefan die Witwe seines Bruders in düsterer Trauerkleidung ausgestreckt auf dem Diwan liegen, von gewohntem Zigarettengewölk umwogt. Sie hob die Hand mit matter Bewegung und sagte mit gleich mattem Ton: »Ich wollte niemanden sehen, ich fühle mich krank. Aber Sie sind selbstverständlich ausgenommen, Sie sind ja der Bruder meines Xaver.«

»Ich habe mit Ihnen zu sprechen, Aufklärung von Ihnen zu verlangen«, entgegnete Stefan, vergeblich bemüht, seiner Stimme ruhigen Klang zu geben. »Meine Braut, Fräulein Hanna Rainer, ist soeben verhaftet worden...«

»Ihre Braut?« fiel ihm die Baratta mit einem grellen Auflachen ins Wort.

»Sie wollen eine Mörderin heiraten?«

Stefan bezwang sich und sprach weiter, als wenn er ihre Worte nicht gehört hätte. »Sie sind heute Morgen beim Untersuchungsrichter gewesen. Wegen einer von Ihnen gemachten Anzeige soll meine Braut verhaftet worden sein. Ich will wissen, ob die Sache sich so verhält.«

Ihren rechten Arm auf den Diwan stemmend, hob sich die schwarze Frauengestalt halb empor. Blitze zuckten unter zusammengezogenen Brauen in ihren Augen, Blitze wilden, triumphierenden Hasses.

»Jawohl, es ist, wie Sie sagen. Ich habe Licht hineingebracht in das Dunkel dieses Verbrechens, das mir den beliebtesten aller Menschen geraubt hat.«

»Was haben Sie dem Gericht mitgeteilt, – womit haben Sie Hanna Rainer verleumdet?« Wider Willen, von ausbrechendem Zorn getrieben, tat er die zweite der Fragen. Aufschnellend sprang die

Baratta jetzt empor, trat mit ein paar großen Schritten dicht vor Stefan hin. Alle Schwäche war von ihr abgefallen, ihr Körper bebte wieder in Aufregung. »Oh, Sie sollen es wissen, was ich dem Richter gesagt habe. Mir ist es Bedürfnis und Wonne, zu sagen, auch Ihnen, Xavers Bruder, – was ich entdeckt habe. Dann können Sie selbst entscheiden, ob es Verleumdung war, was ich sprach.«

»Reden Sie, – rasch!«

»Ich war nieder gebrochen unter dem Furchtbaren, das über mich gekommen war, – sein Tod, meine Vernehmung, sein Begräbnis, es war zu viel für meine Kraft. In halber Ohnmacht und Geistesabwesenheit lag ich hier ein paar Tage lang. Dann erst fand ich die Stärke, seine Wohnung zu betreten, wo jedes kleinste Stück mich an mein zertrümmertes Glück erinnerte.«

»Lassen Sie das, – ich fordere keine Gefühle von Ihnen, weder echte noch unechte Tatsachen sind es, was ich von Ihnen verlange.«

»Wenn ich Ihnen einen Brief zeige, – nennen Sie das eine Tatsache?«

»Wenn er echt ist, – jawohl. Und nun sagen Sie mir, woher Sie diesen Brief haben und wer ihn geschrieben hat.«

»Geschrieben hat ihn die Dame, die Sie soeben Ihre Braut genannt haben. Und woher, – ja, das will ich Ihnen erzählen, woher ich den Brief habe. Dort in der Wohnung meines Mannes war es. Der Anblick seiner Sachen tat mir so weh, so weh, – vor allem der des Anzugs, den er am letzten Tage seines Lebens getragen hatte. Von der Wirtsfrau nachlässig hingeworfen, lagen die Kleider auf einem Stuhl. Meine Tränen brachen wieder aus bei diesem

Anblick. Ich hob den Rock empor und presste weinend meine Lippen darauf. Ein leises Geräusch überraschte mich, es war wie das Knistern von Papier. Ich tastete, suchte. Zuletzt fand ich in einer geschickt verborgenen Tasche, die Xaver sich hatte machen lassen, um Banknoten darin zu tragen, und von der ich wusste, das gesuchte Papier. Es war ein Brief, und in diesem Brief der Beweis, wer meinen Xaver getötet hatte.«

»Zeigen Sie mir den Brief«, sagte Stefan mit rauer Stimme.

»Der ist wohl aufgehoben in den Händen des Untersuchungsrichters.«

»Dann sagen Sie mir, was er enthielt.«

»Es war ein Brief ohne Umschlag, eilig oder nachlässig in die Tasche gesteckt.«

»Sie sagen, er war ohne Umschlag. War der Adressat im Brief selbst genannt?«

»Nein. Aber ›Geliebter‹ hieß er für die Schreiberin und in der Tasche meines Mannes fand ich den Brief.«

»Das ist kein Beweis, dass er an ihn gerichtet war. Vielleicht hat irgendein Zufall…«

Afra lachte laut auf.

»Lesen Sie den Brief und reden Sie noch von Zufall. Abgeschrieben hab' ich ihn mir, bevor ich ihn aus den Händen gab. Sehen Sie, – da, – da, – hier ist er.«

Sie war mit ihren großen, sicheren Bühnenschritten an einen Schreibtisch getreten, hatte die mittlere seiner drei Schubladen aufgeschlossen, aufgerissen und in unordentlich hineingeworfenen Papieren wühlend ihre letzten Worte gesprochen. Jetzt hielt sie mit einem Ausdruck von grausamer Freude

Stefan das Blatt entgegen. Er nahm es nach einem augenblicklichen Widerstreben, wie der Mensch es bei wichtigster Entscheidung fühlt. Dann ergriff und las er den Brief. Er sagte dabei, mehr mit sich selbst als mit Afra redend: »Er ist eine Woche vor meines Bruders Tod geschrieben worden.«

»Jawohl, eine Woche.«

Leise bewegten sich seine bebenden Lippen, während er nun den kurzen Inhalt las. *»Geliebter!«*, hieß es wirklich als

Überschrift; weiter kamen die Worte: *»Das muss ich Dir doch gleich melden; mein Plan ist jetzt fertig. Du und ich, wir haben so viel hin und her überlegt, wie wir diesem Verstecken spielen, dieser ewigen Unsicherheit ein Ende machen könnten, – ich sehe jetzt einen Weg und hoffe, wir werden bald glücklich sein dürfen. Eine kurze Weile noch Heimlichkeit vor der Welt, aber dann ein sicheres, offenes Glück. In seinen Einzelheiten will ich dir nur mündlich meinen Plan auseinandersetzen. Wer nicht um sein Glück zu kämpfen weiß, wer nicht alle Hindernisse mit allen Mitteln aus dem Wege räumt, verdient in meinen Augen kein Glück. Bald für immer dein – Hanna.«*

Stefan hob rasch den Kopf.

»Der Brief ist an mich.«

Lauter, hysterisch greller noch als vorher lachte seine Schwägerin auf. »Das ist ein hübscher Einfall, – wirklich ein wunderhübscher Einfall. Aber dann sagen Sie mir, bitte, doch auch: wie kommt Ihr Brief in meines Mannes Tasche? Wie kommt er in diese sorgsam verborgene Tasche, die nur mir bekannt war?«

»Das weiß ich nicht, aber der Brief ist nur an mich.«

»Seit wann haben Sie die Handschrift meines Mannes? Jawohl, er selbst hat etwas auf diesen Brief geschrieben und ihn dadurch deutlich für sein Eigentum erklärt. Wenden Sie das Blatt um, – auf die Rückseite dort hat seine Hand geschrieben, was ich abgeschrieben habe.«

Stefan folgte schnell ihrer Weisung, und auf des Blattes Rückseite zeigten sich ihm Zeichen und Worte, die nur zum Teil verständlich waren. Über zwei senkrecht nebeneinander gestellten Zahlenreihen standen die Buchstaben St. und B., unter die Zahlen war ein Strich gezogen, und sie waren zusammen addiert worden, wie die hingeschriebenen Summen erwiesen.

Ganz unten aber, etwas getrennt vom übrigen, fanden sich die Worte: ›Nächste Zusammenkunft Mittwoch halb sieben‹. Unter aneinander gezogenen Augenbrauen hervor schaute Stefan scharf auf das Papier. »Ich verstehe das nicht. Waren diese Zahlen und Worte wirklich von meines Bruders Hand geschrieben?«

»Ich kenne doch meines Mannes geliebte Handschrift unter Tausenden heraus! Mit Bleistift wie hier hatte Xaver geschrieben. Ihm also gehörte dieser Brief, an ihn war er gerichtet.«

»Auch dies ist kein Beweis, – ich glaube, dass der Brief an mich gerichtet war. Allerdings ist er niemals an mich gelangt. Solange weiter nichts meine Braut belastet...«

»Ja, wenn der Brief alles wäre, was gegen sie zeugt! Aber ich habe daneben ein Zeugnis meiner eigenen Augen.«

»Was haben Sie gesehen, – vielmehr, was behaupten Sie gesehen zu haben?«

Sie fuhr auf, das böse Blitzen ihrer Augen verstärkte sich noch.

»Ich habe, – habe, – habe gesehen, dass dieses Fräulein Hanna Rainer meinen Mann geküsst hat. Und ich…«

»Wann, wo soll das gewesen sein?«

»In seiner eigenen Wohnung, – es war kurze Zeit: vor Xavers Tod. Unerwartet bin ich gekommen, ganz unerwartet, und leise muss ich gewesen sein, dass keiner von den beiden mich hörte. Dann fuhren sie auseinander gleich ertappten Verbrechern auf den Klang der geschlossenen Tür.«

»Das ist gelogen, – das ist nicht wahr!«

»Ich habe das gerufen wie Sie, – dies: es ist nicht wahr, es ist nicht wahr, es ist nicht wahr! – als ich hörte, dass Xaver

gestorben sei. Darum ist es doch grässliche Wahrheit gewesen.«

»Aber warum, – Sie haben von dieser angeblichen Wahrnehmung meines Wissens bisher niemals etwas gesagt, warum haben Sie diese ganze Zeit hindurch geschwiegen?«

»Weil ich mir selbst einredete, dass es eine Täuschung wäre, was ich gesehen hatte. Weil ich es selbst nicht glauben konnte, nicht glauben wollte. Bis dann dieser Brief als unumstößlicher, mir vom Schicksal selbst geschickter Beweis in meine Hände kam. Da bin ich zum Untersuchungsrichter hin gestürzt und habe die Verführerin, die Heuchlerin, die meinen Xaver ins Verderben gestürzt hat, entlarvt.«

»Es ist nicht unmöglich, – es ist nicht möglich, …« murmelte Stefan kaum hörbar vor sich hin und her.

»Wer nicht alle Hindernisse, die dem Glück im Wege stehen, beiseite räumt haben Sie's gelesen in dem Briefe da? Das Hindernis, von dem sie dort spricht, war ich. Der Plan, von dem sie schreibt, galt mir. Ich sollte beseitigt, getötet, vergiftet werden. Aber dieser Plan war erlogen. Sie belog und betrog auch Xaver, indem sie die Worte schrieb. Er sollte nur sicher gemacht und hin gelockt werden, wo der Tod auf ihn selbst wartete. Sie war falsch und verlogen in jedem Wort und in jeder Tat. Eine neue Lust war über sie gekommen, die gebüßt werden sollte, die Lust auf seinen eigenen Bruder. Um Sie besitzen zu können, hat sie gemordet. Mit ihr hat Xaver mich betrogen, er aber hat sterben müssen um Ihretwillen, Graf Stefan!«

»Genug, genug, – ich will nichts weiter hören.«

»Oh, wenn ich sie hier hätte, die mir das getan hat! Ich könnte das Weib in Stücke reißen, Glied für Glied. Aber Gott hat mir die Rache gegeben. Sie soll büßen und leiden, – leiden durch mich. Mein Zeugnis wird ihr Todesurteil sein. Ich werde beschwören mit heiligen Eiden, was ich gesehen habe damals in der Wohnung meines Mannes, und meine Worte werden dem Brief von ihr ein Gewicht geben, das die Verbrecherin hinunterzieht in die Tiefe. Wenn sie versucht…«

»Sie sind wahnsinnig, – wahnsinnig, – lassen Sie mich hinaus!«

Er stieß Afra beiseite, die wild im Zimmer umher tobend vor die Tür getreten war, und stürzte fort. Ihr grelles, großartiges Lachen klang hinter ihm her.

Er hatte geglaubt, Aufregung und Angst in ihm könnten sich nicht mehr steigern, – er hatte sich getäuscht. Sein Gefühl auf dem Hinweg zu seiner

Schwägerin erschien ihm fast ruhe voll und friedlich im Vergleich zu dem, das jetzt in ihm tobe. Sein felsenfestes Vertrauen zu Hanna, der sichere Grund, auf dem er gestanden hatte, war durch die Worte der Baratta zum ersten Mal ins Wanken geraten. Sie wollte gesehen haben, dass Hanna seinen Bruder geküsst hatte, wollte diese Tatsache beschwören vor Gericht!

Er wehrte sich mit aller Kraft seiner tiefen Liebe gegen das widerwärtig schmerzliche Gefühl des Misstrauens, das in seinem Herzen bohrte, gegen den grausamen Zweifel am beliebtesten Wesen. Aber wenn er sich auch hundertmal sagte, dass Hass und Wahnsinn allein aus Afra gesprochen hatten, ein wundes, feindliches Gefühl blieb unbesiegbar in seinem Herzen. Sein früheres Dasein erschien ihm fremd, ausgelöscht und es war ihm, als wenn er aus dem Reich des Glückes und Friedens ausgestoßen wäre für immer.

Unempfindlich gegen alles um ihn her ging er durch die belebten Straßen; wie halb nur sichtbare hinter einem dichten Schleier vorüber gleitende Schatten erschienen ihm die Menschen um ihn her. Ein paar Mal entging er mit Not nur der Gefahr des Überfahrenwerdens durch der Wagenführer Achtsamkeit, ohne dass er ein Gefühl des Erschreckens hatte bei der Erkenntnis der ihm so nahe gewesenen Todesgefahr. Sein Blick war nur nach innen gerichtet, und er sah mit Grausen in sich selbst eine wirre, hässliche Mischung von widerstreitenden Gefühlen, unter denen ein bohrender, nagender Schmerz das herrschende war und blieb.

In dem Nebel halber Geistesabwesenheit war es ihm einmal unbestimmt, als wenn ein paar Augen ihn scharf gemustert, eine Hand sich zum Gruß für ihn erhoben hätte. Das trieb ihn, sich umzuwenden, und er sah nun, dass ein Herr stehen geblieben war gleich ihm und gespannt nach ihm herschaute. Dann schien es ihm, als wenn ein weiterer Schleier fortgezogen würde vor seinen Augen, und er erkannte jetzt in dem anderen Hannas Vetter, den Doktor Glaritz.

Hannas Vetter! Von diesem Gedanken allein vorwärts gezogen, ging er schnell die paar Schritte zurück, die sie trennten. Sich überstürzend, kamen die Worte von seinen Lippen: »Sie sind es, Herr Doktor, – wissen Sie schon, was geschehen ist?«

Glaritz wich mit seinem Oberkörper ein wenig vor Stefan zurück; er las wohl etwas Furchtbares in seinen Augen.

»Was geschehen ist, – nein, – ich…«

»Ihre Cousine Hanna Rainer ist vor einer halben Stunde verhaftet worden.«

»Verhaftet?« Kaum hörbar kamen die Worte von des Arztes Lippen; seine Stimme klang, als wenn eine feste Hand sich erstickend um seine Kehle gelegt hätte.

»Ja, ja, Verhaftet unter der Anklage, Xaver Stieler vergiftet zu haben.«

»Das ist nicht wahr, – das hat sie nicht getan!«

Jetzt hatte Glaritz die würgende Hand abgeschüttelt von seiner Kehle; schreiend fast rief er die Worte, die Hannas Unschuld verteidigten.

»Meines Bruders Witwe will beschwören, dass ihn Hanna vor ihren Augen geküsst hat.«

»Das ist alles, alles gelogen. Unschuldig ist sie, so wahr ich lebe! Sie hat es nicht getan, – sie hat es nicht getan.«

»Herr Doktor!« Laut und hart gleich einem Befehle klang Stefans Ausruf. Ein seltsames, blitzartig aufzuckendes Gefühl war über ihn gekommen.

»Sie wissen mehr von der Sache! – Herr Doktor, – Sie wissen, wer es getan hat!«

»Sie täuschen sich«, fiel ihm Glaritz mit auffallender Heftigkeit ins Wort, um dann ein wenig ruhiger hinzuzufügen: »Was ich tun kann, um Hanna zu retten, das wird geschehen. Verlassen Sie sich darauf.«

Er hob grüßend seinen Hut, wandte sich schnell um, das Gespräch kurz abschneidend, und ging rasch davon.

Stefan stand und schaute mit weit offenen, erstaunten Augen auf die sich hastig entfernende, schnell hinter einer Hausecke verschwindende Gestalt. Was bedeutete dies gewaltsame Abbrechen ihres Gespräches, diese hastige Flucht?

Er fühlte sich durch die plötzlich erwachte, gleich wieder getötete Hoffnung auf Klarheit und Wahrheit noch verworrener. Wo fand er Gewissheit und Wahrheit? Langsam, ohne Ziel ging er weiter, tief in sein schmerzliches Grübeln versunken.

Aber ein Gedanke tauchte schließlich auf aus dem Chaos in seiner Seele ließ ihn umherschauen, wo er sich befand. Graberts Name war ihm in den Sinn gekommen. Er hatte den liebenswürdigen, frischen Offizier gekannt und wusste, welche Rolle der neue Detektiv in dieser traurigen Sache gespielt hatte. Vielleicht fand er dort Aufklärung und Rat, vernahm von ihm ein tröstliches Wort.

Graberts Wohnung war ihm bekannt, – er wollte gleich den Versuch machen, ob er ihn dort noch antraf.

Das Glück war ihm günstig; auf sein Fragen vernahm er, dass Grabert vor kurzem nach Hause gekommen sei.

Mit einem freundlich überraschten: »Sie, Graf Hersberg?« empfing ihn der ehemalige Offizier.

»Sie werden sich denken können, weshalb ich komme«, stieß Graf Stefan hastig hervor: »Fräulein Rainer ist meine Braut, und Sie wissen jedenfalls, dass man sie heute verhaftet hat.«

»Ich weiß es.«

»Dann sagen Sie mir, wie das alles möglich war. Ich komme hierher zu Ihnen in tiefer Not und Qual und bitte Sie, geben Sie mir Klarheit.«

Grabert war aufgestanden und ging mit gesenktem Kopf im Zimmer auf und ab. Dann blieb er stehen, sein Gesicht war tiefernst geworden. »Es wäre mir wirklich eine große Freude, Graf Hersberg, wenn ich Ihnen mit ein paar Worten die Last vom Herzen herunternehmen könnte, die darauf liegt. Aber ich darf Sie nicht mit Illusionen trösten. Die Sache steht nicht gut für Fräulein Rainer.«

»Sie halten sie für schuldig?«

»Man wäre zur Verhaftung einer Dame von solcher gesellschaftlichen Stellung jedenfalls nicht geschritten, wenn man es hätte vermeiden können. Es lagen sehr zwingende Verdachtsgründe vor.«

»Können Sie mir sagen...?« Stefan verstummte, seine Stimme gehorchte nicht mehr.

»Ich glaube, dass ich Ihnen ruhig sagen kann, was ich über diese Verdachtsgründe weiß. Leider – ich sage dies ›Leider‹ aus meinem tief teilnehmenden Gefühl für Sie heraus – bin ich selbst bestimmt gewesen, belastendes gegen Fräulein Rainer aufzufinden. Mir war die Beobachtung des indischen

Zauberkünstlers Amaru zugeteilt worden. Ich habe jeden seiner Schritte diese Zeit hindurch verfolgt und habe den bestimmten Beweis gewonnen, dass irgendeine Beziehung zwischen dem Inder und Fräulein Rainer besteht. Er hat sich, namentlich abends, mehrfach in der Nähe der Villa Rainer herumgetrieben, hat von der Straße nach dem Haus hinüber grüßt und hat einen Gegengruß, vielleicht auch sonstige Zeichen von der Dame, die dort am Fenster stand, empfangen. Und mehr als das: er ist mit ihr öffentlich in einem Café zusammengetroffen…«

»Hanna mit Amaru, – das kann ja nicht wahr sein!«

»Ich habe sie zusammen dort mit meinen eigenen Augen gesehen, ein Zweifel ist absolut ausgeschlossen. Es ist mir auch gelungen, ein paar Worte von ihrem Gespräch aufzufangen, – es war die Rede von dem Gift, dem Ihr armer Bruder zum Opfer gefallen ist. Amaru war vermutlich in der Stadt hier der einzige Mensch, der dieses in Deutschland kaum bekannte Gift besaß, er ist am Abend, an dem der Mord geschah, nahe bei der Villa Rainer gesehen worden, man hat auch, – Sie werden das ja schon wissen, – kurz nach halb acht Uhr einen Mann beobachtet auf dem zum Fluss führenden Wege, hat gesehen, dass er etwas dort ins Wasser geworfen hat. Sie werden selbst sagen müssen, wenn man alle diese Punkte zusammenfasst, besteht ein stark begründeter Verdacht gegen Fräulein Rainer, die Tat im Verein mit Amaru geplant und ausgeführt zu haben.«

Ein Aufstöhnen Stefans ließ Grabert seine Hand freundlich auf des Grafen Arm legen. »Es war Ihr

Wille, das alles von mir zu hören. Mir wird es furchtbar schwer, dass ich Ihnen keine tröstlichere Nachricht geben kann. Aber das Hineinspielen des Inders, dieses Besitzers jenes fremden Giftes, in die Geschichte scheint mir das Aller verfänglichste bei der Sache. Trotzdem hat sich auch auf diese Verdachtsgründe hin das Gericht immer noch gesträubt, gegen Fräulein Rainer vorzugehen. Erst nachdem die Frau Baratta heute Morgen beim Untersuchungsrichter war und einen Brief gebracht hat...«

»Ich weiß, – davon weiß ich.«

»Und sie will unter Eid einen Beweis liefern, dass nahe, zärtliche Beziehungen zwischen Hanna Rainer und Xaver Stieler bestanden haben...«

»Das alles ist Wahnsinn. Die beiden haben sich einander kaum gekannt.«

»Ein Eid soll das Gegenteil beweisen, und vor Gericht wiegt ein Eid schwerer als alles andere. Daraufhin erst hat sich der Untersuchungsrichter schweren Herzens entschlossen, Fräulein Rainer verhaften zu lassen.«

»Aber mein Gott, warum, – warum in aller Welt soll denn Hanna das grässliche Verbrechen begangen haben?«

Eine noch stärkere und wärmere Teilnahme sprach aus Graberts Augen, als er antwortete: »Das einzig mögliche Motiv zu solch einer unglaublichen Tat könnte gewesen sein: eine neue Liebe zu Ihnen, der Wunsch, sich von anderen Beziehungen freizumachen für Sie.«

Mit Entsetzen vernahm Stefan von diesem unbeteiligten, wohlwollenden Menschen dieselbe Deutung für Hannas Tat wie von der hasserfüllten

Baratta. Doch er wehrte sich immer noch verzweifelt gegen diesen Gedanken.

»Liebe zu mir? Dieses unfassbare, furchtbare sollte für mich als Liebesbeweis gelten? Meinetwegen ein heimtückischer Mord? Oh, das wäre ja das furchtbarste von allem! Da wäre der feindlichste Hass mir willkommener als eine solche Liebe.«

»Das alles kann ich nachfühlen. Und ich muss auch selbst sagen: das psychologisch unwahrscheinliche der Tat lässt mich immer noch an eine Wendung zum Guten glauben, so schwer die Verdachtsmomente wiegen mögen. Also verlieren auch Sie die Hoffnung nicht ganz…«

»Hoffnung, – woher sollte sie noch kommen?«

»Aus dem Vertrauen auf die Beweiskraft Ihres Gefühls, dass Ihnen Ihrer Braut Unschuld verbürgt.«

»Mein Gott, ich kämpfe ja mit allen Kräften darum, dies Gefühl mir zu erhalten. Aber die Zweifel haben sich in mein Herz eingeschlichen, einer nach dem anderen, ganz leise, leise, – haben Hannas Bild in mir so dunkel und undeutlich werden lassen, dass ich es mir kaum noch vorstellen kann, und ich schäme mich zugleich unbeschreiblich vor mir selbst, dass es nicht anderes ist. Auch Sie haben mir nicht helfen können trotz Ihres guten Willens, – haben Sie Dank für ihn und leben Sie wohl.«

Eilig ging er durch die Tür. Grabert hob die Hand, als wenn er ihn halten wollte, doch ließ er sie wieder sinken und machte keinen Versuch mehr, Stefan zurückzurufen.

In jagender Hast, ohne zu sehen, was ihn umgab, aber mit nachtwandlerischer Sicherheit seinen Weg findend, eilte Graf Hersberg nach Hause.

Der Wunsch, sich irgendwo zu verkriechen, zu verbergen, am liebsten auch vor sich selbst, leitete jetzt seine Schritte. Das Gefühl, als wenn alles fremd und verwandelt wäre, kam gewaltsam über ihn auch beim Betreten seiner Wohnung, weil er selbst in wenigen Stunden ein anderer geworden war.

Er setzte sich nieder, schaute verstört umher und sprang wieder auf, die körperliche Ruhe nicht ertragend. Seine Zimmer durchirrend bei geöffneten Türen von einem zum anderen rief er jedes von den wechselnden Gefühlen wieder wach, die der furchtbare Tag ihm gebracht hatte. Schrecken, Vertrauen, Zweifel, Scham, Verdacht kämpften in seinem Herzen einen wilden Kampf.

Er suchte sich Hannas Bild vor die Seele zu rufen, wie sonst es in seinem Herzen gelebt hatte, doch es wollte nicht kommen. Es verschwamm und verblasste hinter undurchsichtigem Schleier. Ihre Fotografie selbst auf seinem Schreibtisch erschien ihm verändert und fremd. Wenn er sie selbst hätte, sehen, ihre Stimme hören können, – das wäre vielleicht Erlösung von allem Zweifel gewesen.

Er klammerte sich mehr und mehr an diesen Gedanken, – der Wunsch wurde für ihn allmählich zum Entschluss. Er wollte versuchen, was möglich war, um sie sehen und sprechen zu können. Und mit solchem Vorsatz kam endlich wohltätige Beruhigung in sein Herz, gliederlösende Schlaffheit überfiel ihn, er konnte sich niederlegen und schlafen, als die Nacht gekommen war nach dem dunkelsten Tag seines Lebens.

Fünfzehntes Kapitel

Der frühe Morgen, von trübem Regendunst wenig verheißungsvoll umwölkt, fand Stefan doch schon wieder wach. Er brannte darauf, seinen Entschluss auszuführen, und erhob sich weit vor seiner gewohnten Zeit. Aber ein paar Stunden mussten in Untätigkeit und Grübelei noch gewartet werden, bis er zur Tat machen konnte, was ihm Erleichterung für seine Pein verschaffen sollte.

Der Untersuchungsrichter, der den ungerecht auf Stefan gefallenen Verdacht lebhaft bedauerte, kam seinen Wünschen freundlich entgegen, als er sie persönlich vortrug. Und so fand er sich bald im Besitz einer schriftlichen Erlaubnis, Hanna Rainer in ihrer Untersuchungshaft aufzusuchen zu dürfen.

Jähes Angstgefühl überfiel ihn plötzlich. Was er sich als Befreiung von schwerer Qual erdacht hatte, verwandelte sich nun, es Wirklichkeit werden sollte, in schmerzliches Gefühl. Was wird dies Wiedersehen bringen, welches Ende mochte diese Begegnung nehmen?

Zukunft und Glück hingen ab von dem, was die nächste Stunde gab oder nahm. Langsamer, weit langsamer, als er in begieriger Hoffnung sein Haus verlassen hatte, machte Stefan den Weg zu dem großen, roten, düster durch den Regen blickenden Gebäude, hinter dessen Gittern er Hanna wiedersehen sollte. Die schweren eisernen Torflügel hatten sich für ihn geöffnet und hinter ihm geschlossen, er ging über einen von des Tages Feuchtigkeit schwarzen Hof, durch einen langen, hallenden Gang mit geweißten Wänden. Eine Tür wurde wieder für ihn aufgetan, und nun blieb er allein in einem nüchtern, öden Sprechzimmer, das frostige Kühle von seinen Wänden auszuströmen schien. Ein lautes Brausen des Blutes war in Stefans Ohren, atemraubend schlug ihm das Herz in der Brust.

Ein Laut von der Tür, – er wandte sich mühsam um. Das Misstrauen gegen Hanna lag auf ihm gleich einer schweren Last. Nun stand sie vor ihm, die beiden Hände nach ihm ausgestreckt, bleich und mit grauen Schatten unter den müden Augen, aber doch mit einem Licht heller Freude darin.

»Gott sei Dank, du bist gekommen!«

Er stand vor ihr, als ob er ihre ausgestreckten Hände nicht sähe, wiederholte nur mit heiserer Stimme tonlos: »Ja, ich bin gekommen.«

Ein Erstaunen, bisher noch kein Schrecken, wurde in ihrem Blick wach. Sie schaute zu dem Beamten hinüber, der ihrer Unterredung beiwohnen musste und sich, eine Zeitung hervorziehend, auf die Bank unter dem Fenster setzte, mit ihren Augen fragend, ob dieses Mannes Anwesenheit an Stefans verwandeltem Wesen die Schuld habe.

Dann ergänzte sie die stumme Frage durch Worte.

»Wir können offen miteinander sprechen. Was wir sagen, kann jedermann hören. Ach, und ich habe solche Sehnsucht gehabt, mich auszusprechen mit dir. Du weißt ja, was andere von mir denken, gilt mir gleich. Aber ich habe die ganze Nacht nicht schlafen können, weil ich mir immer wieder überlegte, was ich dir sagen würde, wenn du kämst. Ich wusste ja, dass du kommen würdest, wenn es möglich wäre. Du hast es möglich gemacht, und ich kann dir nun danken, dass du da bist.«

Wieder streckte sie die Hände nach ihm aus, und er konnte nicht widerstehen, er legte die seinen hinein. Aber zugleich fuhr es ihm durch den Sinn:

Weshalb hatte sie die Worte schlaflos immer wieder überlegen müssen, die sie mit ihm sprechen wollte? Die Wahrheit brauchte keine Vorbereitung und kein Überlegen. Doch er fragte nicht, sondern blieb stumm wie bisher, und sie war so voll von dem, was ihr Herz bewegte, dass ihr seine Schweigsamkeit nicht auffiel. Unaufhaltsam brach es aus ihr hervor, was die lange Nacht hindurch nach Worten gesucht und gedrängt hatte.

»Mir ist immer noch, als wenn ich in einem wüsten Traum wäre. Dass ich dir hier gegenüberstehen muss, ist es denn fassbar, ist es denkbar? Ich verhaftet, ich im Gefängnis, angeklagt, einen Menschen vergiftet zu haben! Wenn ich mir mein Vaterhaus vorstelle, meine Kindheit, mein ganzes Werden und Wachsen fern von allem Hässlichem, aller Not – und nun hier! Ich kann es immer noch nicht glauben, obwohl ich es mit Augen sehe. Wie vom Blitz getroffen war ich, als ich so plötzlich verhaftet wurde. Nur der Gedanke an dich hat mir Halt gegeben. Ich wusste, du würdest unerschütterlich fest an mich glauben, mochte sich auch sonst alles gegen mich wenden, mochte sich das Netz des Verdachtes noch fester und enger schürzen in furchtbarer Verstrickung.«

Sie schwieg eine Sekunde lang atemlos. Der Graf schaute düster vor sich hin und sagte langsam: »Eine furchtbare Verstrickung, – ja.«

»Das ist es. Man muss vernünftig und gerecht sein. Ich bin heute früh schon vernommen worden, und es ist mir dabei zum klaren Bewusstsein gekommen, wie vieles mich zu belasten und gegen mich zu zeugen scheint. Sie haben kaum anders gekonnt, als mich zu verhaften, von ihrem juristischen Standpunkt aus. Dass ich diesen Inder gekannt habe, das ist mein allergrößtes Unglück.«

»Aber woher…?«

»Woher ich ihn kenne? Du hast es wohl vergessen, ich habe schon einmal davon gesprochen, dass er neben seiner Bühnentätigkeit spiritistische Sitzungen hielt, an denen ich teilgenommen habe, weil sie mich interessierten. Wenn ich geahnt hätte, dass unter all den Teilnehmern gerade nur ich dieses Menschen Augen auf mich ziehen würde, dass er sich in mich verliebte…«

»Hanna! Dieser fremde Zauberkünstler in dich verliebt?«

»Leider ja. Dadurch hat sich das Unheil angesponnen. Er ist oft an unserem Haus vorbeigegangen, er hat dort gestanden und nach meinen Fenstern hinübergeschaut. Man weiß das von ihm selbst. Er ist auch verhaftet worden und hat es vor Gericht ausgesagt. Ich habe nichts davon geahnt.«

»Hanna, das ist nicht wahr!«

»Stefan!«

»Ich weiß, von einer Zusammenkunft mindestens weiß ich, die du mit ihm gehabt hast.«

Sie hatte mit erschrockenem Staunen bei seinem heftigen Ausbruch aufgeschaut, nun aber schüttelte sie mit ruhigem Lächeln den Kopf.

»Stefan, du bist eifersüchtig auf diesen Menschen, der mir so gleichgültig ist, wie die Steine dieser Wand.«

»Seit wann denn gibt eine Dame von gutem Ruf einem künstlerischen Landstreicher ein Rendezvous, wenn er ihr gleichgültig ist?«

Hanna blieb auch jetzt noch ruhig. Das milde Lächeln verschwand nicht von ihrem Gesicht.

»Was ich getan habe, tat ich für dich. Alles, alles, – auch dies.«

»Das kann ich nicht verstehen«, stieß er kurz hervor.

»So lass mich dir's erklären. Sieh, du warst selbst ja doch auch in Verdacht gekommen, deshalb war ich in Todesangst um dich und habe mir den Kopf zermartert, wie dir zu helfen wäre. Da bin ich an einem Abend ans Fenster getreten und habe hinausgeschaut, in meine Grübelei versunken. Gegenüber stand im Laternenlicht ein Mensch, den ich gar nicht beachtete, bis er zu mir herübergrüßte. Da fiel mir ein, dass es Amaru war, der Inder.«

»Der in dich verliebt war.«

»Ich wusste das damals ja noch nicht. In dem Augenblick schien es mir wie Schicksalsfügung, dass er dort stand. Meine Gedanken hatten sich schon viel mit ihm beschäftigt an dem Abend. Ich hatte mir gesagt, er war vermutlich in der ganzen Stadt hier allein im Besitz des Giftes gewesen, an dem dein Bruder gestorben war. Sollte durch ein Gespräch mit ihm nicht vielleicht herauszubringen sein, wer in seiner Wohnung an das Gift hatte kommen und einen Teil davon entwenden können? Das Gericht hatte den Punkt vielleicht nicht genügend scharf untersucht. Ich wollte sehen, ob ich auf diesem Weg etwas herausbringen könnte, was dich von diesem furchtbaren Verdacht entlastet. Da schrieb ich ihm und bat ihn um die Zusammenkunft, von der du gehört hast.«

»Von dir also ging es aus, dass...«

»Es mag unrichtig unklug, unpassend gewesen sein, dass ich es tat, aber nur deinetwegen ist es geschehen. Und wenn es unklug war, ich bin auf der

Stelle dafür gestraft worden. Statt mir zu helfen, mir einen Wink zu geben, der mich auf die richtige Spur lenkte, fing dieser Mensch an – dort im Café, mitten unter all den Leuten, die vielleicht etwas davon hören konnten, – mir von seiner Liebe zu sprechen. Dass er nur an mich dächte, nicht ohne mich leben könnte, – was weiß ich? Darum hat er sich vor unserem Haus herumgetrieben, darum zu meinen Fenstern hinübergestarrt. Als ich das hörte, da bin ich rasch aufgestanden und fortgegangen und habe schon damals bitter genug bereut, was ich getan hatte.«

Stefan war noch tiefer in sein finsteres Grübeln versunken. Eine nach Hannas Worten eingetretene Stille unterbrach er durch die Worte: »Der Brief aber, den du geschrieben hast…«

»An Amaru?«

»Nein, an meinen Bruder.«

»Ich habe nur einmal an ihn geschrieben, als ich ihm ankündigte, dass ich ihn deinetwegen aufsuchen würde. Aber ich weiß, von welchem Brief du sprichst. Auch bei der Vernehmung war davon die Rede, dass ihn die Frau deines Bruders im Anzug des Toten gefunden hätte. Was ich dort über den Brief gesagt habe, kann ich dir nur wiederholen: Er war an dich, nicht an ihn.«

»Aber wie…?«

»Ja, ja, lass es dir sagen. Ich hatte zufällig keine Marken mehr im Haus, als ich den Brief geschrieben hatte. Da nahm ich ihn mit mir in meiner Tasche zur Post, an der ich doch bei nötigen Besorgungen vorüberkam. Unterwegs traf ich dich. Du warst eilig auf dem Weg zur Gesandtschaft. Ich konnte dir nur schnell die Hauptsache von dem sagen, was ich dir geschrieben hatte. Da sprach ich erst gar nicht von dem nun überflüssigen Brief, und auch hinterher unterblieb es durch Zufall.«

»Dass ich dich getroffen habe, weiß ich. Aber wie kam der Brief in meines Bruders Tasche?«

»Das war an dem Abend im Pavillon. Dein Bruder war so freundlich entgegenkommend auf meine Wünsche für dich. Als wir das Allgemeine durchgesprochen hatten, fing er an, von euren beiderseitigen Vermögensverhältnissen zu reden und wollte berechnen, wie viel jedem von euch blieb, wenn euer Vater dich nicht benachteiligte. Das ging nicht, ohne dass er es aufschrieb. Er suchte vergeblich nach Papier und beichtete mir mit seinem liebenswürdigen Lachen, dass er aus Künstlereitelkeit niemals ein Taschenbuch trüge, weil es die schlanke Figur verdürbe. Da fiel mir der Brief ein, der noch in meiner Handtasche steckte. Was darin stand, war ja für ihn kein Geheimnis. Ich gab ihm das Papier, er machte seine Berechnung darauf, und als wir die Hoffnung auf dein Kommen aufgeben mussten, verabredeten wir noch eine neue Zusammenkunft für einen anderen Tag, und er machte sich auf den Brief eine Notiz darüber. Ach, er hat ja den Tag nicht mehr erlebt.«

Stefans Gesicht hatte sich ein wenig aufgehellt, aber noch immer kämpften Zweifel und Glauben in seinen Zügen.

»Ach, Donner, wenn ich dir glauben könnte«, rief er mit einem ähnlich zwiespältigen Ton.

»Wenn – was…?«

Erschrocken über den Klang ihrer Worte sah Stefan auf Hanna. »Ja, ja, wenn du mir alle die Zweifel des Herzes wegnehmen könntest, von denen ich so schändlich gepeinigt werde, dann – wahrhaftig Hanna, dann wär' ich der glücklichste Mensch«.

»Stefan!«

Es war ein heiserer Schrei, womit sie seinen Namen rief. Und er sah gleichzeitig einen Ausdruck von fassungslosem Entsetzen auf ihrem Gesicht wie nie zuvor auf dem eines anderen Menschen. Abwehrend hatte sie die Hände gegen ihn ausgestreckt, als ob er mit einer Mörderwaffe vor ihr stände. Ganz langsam, Silbe für Silbe, wie fallende Blutstropfen kam es von ihren Lippen: »Du, – du, – Stefan, – du zweifelst an mir?«

»Ja, lass mich wahr sein. Es ist furchtbar, aber es ist so. Solchen Tag wie gestern habe ich noch niemals erlebt. Und wenn ich...«

»Du zweifelst an mir, – es ist ja nicht möglich.« Sie stand wie zu Stein geworden. Kaum hörbar klangen ihre Worte durch den öden Raum.

»Vergib mir, Hanna, wenn ich es getan habe, wenn ich es noch tue. Die Wahrheit muss heraus. Alles, was du mir gesagt hast, klingt wahrscheinlich und glaubhaft. Aber da gibt es noch etwas anderes. Die Baratta will gesehen haben, du hättest meinen Bruder in seiner Wohnung geküsst...«

»Stefan!«

»Sie hat es ausgesagt vor Gericht, sie will es beschwören...«

»Jetzt ist es aus.« Die Hände sanken Hanna schlaff herab, ihr Kopf neigte sich vornüber, sie schien unter einem furchtbaren Druck kleiner zu werden. »Du glaubst einem vor Eifersucht wahnsinnigen Weib mehr als mir, – jetzt ist es aus.«

»Verzeih mir, hab ein wenig Geduld mit mir, – ich glaubte dir ja so gern, – aber ein Eid...!«

Hanna starrte vor sich nieder auf den Boden und sprach so nach unten hin, als ob sie dort undeutlich niedergeschriebene Worte mühevoll ablese. »Du warst mir alles. Warst mir der feste Grund, auf dem ich stand. Warst mir ein Fels, auf den ich mein Leben baute. Du hast ihn mir unter den Füßen fortgezogen, – jetzt ist es aus.«

»Hanna, – Hanna, – höre mich doch…!«

»Ich hätte nicht an dir gezweifelt, und wenn eine Million Zeugen eine Million Eide gegen dich geschworen hätten. Du hast es getan. Was nun kommt, gilt mir gleich. Mögen sie mit mir machen, was ihnen beliebt.«

»Glaub mir doch, dass ich selbst am allerschwersten unter meinen Zweifeln leide. Dass meine Liebe zu dir…«

»Davon sprich mir nicht mehr. Geh!«

»Dich verlassen soll ich, – so, – so dich verlassen?«

Langsam, automatenhaft wandte sie sich zu dem Beamten um. »Wir wollen gehen, – kommen Sie.«

»Mein Gott, Hanna…«

Sie hob die Hand, um sie gleich wieder bleischwer sinken zu lassen. Ohne Blick, ohne Wort ging sie mit schweren Schritten an ihm vorüber und hinaus.

Es war Stefan, als ob auch ihm der Boden unter den Füßen wankte. Schwindelgefühl ergriff ihn, er meinte, die Mauern fielen auf ihn herab. In dumpfer Geistesabwesenheit ging er über den weißen Gang zurück, über den schwarzen Hof. Alles erschien ihm wie eine Traumumgebung undeutlich und schattenhaft. Er fuhr zusammen, als er Stimmen im Torwächterzimmer vernahm. Eine weibliche Stimme war es und eine männliche. Langsam kam ihm das Gefühl, dass ihm die weibliche Stimme bekannt war. Und er sah nun auch nähertretend, wer dort sprach. Liselotte Hell war es, die lebhaft, mit gerötetem Gesicht auf den Wärter einredete. Sobald sie Stefan erblickte, wandte sie sich aber mit rascher Bewegung ihrer kleinen Gestalt auf ihn zu.

»Graf Hersberg, Sie! Das ist herrlich, dass ich Sie hier treffe. Sie müssen mir helfen. Ich will Hanna besuchen, unsere liebe, liebe, so schändlich misshandelte Hanna. Der Mann hier will mich nicht hineinlassen. Sie müssen ihm sagen, dass ich ihre Freundin bin, dass ich sie notwendig, notwendig, notwendig sehen muss.«

»Ich kann dabei nichts machen«, sagte Stefan und wunderte sich über den verwandelten Klang seiner Stimme.

»Sie müssen Erlaubnis haben, und es ist nicht so leicht, sie zu bekommen.«

»Aber Sie waren doch drin, Sie haben doch Hanna gesehen?«

»Ich habe sie gesehen.« Dumpf und schwer klangen die Worte.

»Wie geht es ihr? Wie hat sie ausgesehen, unsere gute, liebe, arme Hanna? Oh, diese schändlichen, schändlichen Menschen, die sie so ins Unglück hineingebracht haben!«

Langsam hob Stefan den Kopf und sah mit brennenden Augen auf das durch freundschaftlichen Eifer gerötete zierliche Gesicht von Liselotte. »Sie halten Hanna für unschuldig?« Dumpf und schwer tat er auch diese Frage.

»Ob ich, – aber wie können Sie denn überhaupt so fragen, Graf? Da gibt es doch keinen Zweifel.

Wer sie hineingebracht hat in dies Unglück, wir wissen es ja leider Gottes immer noch nicht, aber dass Hanna keinen Menschen ermordet hat, – ach, es ist ja Unsinn, überhaupt nur davon zu reden. Wir kennen doch unsere Hanna, Sie haben sie von ganzem Herzen lieb, – jawohl, wir können jetzt offen darüber sprechen, – wie sollte da von uns einer an ihr zweifeln?«

»Schelten Sie mich, schelten Sie mich tüchtig aus, meine gute, warmherzige kleine Richterin. Ich habe wirklich…«

»Schelten. Das will ich Ihnen besorgen. Sie haben gezweifelt an unserer ehrlichen, wahrhaften, jede Verstellung und Lüge hassenden Hanna? Dann kann ich nur sagen: Schämen Sie sich, Graf Hersberg. Jawohl schämen Sie sich so gründlich, wie sich ein Mensch nur schämen kann.

Dann verdienen Sie dieses große, gute, warme Herz von Hanna ja gar nicht. Sie müssen sich schämen, schämen, in Grund und Boden schämen, – so wahr hier ein Mann kommt, auf den ich ebenso wütend bin wie auf Sie.«

Während sie sprachen, hatte der Wächter durch stummes Öffnen des Tores ihnen zu verstehen gegeben, dass ihres Bleibens in seinem kleinen Reich nicht länger sei. Stefan war auf die Straße hinausgetreten, und Liselotte war ihm dorthin gefolgt. In ihrem freundschaftlichen Eifer hatte sie kaum bemerkt, wie sich das Tor – vielleicht absichtlich leise – hinter ihnen schloss. Jetzt war ihr Blick nach links hin die regennasse Straße hinuntergeglitten, und sie hatte dort einen Herrn eilig herankommen sehen. Stefan war ihr mit seinen Augen gefolgt und hatte nun auch den sich Nahenden erblickt. Er machte mit Kopf und Hand eine Bewegung heftigen Unmuts und sagte: »Grabert, – er? – Dem will ich nicht begegnen. Er hat mich in dies abscheuliche Misstrauen hinein gehetzt. Leben Sie wohl, mein liebes gnädiges Fräulein und entziehen Sie mir Ihre Gnade nicht ganz.«

Er wandte sich eilig um und ging die Straße zu der Seite hinunter, wo Grabert ihm nicht begegnen konnte.

»Guten Tag, verehrte Kollegin«, sagte der herangekommene Detektiv.

»Warum läuft Graf Hersberg denn so rasch vor mir davon?«

»Wahrscheinlich, weil er inzwischen auch erkannt hat, was für ein schlechter, abscheulicher Mensch Sie sind. Jawohl starren Sie mich nur mit Ihren großen Augen an. Das macht mir keinen Eindruck mehr.«

»Nicht mehr? Ich bemerke zu meiner Freude, Sie mischen in den Essig Ihrer Missgunst wenigstens ein Tröpfchen Süßigkeit. Wenn auch der Himmel Ihrer Gunst leider augenblicklich umwölkt ist, so scheint mir doch, das Tempus Präteritum war nicht so ganz ungünstig für mich.«

»Ach, ob Sie lateinisch, türkisch oder arabisch reden, das ist mir egal. Wütend bin ich auf Sie, geradezu wütend. Und nur, um das noch vom Herzen loszuwerden, bin ich nicht auch vor Ihnen davongelaufen wie der Graf.«

»Aber neulich sind wir doch ganz gute Freunde gewesen, – an dem Abend, als ich den Vorzug hatte, das gnädige Fräulein aus dem Wasser zu ziehen. Es war sogar die Rede von einem Teilhabergeschäft.«

»Lassen Sie mich nur mit Ihren Geschäften in Ruhe. Mit Ihnen will ich keinerlei Gemeinschaft mehr haben. Sie haben mich betrogen und hintergangen, – jawohl! Mich und meine gute, brave Knusperhexe, die Sie jetzt auch mit Vergnügen bei lebendigem Leib braten würde, wie die wirkliche Knusperhexe das mit Hänsel und Gretel tun will. Sie haben sich gestellt, als ob der ganze Zweck von Ihrem Herumspionieren der wäre, den Grafen Hersberg zu entlasten, und im Geheimen haben Sie gegen meine liebe, liebe, gute Hanna Rainer gearbeitet. Sie sind schuld, Sie ganz allein, wenn sie jetzt hinter dieser gräulichen, scheußlichen Mauer gefangen sitzt, und wenn ich hier stehen muss und nichts machen kann, als heulen über Hannas Unglück und Ihre Schlechtigkeit.«

Sie hatte zur Bekräftigung ihrer Worte mit ihrem aufgespannten Regenschirm ein paar für den Schirm sehr schädliche, sonst aber gänzlich eindruckslose Stöße gegen die Mauer des Gefängnisses getan und brach nun in ein herzhaftes Weinen aus.

»Aber mein gnädiges Fräulein …«

»Ich bin kein gnädiges Fräulein für Sie«, brachte sie schluchzend hervor, doch ließ er sich nicht irre machen.

»Hören Sie mich nur wenigstens an. Ich kann Ihnen sagen, je mehr ich über die Sache nachdenke, umso weniger kann auch ich an die Schuld Ihrer Freundin glauben. Wieweit – ich bin doch auch nur ein Mensch – meine wahrhaft herzliche Zuneigung für Sie dabei mit spielt…«

»Ach, sprechen Sie doch nicht von solchen Dingen.« Ihre Tränen hörten plötzlich auf zu fließen, und sie warf ihm einen immer noch nassen, aber doch erheblich besänftigten Blick zu.

»Doch, davon muss ich reden. Wenn es auch ein ganz unpassender Moment ist, ich muss Ihnen sagen, dass ich Sie schauderhaft gernhabe. Wahrhaftig, seit unserer nassen Begegnung neulich am Abend bin ich mit meinen Gedanken immerfort bei Ihnen gewesen. Ich habe nur Ihretwegen so viel auch an Fräulein Rainer gedacht, nur Ihretwegen bin ich heute hier auf dem Weg zu ihr…«

»Sie wollen zu Hanna?«

»Jawohl. Ich will noch einmal mit ihr sprechen und sehen, ob wir die Wahrheit nicht endlich doch ans Licht bringen können. Und so war ich hier stehe, das geschieht Ihretwegen, Fräulein Liselotte.«

»So vertraulich brauchen Sie noch nicht gleich zu sein deswegen und mich Liselotte zu nennen«, sagte sie mit einem letzten kleinen Schluchzen. »Aber wenn die Sache so liegt, wie Sie sagen, dann machen Sie doch schnell und gehen Sie hinein. Und befreien Sie meine Freundin aus diesem grässlichen scheußlichen Gefängnis. Und wenn Sie das getan haben, dann können wir ja vielleicht – ich sage vielleicht – auch einmal über etwas anderes sprechen. Und nun machen Sie schnell, schnell, schnell – adieu.«

Sie wandte sich um und lief davon in den graubraunen Regendunst hinein. Grabert aber nahm sich noch vollkommen Zeit, ihr nachzuschauen, solange sie sichtbar war, und sagte dabei mit liebevollem Nachdruck: »Du bist wahrhaftig ein reizender Balg!«

Sechzehntes Kapitel

Mein Gott, es ist wirklich zu – zu – zu fürchterlich, dass wir diese grässliche Verhandlung erleben müssen. Dass wir unsere liebe, gute Hanna hier als Angeklagte wiedersehen sollen.

»Ist es nicht fürchterlich, Mutter?«

»Ja, Kind«, entgegnete Frau Kommerzienrat Hell auf Liselottes Frage mit immer unerschüttertem Gleichmut.

Die beiden Damen saßen eng eingekeilt in einer aufgeregt neugierigen Menge von Zuhörern auf der Galerie des großen Schwurgerichtssaales, in dem über Hanna Rainer das Urteil gesprochen werden sollte. Der Atem heißer Spannung wehte durch den Raum. Jeder Platz war besetzt; von der hinteren Eingangstür her, zu der die Masse, der nicht mit Eintrittskarten versehenen sich hereindrängte, klangen die Stimmen scheltender Schutzleute.

Sonst nur halblautes Reden, Fragen und Antworten, Umher suchen gespannter Blicke, schnelles aufrecken der Köpfe, wenn irgendein Ton den Beginn der Verhandlung anzukündigen schien. Still und leer aber lag im Gegensatze zu dem gefüllten Zuschauerraum noch die Stätte des Gerichtes.

Feierlich ernsthaft stand unter schwerer grüner Decke der Richtertisch da; die Plätze der Geschworenen, des Anklagevertreters, der Sachverständigen, der Verteidiger waren unbesetzt wie die Bank der Zeugen unmittelbar vor dem Raum der ganzen Zuhörer.

Es war Spätherbst geworden, und hinter den großen Fenstern, die trüb trauriges Licht in breiten Strömen hereinwarfen, fielen erste Schneeflocken langsam herab.

Die schwere braune Täfelung, die sich an den Wänden hinzog und in der gleichfarbigen Decke fortsetzte, schien dass wenige Licht in sich zu saugen und eine finstere, schwermütige Stimmung über den ernsten Raum auszubreiten. Das große Bild einer Justitia, die mit verbundenen Augen, aber ausgestreckt gehaltener wage hoch über einer mittelalterlichen Stadt an der Wand hinter dem Richtertisch thronte, verschwamm undeutlich in dem Zwielicht. Es war nichts in dem Saal, was hell, hoffnungs- und verheißungsvoll erschien.

»Mutter, Mutter, es hat geklingelt, – jetzt geht es an«, rief Liselotte. Grell und scharf hatte wirklich der Ton einer elektrischen Glocke die Wolke der Spannung zerrissen, die den Raum überdeckte. Die hohe Tür zum Ort der Verhandlung hatte, von unsichtbaren Händen bewegt, ihre beiden breiten, braunen Flügel aufgetan, und nacheinander betraten die Leiter des Dramas, das hier gespielt werden sollte,

die Bühne, die schon viele menschliche Tragödien gesehen hatte. Die Geschworenen kamen herein und gingen auf ihre Plätze seitlich vom Richtertisch zu, manche von ihnen ungeschickt und schwerfällig, alle mit künstlich feierlichen, ernsten Gesichtern. Sicherer als gewohnte Herren dieses Raumes, traten Staatsanwalt, Richter und Verteidiger auf.

Das Bild füllte sich mit ihren dunklen Gestalten; ihre langen schwarzen Talare, die schwarzen Baretts gaben ihm einen mittelalterlichen und kirchlichen Zug. In dieser Tracht hinter dem grünen Richtertisch stehend, eröffnete der Vorsitzende die Verhandlung, eine hohe, schlanke Figur mit klugem Juristenkopf, schmalen Lippen und scharfen Augen.

Die nötigen Formalitäten, Auswahl und Vereidigung der Geschworenem zogen sich zur Ermüdung des Publikums eine ganze Weile hin. Alle warteten mit kaum zu zügelnder Ungeduld auf das Erscheinen der Heldin dieses Trauerspiels, gegen deren Person, die des mitangeklagten Inders Amaru weit in den Schatten trat. Aber Hanna Rainers gesellschaftliche Stellung, die Beziehung des Prozesses auf den von allen vergötterten Xaver Stieler, seine Herkunft aus der alten gräflichen Familie der Hersberg-Negenhofen, das alles hatte die Menschen mit einer fast krankhaften Spannung erfüllt. Man konnte meinen zu hören, wie die hier zusammen gedrängte Menge mühsam, schmerzhaft nur Atem holte.

Liselotte Hell rückte voll ärgerlichen Eifers auf ihrem Stuhl hin und her. In die Formalitäten dort unten auf der Gerichtsbühne hinein flüsterte sie: »Mein Gott, womit sich diese Menschen immer noch aufhalten. Dieses Warten muss für Hanna doch eine grässliche Qual sein, das ist es ja für uns auch. Ob es denn wirklich wahr ist, Mutter, dass Hanna sich geweigert hat, einen Verteidiger zu nehmen, – im Gefühl ihrer Unschuld natürlich? Dann wäre der junge blonde Mensch dort neben dem Staatsanwalt wohl nur der ihr gegebene Pflichtverteidiger, von dem Vater sprach, nicht wahr?«

Frau Hell begann mit einem »Ja«, die gewohnte Antwort, konnte sie jedoch nicht in üblicher Weise vollenden. Liselotte hatte sie mit schmerzender Heftigkeit am Arm ergriffen und rief mühsam leise: »Da kommt sie, da kommt sie!«

Seitlich vom Sitzungsraum war eine bisher noch nicht benutzte schmale Tür geöffnet worden, und Hanna Rainer war daraus hervorgetreten. Eine dumpf rauschende Bewegung wie beim Erscheinen eines großen Künstlers auf der Bühne ging durch die Menge; wie es manchmal das gleiche seltsame Geräusch das Auftreten Xaver Stielers begrüßt hatte. Und nun galt es ihr, die das Leben dieses Mannes gewaltsam ausgelöscht haben sollte.

Sie trug ein schwarzes, ganz einfaches Kleid; wachsbleich erhob sich darüber ihr Gesicht, vom schweren, dunklen, offenbar nur gleichgültig aufgesteckten Haar umrahmt. Ihre Züge waren schlaff und müde geworden, langsam und automatisch bewegte sie sich; ein Künstler unter den Zuhörern meinte hinterher, sie hätte die Gretchen Erscheinung im ›Faust‹ in ihm wachgerufen, von der es heißt: ›Sie scheint mit geschlossenen Füßen zu gehen‹. So schritt sie zur Anklagebank hinüber; einmal nur hob sie den Blick und ließ ihn mit einer Halbkreisbewegung des Kopfes über den Verhandlungsraum hingehen; es war, als wenn sie nach jemandem suchte, den sie nicht fand. Von jetzt ab sah sie starr vor sich hin.

Ihr folgte der Inder, eine klägliche, ganz in sich zusammengesunkene Gestalt. Er trug ein schwarzgerändertes Taschentuch in der Hand und hob es immer wieder an die von Tränen überströmenden Augen. Weinend nahm er auf der Anklagebank neben Hanna Platz.

Als der Vorsitzende die vorgeschriebenen Fragen über Geburt, Alter, Vorbestrafung an sie richtete, schien Hanna halb unbewusst Antwort zu geben; als aber die Frage kam, ob sie sich schuldig bekenne, Xaver Stieler getötet zu haben, da schwieg sie ganz und hob nur mit einer tödlich matten, aber in dieser Todesmattigkeit gewaltig ausdrucksvollen Bewegung Schultern und Hände ganz wenig, um sie dann wieder schwer niedersinken zu lassen.

»Sie müssen deutlich antworten«, sagte der Vorsitzende mit einer Stimme, die dem Blick seiner Augen gleich an Schärfe kam.

»Gebärdensprache kann uns nicht genügen. Also, nein oder ja, – bekennen Sie sich für schuldig?«

Nun öffnete sie die Lippen; ein leises »Nein« kam hervor, während ein Lächeln von grausamer Bitterkeit gleichzeitig um ihren Mund spielte.

»Sie bekennen sich also nicht schuldig. Was haben Sie zu Ihrer Verteidigung anzuführen?«

»Nichts«, kam es ebenso leise wie zuvor von ihren Lippen, während sie den Kopf kaum bemerkbar hin- und herbewegte.

»Haben Sie nichts, gar nichts auf die gegen Sie erhobene schwere Anklage zu sagen?«

Wieder die kaum bemerkbare, verneinte Bewegung des Kopfes, wieder das geflüsterte »Nichts«.

»Vielleicht besinnen Sie sich, wenn wir Ihnen ein wenig Zeit lassen. Überlegen Sie sich einmal, ob es von Vorteil ist für Ihre Sache, sich eigensinnig in Schweigen zu hüllen. Zunächst also dann zu Ihnen, Herr Amaru.«

Der Inder fuhr sichtbar zusammen, ließ das Taschentuch fallen, hob es wieder auf und presste das Tuch zwischen seinen Händen in einen Knäuel. Eine plötzliche Leidenschaft aber kam in ihn hinein, als er vom Präsidenten jetzt auch befragt wurde, ob er sich schuldig bekenne.

Da glommen seine schwarzen Augen auf, eine Blutwelle stieg in sein braunes Gesicht, er trat einen

Schritt vor, breitete mit einer theatralischen Bewegung seine beiden Arme weit aus und rief: »Ich sein unschuldig, – unschuldig, so wahr Gott mir helfe!«

»Xaver Stieler ist nachweislich an einem indischen Gifte gestorben, dass man den ›Glücklichen Tod‹ nennt. Sie befanden sich im Besitz solchen Giftes, nicht wahr?«

»Ja, ja, ich mich haben in ihm befunden. Aber ich es nicht haben eingegeben meinem guten Herrn Stieler.«

»Es ist nicht anzunehmen, dass außer Ihnen irgendjemand hier in der Stadt im Besitz dieses in Europa fast unbekannten Giftes war. Man muss also mit Notwendigkeit schließen, dass das Gift von Ihnen stammte. Sie müssen es persönlich angewandt oder irgendjemandem etwas davon abgegeben haben.«

»Oh nein, mir ist genommen worden davon, – aus das kleine Glas in mein Schrank.«

»Wer wusste denn außer Ihnen von dem Gift? Haben Sie mit jemandem darüber gesprochen?«

»Ich mich selbst haben darüber gefragt sehr viele Male, haben mir zerbrochen das Kopf daran. Und es ist mir gewesen zuweilen, als wenn, – aber dann ist mir wieder gewesen, als wenn ich hätte, geträumt, und es ist mir wieder gewesen weg.«

»Sie wollen sagen, Sie könnten vielleicht mit jemandem darüber gesprochen haben, erinnerten sich aber nicht mehr daran. Ich meine, so etwas vergisst man doch nicht. Uns hier aber interessiert hauptsächlich die Frage: Haben Sie jemals mit Fräulein Rainer über das vermeintliche Gift gesprochen?«

»Einmal ja, – einmal ich das haben getan.«

Wieder die leise rauschende Bewegung im Zuhörerraum, das Aufhorchen, sich Vorbeugen, das leise Rücken von Stühlen. Doch der Ton starb gleich wieder hin, als Amaru schnell hinzufügte: »Das ist gewesen aber viele Zeit nach Herrn Stielers Tod.«

»Sie sprechen von Ihrer Begegnung mit Fräulein Rainer im Café, wie mir scheint. Haben Sie nie vorher mit ihr über das Gift gesprochen?«

»Oh nein, – sicher, sicher, gewiss nicht! Ich mit ihr sonst nie haben gesprochen allein.«

»Die Begegnung im Café hat Fräulein Rainer veranlasst, nicht wahr? Sie hat Ihnen geschrieben?«

Amaru warf einen tränen feuchten, um Verzeihung bittenden Blick auf Hanna, bevor er sagte: »Jawohl, das Fräulein Rainer haben getan.«

»Sie müssen danach doch in irgendwelchen Beziehungen zu ihr gestanden haben. Welche waren das?«

»Keine Beziehungen, – oh nein. Und wenn ich haben gehofft, – oh, Fräulein Rainer mich hatte verzaubert ganz und gar.«

»Sie waren verliebt in Fräulein Rainer, wollen Sie sagen?«

»Oh ›verliebt‹ ist kein richtige Wort für mein Gefühl. Ich habe gebetet an Fräulein Rainer, ich war nicht mehr, was ich gewesen war vorher.«

»Mir scheint, Sie waren der Dame gegenüber in einem Zustand von Willenlosigkeit, – Sie hätten wohl alles getan, was Fräulein Rainer von Ihnen gefordert hätte?«

»Ja, ja, dass ich hätte mit viel großen Freuden getan.«

»Die Feststellung dieser Tatsache genügt mir zunächst.

Wir wollen jetzt in die Zeugenvernehmung eintreten.«

So schloss die Befragung des Inders mit einem für ihn gefährlichen Eindruck. Sein Verteidiger, der voll Eifer aufsprang, um durch allerlei Fragen an seinen Klienten das unvorsichtig Ausgesprochene wieder zu verwischen, konnte das Geschehene nicht auslöschen. Der Inder hatte das Gift besessen, er war in Hanna Rainer willenlos verliebt gewesen, er hatte selbst erklärt, er würde für sie getan haben, was von ihm verlangt worden wäre, – diese schwer belastenden Umstände lebten weiter im Gedächtnis der Hörer.

Doktor Glaritz war der erste der Zeugen, der in den Saal gerufen und vereidigt wurde. Sein Gesicht war fast ebenso bleich wie das von Hanna; der schwarze Vollbart hob das gelbliche Weiß der Haut noch stärker hervor.

Seine Blicke suchten Hanna mit einem angstvoll verzweifelten Ausdruck, doch hob sie die gesenkten Lider nicht beim Klang seines Namens und seiner Stimme. Gewaltsam nahm er sich zusammen, richtete die Gestalt mit einer energischen Bewegung empor und suchte seinen Worten Festigkeit und Ruhe zu geben.

Seine Vernehmung bezog sich zunächst auf die Vorgänge bei Xaver Stielers Tod im Theater und auf seine beim ersten Anblick des Toten gestellte Diagnose von Herzinfarkt.

»Die Symptome wiesen darauf hin«, sagte Glaritz, »aber die gerichtliche Untersuchung hat einwandfrei das Gift festgestellt; mein Herr Kollege, der heute hier als Sachverständiger ist, hat Recht behalten.«

Er wandte sich bei den letzten Worten nach rechts, wo der Sachverständige vor der Bank der Angeklagten saß, aber seine Blicke hafteten für einen kurzen Moment nur auf dessen Gesicht, um rasch wieder das von Hanna zu suchen.

Die Vernehmung richtete sich nun auf die Beobachtungen, die Glaritz am Abend vor Beginn des Theaters von seinem Zimmer aus gemacht hatte. Sie beschränkten sich nach seinen Angaben darauf, dass er, kurz vor acht Uhr ans Fenster tretend, Graf Stefan Hersberg auf der Straße vor dem Pavillon und kurz darauf Licht im Pavillon selbst bemerkt habe.

»Von seiner früheren Anwesenheit gegen Abend in der Villa Rainer wussten Sie nichts?«

»Nein.«

»Auch nichts vom Erscheinen der Frau Baratta, der Gattin Xaver Stielers, auf der Straße beim Pavillon dort?«

»Nein.«

»Auch nichts von dem Lichtschein, den der Schutzmann Hensel um halb acht Uhr im Pavillon wahrgenommen hat?«

»Nein. Ich war mit einer schriftlichen Arbeit beschäftigt und saß an meinem Schreibtisch, bis ich auf der Uhr sah, dass die Zeit fürs Theater gekommen war. Dann ging ich fort.«

»Und später, – haben Sie die Scherbe der Weinflasche, woran sich noch Spuren des Giftes befanden, durch Zufall neben dem Pavillon entdeckt.«

»Nicht ganz. Mich beschäftigte der Fall ungemein, und ich habe verschiedentlich den Schauplatz der Tat genau besichtigt. Aber die Scherbe lag so versteckt im Lichtschacht unter dem Gitter, ebenso war der Briefumschlag unter dem Grün des Holunderstrauchs dort so gut verborgen, dass ich erst nach einiger Zeit bei neuem Suchen die beiden Gegenstände hier fand.« Er wies bei seinem ›Hier‹ mit einer Handbewegung auf die genannten Dinge hin, die zu deutlicher Schau weithin sichtbar auf einem besonderen kleinen Tischchen vor dem Richtertisch ausgestellt waren. Ein gieriges Bemühen, die zum Verbrechen in Beziehung stehenden Gegenstände deutlich zu sehen, kam in die Zuhörerschar bei seinen Worten. Er aber fuhr mit erhobener Stimme zu reden fort. »Als ich diesen Briefumschlag fand, gab er mir die Bestätigung eines Verdachtes, den ich gegen den Grafen Stefan Hersberg hegte.

Der Graf hat, wie man sagt, ein Alibi nachgewiesen, das ihn entlastet, aber ich kann mir nicht helfen, ich hege den Verdacht gegen ihn immer noch und...«

»Herr Doktor, haben Sie die Güte, sich in Ihren Aussagen auf Tatsachen zu beschränken. Die Folgerungen aus den Tatsachen werden vom Gerichte gezogen werden. Wir wollen den Grafen Hersberg selbst jetzt hören.«

Graf Stefan wurde hereingeführt, sein sonst so fröhliches Gesicht war gezeichnet von der Qual schlafloser Nächte.

Seine Selbstvorwürfe wegen der Zweifel an Hanna waren in der letzten Zeit banger Spannung immer mächtiger geworden, in der ihr grausames Geschick täglich wachsendes Mitleid von ihm forderte. Beim Eintritt in den Saal suchten seine Blicke Hanna, wie die des vorigen Zeugen sie gesucht hatten, und er empfing Antwort auf seine Blicke. Doch nur einen Moment hob sie die Lider, um sie gleich wieder sinken zu lassen.

Graf Stefan sagte mit ruhiger Offenheit aus, was er zu sagen hatte. Seine schon so viel erörterten Familienverhältnisse wurden zur Pein des alten Grafen, der unter den Zuhörern in einem Winkel der Verhandlung folgte, noch einmal dargelegt, aber die Beantwortung der Fragen ließ keinen Verdacht auf Stefan selbst fallen. Dann wurden die Vorgänge des Mordabends insoweit klargelegt, als der Graf davon wusste: dass er gegen Abend vor sechs Uhr in der Villa Rainer gewesen war, um die Möglichkeit seines Nichterscheinens für die verabredete Zusammenkunft anzukündigen, dass er tatsächlich am Kommen durch dienstliche Tätigkeit verhindert worden und erst kurz vor acht Uhr noch einmal nach der Villa geeilt war, um zu sehen, ob er seinen Bruder nicht möglicherweise doch noch dort fände, dass er Hanna Rainer dann aber wirklich erst im Theater wiedergesehen hatte.

Stefan gab sich alle Mühe, seinen Worten günstiges für sie beizufügen, aber die Wirkung wurde durch festgestellte Tatsachen jedes Mal wieder abgeschwächt oder aufgehoben. War der Brief, der in seines Bruders Tasche gefunden worden, und von dem er behauptete, dass er an ihn selbst gerichtet sein müsse, jemals in seine Hände gelangt? – Nein. Hatte Hanna Rainer ihm vor der Unterredung in der Untersuchungshaft jemals etwas von diesem Briefe gesagt? – Nein. Hatte sie früher schon von ihrem persönlichen Besuch in seines Bruders Wohnung erzählt? – Nein. Er musste die Fragen mit wunden, Herzen verneinen und fühlte, wie sich das Netz des

Verdachtes um Hanna sich enger und viel enger zog.

In seinem immer heißer aufquellendem Mitgefühl für sie ließ es ihn fast gleichgültig, dass unmittelbar nach ihm sein Chef, zur Vernehmung aufgerufen, ihm ein unzweifelhaftes Alibi, bis etwas nach dreiviertel acht Uhr bezeugte. Gleich darauf musste die Frau Kübelmorgen, sehr gegen ihren Willen vor Gericht gezogen, aber doch mit ihrem schwarzen seidenen Sonntagskleid geschmückt, ihre Wahrnehmungen bekunden. Der Inder war zwischen sieben und halb acht Uhr in ihrem Laden gewesen, sie hatte gleich nach halb acht Uhr einen Mann den dunklen Weg zum Fluss hinunter gehen und etwas ins Wasser werfen sehen.

Befragt, ob Amaru dieser Mann gewesen sei, musste sie zugeben, dass er so groß ungefähr sei, wie der Gesehene, dass es ihr der damals herrschenden Dunkelheit wegen aber unmöglich sei, Bestimmtes anzugeben. Amaru selbst, noch einmal aufgerufen, gestand ein, dass er schon von sechs Uhr an ungefähr sich in der dortigen Gegend aufgehalten habe. Dass er den Weg zum Fluss hinunter gegangen sei, bestritt er zwar entschieden, doch war er nicht imstande, für die Zeit, um halb acht Uhr ein bestimmtes Alibi für sich anzugeben. Demnach gestaltete sich die Lage so: Der Inder hatte sich schon vor dem Kommen Xaver Stielers bei der Villa Rainer aufgehalten, er konnte sehr wohl, entweder mit Hanna Rainer zusammen oder allein, auf deren Anstiften das Gift um diese Zeit in den Wein gemischt haben. Um halb acht Uhr war ein bis jetzt unerklärtes Licht im Pavillon gesehen worden, kurz danach war der Unbekannte zum Fluss hinuntergegangen. Es lag sehr nahe, dass Amaru das Licht entzündet und hinterher die befestigten Zeugnisse des Verbrechens in den Fluss hinabgetragen hatte.

Rosa d'Otranto, deren Vernehmung unter krampfhaftem Augenzwinkern ihrerseits erfolgte, suchte den Aussagen eine möglichst günstige Färbung für ›ihr Barattchen‹ zu geben, musste daneben allerdings auch zugestehen, dass die Kinokünstlerin immer aufgeregt, nervös und schnell zur Eifersucht geneigt gewesen sei. Für die Schuldfrage selbst

waren ihre Bekundungen ohne Bedeutung. Wichtiger war das Verhör des Dieners aus der Villa Rainer, der zwar offen eingestand, eine der zwei Weinflaschen heimlich ausgetrunken zu haben, die an den gelieferten fehlten, der aber

auf eine Zwischenfrage vom Staatsanwalt auch zugestehen musste, von Hanna, der er zuerst hierüber ein Geständnis gemacht hatte, dafür mit einem Geschenk von fünfzig Mark belohnt worden zu sein.

Eine merkbare, der Angeklagten feindliche Bewegung entstand nach dieser Enthüllung unter den Zuhörern, und so bewirkte des Dieners Geständnis das Gegenteil von dem, was Hannas Freunde gehofft hatten.

Alles dies aber wurde vom Publikum rasch vergessen, als der Zeugenaufruf an Afra Baratta jetzt erging. Sie war fast ebenso bekannt und populär in der Stadt, wie Xaver Stieler es gewesen, der durch seinen Tod erst als ihr Mann enthüllt worden war. Mit einer leidenschaftlichen Hast, als wenn sie diesen Augenblick sehnsüchtig erwartet hätte, kam sie herein, weithin von ihren langen Trauerschleiern umwogt und umflogen, dass es den Anschein gewann, als wenn ein großer schwarzer Vogel in den Raum herein geflattert käme, der sich anscheinend am liebsten auf Hanna Rainer gestürzt hätte. Mit sicherem Blick hatte die Baratta sie sogleich aufgefunden und schoss noch ein paar Schritte weit über den Platz für die zu vernehmenden Zeugen hinaus auf sie zu, so dass Graf Hersberg unwillkürlich von der Zeugenbank aufsprang, um ihr den Weg zu verlegen. Aber schon war auch einer der Gerichtsdiener vorgetreten und wies ihr die Stelle, die sie einzunehmen hatte. Sie gehorchte mit ein paar halblaut gemurmelten Worten und stand nun hoch aufgerichtet vor dem Gerichtshof, eine schwarze, finstere Gestalt vor den schwarzen, finsteren Gestalten am Richtertisch.

Eine Weile beherrschte sie die in ihr tobende Leidenschaft, als aber ihre Personalien festgestellt worden waren, und als der Vorsitzende sie mit beruhigender Freundlichkeit aufforderte, nun ihre Wahrnehmungen über etwaige Beziehungen zwischen ihrem Gatten und Hanna Rainer mitzuteilen, da hob sie den Körper zu voller, gespannter Größe, durchbohrte die Luft mit ihrer vorgeschnellten rechten Hand und wies mit ausgestrecktem Zeigefinger auf Hanna, während sie rief: »Alles, was ich zu sagen habe, liegt in den Worten: Da sitzt sie, die Mörderin meines Mannes!«

Eine Rüge des Vorsitzenden, der sachlich ruhige Bekundung heischte, ging unter in der tumultartigen Bewegung der durch diese Theaterszene furchtbar erschütterten, fieberhaft aufgeregten Zuhören. Mochte kommen, was wollte, dieser Eindruck blieb. Gleich einer beleidigten Rachegöttin war die schwarze Frauengestalt vor sie hingetreten, gerechte Vergeltung fordernd für den Tod ihres gemordeten Gatten. Was an Sympathie für Hanna Rainer noch im Publikum vorhanden gewesen war, verflog und verwehte vor diesem unmittelbar mächtigen Eindruck. Hanna selbst hatte sich, als wenn ein Pfeil auf sie vom gespannten Bogen abgeschnellt worden wäre, rasch hintenüber an die Wand gelehnt und erwiderte mit starren, weit aufgerissenen Augen die Blicke der Feindin. Glaritz hatte die geballte Linke fest auf das Herz gepresst.

Nachdem sie der Leidenschaft freien Lauf gelassen hatte, beruhigte sich die Baratta soweit, um die Fragen des Vorsitzenden sachlich zu beantworten. Sie verweilte mit besonderem Nachdruck auf der Begegnung mit Hanna Rainer in ihres Mannes Wohnung, unter der Behauptung, die beiden in zärtlicher Umarmung angetroffen und gesehen zu haben, wie sie voll Schrecken auseinandergefahren seien.

Auch als der Vorsitzende sie mahnend auf die maßgebende Bedeutung dieser Aussage noch einmal hinwies, als er die Merkwürdigkeit ihres langen Schweigens über den wichtigen Punkt noch einmal hervorhob, gab es für sie kein Zaudern und Überlegen; sie wiederholte die Worte des vorher abgelegten Eides mit wieder ausbrechender wilder Leidenschaft und rief mit hocherhobener Stimme: »So wahr mir Gott helfe und sein heiliges Wort, ich habe dies Weib in den Armen meines Mannes gesehen.« Hannas Verteidiger sprang empor und protestierte gegen die weitere Vernehmung einer offenbar hysterisch überreizten, ihrer Sinne kaum noch mächtigen und offenbar an Theaterszenen gewöhnten Zeugin, aber seine Worte konnten den gewaltigen

Eindruck ihres Auftretens auf die Hörer nicht abschwächen. Unter seiner Nachwirkung erschien es ihnen glaubhaft und wahrscheinlich, dass der in Stielers Tasche gefundene Brief Hannas mit seiner Überschrift ›Geliebter‹ wirklich an ihn selbst gerichtet gewesen war, dass eine neue Leidenschaft sie veranlasst hatte, ihren bisherigen Geliebten aus dem Wege zu räumen. Das Urteil der Angeklagten schien bereits gefällt nach dieser vernichtenden Aussage von den Lippen der Witwe des Ermordeten.

In der hierdurch aufgewühlten Erregung fanden die nächsten Gerichtsverhandlungen kaum Beachtung. Die Darlegungen Graberts über seine Beobachtung des Inders, die Vernehmung des einen absonderlichen Lichtschein im Pavillon um halb acht Uhr bekundenden Schutzmanns Hensel, des Theaterdirektors, der über die Beziehungen zwischen Stieler und Amaru befragt wurde, die Feststellungen der Sachverständigen über das Ergebnis der Obduktion gingen fast ungehört vorüber. Nur Liselotte flüsterte bei Graberts Vernehmung ihrer Mutter.

»Wenn der gräuliche Mensch nur nicht so hübsch und so nett wäre!«

Gespannt horchte das Publikum erst wieder auf, als nach der Frage des Vorsitzenden, ob Hanna sich noch immer nicht eingehender äußern wolle zu der gegen sie erhabenen Anklage, sie wieder nur ihr stumpfes, mutloses »Nein« zur Antwort gab, und als darauf eine kleine, bewegte Zwischenszene folgte. Graf Stefan gab Hannas Verteidiger ein Zeichen, der dann für ihn das Wort noch einmal erbat. Und nun sprach Stefan in einer tiefen, von heißem

Gefühl erfüllten Bewegung: »Ich kann dem Gericht erklären, was meine Braut, Fräulein Hanna Rainer, dazu veranlasst hat, kein Wort für ihre Verteidigung zu sprechen. Sie schweigt im Gefühl ihrer Unschuld und wegen einer Schuld von mir.

Meine Schuld, meine große, schwere Schuld war es, dass ich an meiner Braut gezweifelt habe. Das hat sie tödlich verletzt. Nun setzt sie diese starre Gleichgültigkeit allem entgegen, was mit ihr geschieht. Aber ich zweifle trotz dieser grausamen Gerichtsverhandlung und ihrer scheinbaren Ergebnisse jetzt nicht mehr an ihrer Unschuld, ich kann ihr sagen, dass ich…«

Hier unterbrach ihn der Vorsitzende: Graf Hersbergs Versuch, für die Braut einzutreten, sei vom menschlichen Standpunkt aus ehrenwert und schön, aber das Gericht müsse sich, wie schon einmal betont, an Tatsachen und nicht an Gefühle halten. Der Herr Staatsanwalt habe nunmehr das Wort.

Zorn und getäuschte Hoffnung in den Zügen, setzte Stefan sich nieder. Aber als er den Blick dann auf Hanna richtete, kam ihm von dort eine Freudenbotschaft. Wenn das Gericht seine Worte verwarf, er sah, für sie waren sie nicht umsonst gesprochen gewesen. Die gleichgültige Schlaffheit war plötzlich von ihr abgefallen, sie hatte den Kopf stolz und fest erhoben, ein sanftes Erglühen der Freude war auf ihrem Gesicht. Mit heißem Glücksgefühl erblickte Stefan diese Zeichen, die wie das Wiederaufblühen einer verdursteten Blume waren, aber auch noch ein anderer sah die Verwandlung.

Es war Glaritz dessen Kraft und Fassung dahinzuwelken schienen in gleichem Maß, wie die von Hanna neu erstarkten. Durch ein Beben wie vor

Frost wurde sein Körper ein paarmal geschüttelt, er stützte den Kopf auf seine linke Hand, um ihn dann mit einer mechanischen, unbewussten Bewegung immerfort in ihr hin- und herzuschieben.

Der Staatsanwalt hielt eine Rede voll von hohem sittlichem Pathos. Er brandmarkte das unerhörte, mit seltenem Raffinement erdachte, mit gemeiner Tücke vollführte Verbrechen, dem ein in seiner Art großer, von allen geliebter und bewunderter Künstler zum Opfer gefallen sei. Der Anblick seiner tief gebeugten Gattin hier in ihrer Trauerkleidung die Spuren eines unauslöschlichen Schmerzes auf ihrem Gesicht müssten einen jeden im Innersten erschüttern, der noch menschliches Gefühl im Herzen trüge.

So groß wie das Mitleid für die so schwer, man könne fast sagen: auch tödlich Getroffene sei der Abscheu vor der Täterin, der Schuldigen. Dass in der Angeklagten diese Schuldige zu erblicken sei, daran könne nur Blindheit oder Böswilligkeit im geringsten zweifeln. Die Beweise gegen sie seien erdrückend, so sehr, dass er sich kurzfassen dürfe, wenn er sie noch einmal zusammenstelle, damit ihr ganzes Gewicht voll in die Waage der Gerechtigkeit falle.

Bei den letzten Worten hob er die Hand und wies auf das Wandbild über dem Richtertisch, wo die blinde Justitia die Wage hielt, und ein leises Erschauern beleidigten Rechtsgefühls ging durch den Saal. Dann begann der Staatsanwalt seine Zusammenfassung aller Momente, die gegen Hanna zu sprechen schienen. Er ging aus von ihrem Besuch in Xaver Stielers Wohnung, – wie häufig mochte sie dort schon insgeheim gewesen sein! – wo sie von

der Gattin des Künstlers in dessen Armen überrascht worden sei. Und nicht genug am Ehebruch,
wozu sie den Vielumworbenen verführt habe, sie sei
bereits mit ihrem schwarzen Plan in der Seele dorthin gekommen, um Stieler sicher zu machen, ihn zu
sich zu locken dorthin, wo sicherer Tod auf ihn wartete. Während sie den einen so mit ihren Zärtlich-
keiten umgarnte, verführte sie gleichzeitig einen anderen, ihr als Werkzeug für ihr Verbrechen zu die-
nen. Die Beziehungen zwischen Hanna Rainer und
Amaru seien unzweifelhaft, er habe das Gift besessen, von ihm nur könne sie das Todesmittel bekommen haben.

»Dieses alles in seiner grässlichen Folgerichtig-
keit berechtigt, nein, zwingt uns«, fuhr der Staatsanwalt mit erhobener Stimme fort, »voll tiefster sitt-
licher Empörung auszurufen, was die Gattin des
grausam in seiner Blüte Hingemordeten vorhin beim
Eintritt in diesen Saal, hingerissen von Schmerz,
Verzweiflung und Empörung ausrufen musste:
»Dort sitzt sie, die Mörderin!«

Er schwieg zur Erhöhung der Wirkung ein paar
Sekunden, und in die tiefe Stille der allgemeinen Ergriffenheit klang ein leises Aufstöhnen hinein. Es
kam aus Glaritz' Brust; er hatte die stützende Hand
jetzt von seinem Kinn entfernt, machte damit eine
sonderbare, suchende Bewegung auf seiner Brust
und hob sie dann wieder bis an den Mund empor.
Nun reckte der Staatsanwalt – er war ein wenig klein
für eindrucksvolle, pathetische Reden – seine Figur
mit aller Macht empor und rief: »Wenn man auch
noch zweifeln wollte nach all' diesen Beweisen,
man brauchte nur die beiden Gestalten auf der Anklagebank anzuschauen, um die Schuld von ihren

Gesichtern abzulesen. Sehen Sie diesen Inder Amaru, der mit jeder Träne, die sein Gesicht überströmt, seine klägliche Widerstandslosigkeit einer stärkeren Verbrechernatur gegenüber beweint! Sehen Sie die Verbrecherin selbst an, die verirrte, verlorene Tochter eines hochachtbaren Hauses, wie sie dasitzt, völlig zusammengebrochen unter der Last ihrer grässlichen Schuld, gerichtet schon durch die noch nicht erstorbene Stimme des Gewissens in ihrer Brust, bevor wir hier noch…«

Mitten in seine Rede hinein klang ein jäher Laut wie von einem zu Tode getroffenen Tier, dann ein Ruf, ein Schreien: »Es ist genug!«

Glaritz war es, von dem der Schrei gekommen war. Er stand aufrecht, mit weit ausgestreckten, zuckenden Händen. »Schweigen Sie«, rief er mit greller, kreischender Stimme. »Sehen Sie hierher, – sehen Sie mich an. Ich – ich – ich habe Xaver Stieler vergiftet!«

Nur für einer Sekunde Dauer folgte der furchtbaren Selbstanklage die tiefe Stille höchster Betroffenheit. Gleich darauf aber ging es durch den Saal wie das Lärmen plötzlich ausbrechenden Gewittersturmes. Rufe der Wut, laut hinaus geschriene Fluche, Lachen, Weinen, Aufkreischen von Frauenstimmen, das Fallen umgeworfener Stühle, der dumpfe Laut vorwärtsdrängender Füße, das alles mischte sich zu wildem Durcheinander, dem Toben der entfesselten Elemente verwandt.

Aber auf einmal erstarb der Lärm wieder in gespanntem Aufhorchen, als Glaritz aufs Neue seine Stimme gegen sich selbst erhob.

»Hier sehen Sie den elenden, verworfenen, lächerlichen Mörder. Lächerlich, lächerlich, – einen

Mörder aus Versehen, aus Irrtum, aus Verwechslung. Ich habe den Mann hier neben mir töten wollen, und habe seinen Bruder getötet.«

Er hatte die Hand, auf den Grafen Stefan weisend, erhoben, der – aufgesprungen gleich allen übrigen – jetzt neben ihm stand. Ein leiser Schrei von Hannas Lippen ging unter in einem neuen Ausdruck des Gewittersturmes im Saal, der ungehemmt jetzt eine Weile tobte, bis der Präsident gewaltsam Ruhe schuf. Er selbst war zuerst wie versteinert gewesen von dem plötzlichen Geständnis, jetzt nahm er sein Amt energisch wieder auf und herrschte Glaritz an: »Wenn kein plötzlicher Wahnsinn Sie zum Reden treibt, beweisen, begründen Sie die Worte, die Sie gesprochen haben.«

»Ich habe kein größeres Verlangen als das. Es hat mich erwürgt und erstickt, seit ich hier sitze. Die Liebe zu Hanna Rainer hat mich großartig gemacht. Ich hatte gehofft, sie zu besitzen, bis der Mann hier mir in den Weg trat. Ich musste mit ansehen, wie sie mir entglitt mehr und mehr, und ich ertrug es nicht. Wenn Hass und Eifersucht wahnsinnig machen können, dann war ich wahnsinnig. Ein Zufall spielte mir das Gift in die Hand. Ich wurde zu dem Inder Amaru gerufen, – als Arzt, – er war krank. Er lag in hohem Fieber, in halber Bewusstlosigkeit. In einem Zustand, in dem er selbst nicht wusste, wovon er sprach, hat er mir von dem Gift erzählt. Er wollte sich töten damit, wenn er nicht wieder gesund werden könnte.«

Wie wenn ein Wehr vor einem gestauten Wasser aufgezogen wird, so gewaltsam waren Glaritz' Worte hervorgebrochen. Jetzt aber klang in sie hinein die laute Stimme des Inders: »Ja, ja, nun es mir fällt wieder ein. Das ich haben gesagt, aber ich haben ganz vergessen, denn ich hatte gesprochen im Fieber.«

Glaritz hob die Hand, um dem anderen Schweigen zu gebieten. Seine Seele verlangte nach Offenbarung ihrer Schuld.

»Mir kam ein Gedanke, – halb war es Mord, halb Selbstmord, was ich dachte. Dem Kranken gab ich eine Morphiumspritze bald lag er in tiefem Schlaf. Da nahm ich mir von dem Gift. Und ich spielte weiter mit Mord und Selbstmord in meiner Seele. Noch war ich im Ungewissen, wie Graf Hersberg und Hanna miteinander standen. Da fand ich einen Brief.- Er lag im Flur ihres Hauses auf dem Tisch, wohin die Briefe gelegt wurden, die der Diener mitnehmen sollte. Graf Hersbergs Name stand auf dem Brief. Ich war allein, meine Verwandten waren ausgegangen. Ich konnte den Brief an mich nehmen, vorsichtig öffnen, lesen, wieder schließen und auf den Tisch zurücklegen. Was ich las, machte mich rasend. Ich sah, die beiden waren einig miteinander. Hanna bestellte den Grafen Stefan für einen der nächsten Abende zum Rendezvous in den Pavillon ihres Gartens. Nur von ihm war die Rede, nicht von seinem Bruder. Nur von Hanna, Stefan und ihrem Glück. Ich konnte das Wort nicht hören, es trieb mich zum Wahnsinn.«

Einen Augenblick schwieg er atemschöpfend, aber dann brach die Flut seiner Worte wieder los: »Als der Abend gekommen war, lag ich auf der Lauer an meinem Fenster, schaute zu dem Pavillon hinüber, lange schon vor der Zeit. Ich konnte von oben hineinsehen in den Pavillon, die Vorhänge waren zu der Zeit noch offen. Ich sah Hanna dort. Sie trug eine Weinflasche, stellte sie auf den Tisch. Ich sah nur die eine, – von der anderen, die sie wohl vorher schon in den Schrank in der Wand gestellt hatte, sah ich nichts. Dann zog sie den Vorhang am Fenster zu, löschte das Licht und ging wieder fort. In dem Augenblick entstand mein Plan, in wenigen Minuten war er ausgeführt. Ich schlich mich über die Straße hinüber in den Garten und in den Pavillon. Es war noch nicht dunkel, ich konnte die Flasche dort auf dem Tisch deutlich erkennen, auch die Sorte des Weines. Die Flasche war schon geöffnet, ich brauchte nur von dem Gift hineinzuschütten. Ungesehen kam ich in meine Wohnung zurück, legte mich wieder auf die Lauer. Kurz vor halb sieben wurde wieder Licht gemacht im Pavillon, gleich darauf erschien eine Männergestalt auf der Straße, wurde von Hanna, deren Gestalt ich auch undeutlich erkannte, hineingelassen in den Garten. Ich hielt meinen Plan für gelungen, fühlte keine Furcht, keine Reue. Hanna trank niemals einen Tropfen Wein, ihr konnte nichts geschehen. Mich selbst hielt ich für völlig sicher. Wer sollte von diesem fremden Gift wissen, wer auf den Gedanken darankommen?«

»Trotzdem ist es geschehen«, rief der Vorsitzende mit erhobener, mächtiger Stimme.

»Gottes Gericht geht sicherer als Menschengericht. Von ihm sind Sie getroffen und niedergeworfen worden.«

»Ein Gottesgericht, – es mag sein. Jener Abend hat für mich den Beginn der Höllenqualen bedeutet. Es machte mich schon verwirrt, als ich eine Frau der Männergestalt auf der Straße nachfolgen und hinüber drohen sah zum Pavillon. Aber ich ahnte nicht, wer es war, und ging eilig daran, die Spuren meiner Tat fortzuschaffen, als der Pavillon wieder dunkel und leer war. Ich schlich mich noch einmal hinüber, leuchtete mir drinnen mit meiner Taschenlampe. Von dem Wein war ein Glas getrunken worden. Ich hatte mir dieselbe Sorte gehalten, die mein Onkel trank, und eine frische Flasche davon mit hinübergenommen, um sie gegen die vergiftete zu vertauschen. Das benutzte Weinglas wurde von mir ausgespült mit reinem Wein und ausgewischt mit einem Papier, das am Boden lag. So war es vollbracht.

Aber draußen geschah mir ein Unglück. Die vergiftete Flasche fiel mir aus der Hand und ging in Scherben. In meinem Schrecken schob ich sie zunächst in das dichte Gesträuch beim Pavillon, ebenso das Papier. Dabei muss der Flaschenboden in den Lichtschacht gefallen sein. Dann schien mir das Versteck nicht sicher genug, ich kniete nieder und suchte die Scherben im Dunkeln wieder zusammen, trug sie hinterher über die Straße hinüber und in den Fluss.«

»Also Sie waren der Mann, der auf dem dunklen Weg von unserer Zeugin gesehen worden ist.«

Ohne die Worte des Vorsitzenden zu beachten, sprach Glaritz weiter. »Dann das Theater. Oben in der Loge saß Hanna. Meine Blicke wollten von dieser Stelle nicht fort. Kam er auch, – und wenn er kam, zeigten sich an ihm schon die Spuren des Giftes? Ich saß und wartete, wartete. Dann kam er wirklich, anscheinend frisch und gesund. Nun trat sein Bruder auf, und je länger er auf der Bühne stand, umso mehr erschienen an ihm die Zeichen der Vergiftung, die meine Blicke vergeblich am Grafen Stefan suchten. Unklar, unfassbar noch ging mir ein geheimer Zusammenhang auf. Eine Wahnsinnsangst, Verzweiflung, Wut rissen an meinem Herzen. Xaver Stieler sank um und starb, und ich wusste, dass ich diesen Menschen, den ich nicht kannte, der mir niemals ein leidgetan hatte, wider Willen vergiftet hatte. Jawohl, es war eine großartige, großartige Tragikomödie!«

Wildes, wahnsinniges Lachen kam von seinen Lippen, und wie das Echo dem Schall, so gab ein anderes, gleich wahnsinniges Lachen ihm Antwort. Es brach aus Afra Barattas Brust hervor, verwandelte sich in Weinen, in Schreien, durchbebte den Körper mit erschütternder Gewalt und ließ ihn zuletzt in Zuckungen zu Boden stürzen. Zwei von den anwesenden Ärzten und Personal des Gerichtes eilten herbei, zogen die Tobende vom Boden empor und brachten sie fort aus dem Saal.

Im Hinausgehen sagte der eine der Sachverständigen zum anderen: »Unglaublich, dass man diese kranke Person überhaupt hat schwören lassen.«

Als sich drinnen im Saal der neue Sturm von Aufregung etwas beruhigt hatte, sagte der Vorsitzende zu Glaritz: »Beenden Sie nun Ihr furchtbares Geständnis.«

»Halb noch mich selbst belügend, gab ich mein Gutachten ab auf Tod infolge von Herzinfarkt. Aber da, – jawohl, da brach das Gottesgericht herein, von dem Sie gesprochen haben. Der einzige Mann, der außer dem Inder und mir in dieser Stadt von dem fremden Gift und seinen Wirkungen wusste, war im Theater gewesen, stand jetzt neben mir auf der Bühne. Das Gift wurde festgestellt, alle die Schrecklichkeit dieses Prozesses nahmen ihren Anfang. Ich konnte nichts tun, als den Verdacht ablenken von

Hanna – das war mein Hauptbestreben – und hinlenken auf den Mann, den ich hatte töten wollen. Ich ging zum Pavillon, ich holte die Scherbe, das Papier, trug sie zum Gericht, um den Grafen Stefan zu verderben. Aber alles ist mir fehlgeschlagen, alles hat sich gegen mich gekehrt. Ich habe miterleben müssen, dass man Hanna verhaftete, sie hierher vor Gericht schleppte. Wenn ich noch versucht habe, dieses furchtbare Schauspiel mitanzusehen, so tat ich es, weil ich hoffte, sie würde freigesprochen werden. Aber weil ich – ich das hoffte, darum hat sich auch hier alles für sie zum Bösen gekehrt, bis ich es nicht mehr ansehen, hören, ertragen konnte. Nun ist es gesagt, und ich will zur Ruhe gehen.«

»Mit Ihrem wollen ist es vorbei«, rief der Präsident ihm zu. »Jetzt gehören Sie uns.«

»Nein, einem anderen, der mächtiger ist als Gericht und

Gesetz: dem Tod. Ich trage den Tod in mir. Das Gift, womit ich getötet habe, tötet jetzt mich. Genug dafür behielt ich weise zurück, es übt nun seine Wirkung bereits an mir. Ein Gegenmittel gegen dieses Gift gibt es nicht, Ihrer Macht bin ich entzogen.«

»Aber ein Höherer wird Sie richten«, rief der Präsident.

Gleichzeitig gab er zwei Schutzleuten einen Wink; sie nahmen Glaritz in ihre Mitte, führten ihn fort aus dem Saal. Er warf einen Blick noch zurück auf die Frau, die sein Verhängnis geworden war, dann ging er hinaus mit niedersinkendem Kopf offenbar unempfindlich für den im Saal wieder ausgebrochenen Tumult. Rufe, Pfiffe, Flüche gegen den Verbrecher schrillten durch den Raum, es kostete

Mühe, die wütend Heranstürmenden von ihm fernzuhalten.

Jetzt aber war er verschwunden, und nun veränderten sich plötzlich Stimmung und Bild. Freudenjubel trat an die Stelle von Empörung und Entsetzen. Alles drängte heran, die Gerettete, Befreite zu beglückwünschen, zu begrüßen. Rascher aber als alle die anderen stand Stefan vor ihr, streckte die Hände bittend und sehnsuchtsvoll nach ihr aus und sagte leise mit einer Stimme, die Reue, Demut, Hoffnung bebend in sich fasste: »Verzeihung, Hanna, – Verzeihung, Vergebung!«

Und sie fasste seine Hände, zog ihn an sich und rief: »Stefan, – dich hat er morden wollen. Gott sei Dank, dass du lebst!«

Wie durch goldhelle Wolken sahen die Neuvereinten die Menschen die sich glückwünschend um sie drängten, wie von ferner, heiterer Musik begleitet hörten sie die Worte der kleinen Liselotte, die zwischen Lachen und Weinen jubelnd rief: »Meine gute, gute Hanna, – wie glücklich, glücklich bin ich über dich!« Auch der Präsident kam heran und sprach freundliche Worte der Teilnahme, der Entschuldigung. Der Staatsanwalt ging still, mit seinen Akten unter dem Arm, hinaus.

Dann zog Stefan seine Braut leise mit sich fort, von einem freiwilligen Gefolge froher, aufgeregter Menschen begleitet.

Langsam leerte sich der Saal, die herbe Spätherbstluft umspielte mit beruhigender Frische die glühenden Köpfe, die heißen Wangen. Liselotte war eben bis an die Tür gelangt, während ihre Mutter mit Hannas Vater voranging, als ein schlanker Herr mit freundlichem Gruß vor sie hintrat. Gleich war sie nun wieder kampfbereit und richtete die kleine Figur hoch auf.

»Sie sind es, Herr Detektiv? Ja, woher nehmen Sie denn den Mut, Sie grässlicher, grässlicher Mensch, sich überhaupt noch vor mir sehen zu lassen?«

»Das weiß ich selbst nicht. Aber ich muss Ihnen etwas noch sagen, bevor ich für immer verschwinde. Dass ich nämlich nicht länger Detektiv bleiben werde.«

»Wirklich nicht?«

»Nein. Der heutige Tag hat mir den Geschmack an dem Beruf gründlich verdorben. Ich wäre um ein Haar an einem Justizmord mitschuldig geworden, da spiel' ich nicht mehr mit. Mag Verbrecher fangen, wer will, – es gibt hübschere Tätigkeiten. Wer arbeiten mag, – und ich habe gar nichts gegen das Arbeiten einzuwenden, – findet auch schon einen Platz, wo man ihn braucht.«

»Sehen Sie, das gefällt mir. Da kann ich Ihnen doch vielleicht noch wieder einigermaßen gut werden.«

»Das ist herrlich. Nur um eins tut es mir leid.«

»Um was?«

»Wir hatten doch einmal von einem Teilhabergeschäft gesprochen. Das geht jetzt gar nicht mehr. Schade.«

»Schade, – ja.«

»Wenigstens nicht als Detektive.«

»Nein, – wenigstens nicht als Detektive.«

»Aber ich meine, bevor wir das Geschäft ganz liquidieren, könnten wir doch noch zusammen eine letzte Detektivtätigkeit unternehmen.«

»Wozu denn?«

»Ich möchte so furchtbar gern etwas erforschen.«

»Wieder ein Verbrechen?«

»Oh nein, – durchaus nichts Verbrecherisches.«

»Ja, was denn?«

»Ihr Herz, Fräulein Liselotte.«

»Ach, – mein Herz?«

»Jawohl, ich wüsste nichts auf der Welt lieber, als ob dieses kleine Herz ein wenig, – es darf aber auch mehr sein – ein wenig Zuneigung für einen gewissen Menschen fühlt.«

»Für einen gewissen?«

»Ja, der mir ziemlich ähnlichsieht.«

»Ich glaube«, – sie sprach jetzt leise, vor sich nieder blickend, – »wir brauchen dafür keinen Detektiv mehr.«

»Nein, – wahrhaftig nicht? Hurra, dann bin ich der glücklichste Mensch unter der Sonne. Liselotte, – nicht wahr, ich darf doch jetzt meine Liselotte sagen?«

Sie nickte mit einem kleinen, reizenden Lächeln. »Ich erlaube es dir schon.«

»Ach, jetzt hab' ich ein Ziel!« rief er in hellem Jubel, »jetzt will ich mir schon einen Platz verschaffen im Leben, Ich will arbeiten, arbeiten…«

»Aber nicht gar zu viel. Erst wollen wir doch etwas voneinander haben. Und – unter uns gesagt – meiner Mutter Schwiegersohn braucht gar nicht so furchtbar viel zu arbeiten.«

Anmerkungen des Autors:

Sandro Hübner meißelt in Berlin, in klaren Sätzen ein Denkmal und ist unverzichtbar für alle, die ihn bei Twentysix lesen, weiterempfehlen und auch kaufen werden.

Bisher erschienen:

Titel:	SAD SONG - Trauriges Lied -
Genre: **ISBN:**	Kriminalroman 978-3-7407-3007-9

Titel:	Juliette und Taddei eine Liebe forever
Genre: **ISBN:**	Liebesroman 978-3-7407-3030-7

Titel:	Rückkehr eines träumenden Delfins
Genre: **ISBN:**	Roman 978-3-7407-3399-5

Titel:	Fesselnde Psycho-Horror- Geschichten
Genre: **ISBN:**	Horror 978-3-7407-4455-7

Titel:	Spannende Thriller-Geschichten
Genre:	Thriller
ISBN:	978-3-7407-4636-0

Titel:	Doppelt stirbt sich besser, mit einem grauenvollen Biss
Genre:	Psychohorror
ISBN:	978-3-7407-4697-1

Titel:	TITANIC Ein Augenzeugenbericht von Helena F. Lang
Genre:	Roman
ISBN:	978-3-7407-5058-9

Titel:	Unheimliche Gruselgeschichten - Teil I -
Genre:	Gruselroman
ISBN:	978-3-7407-5067-1

Titel:	Unheimliche Gruselgeschichten - Teil II -
Genre:	Gruselroman
ISBN:	978-3-7407-5068-8

Titel:	Der Fitnesstrainer
Genre:	Roman
ISBN:	978-3-7407-5075-6

Titel:	Das Bett des Horroralptraums
Genre:	Horror
ISBN:	978-3-7407-5139-5

Titel:	Der verhängnisvolle Fehler aller Zeiten - Das Haus der Seelen
Genre:	Horror
ISBN:	978-3-7407-5317-7

Titel:	Spannende Abenteuerkurzgeschichten für Kinder
Genre:	Roman
ISBN:	978-3-7407-5415-0

Titel:	Roy Raperpotz im Land der Träume
Genre:	Roman
ISBN:	978-3-7407-1711-7

Titel:	Der grausame Helikopter des Horrors
Genre:	Horror
ISBN:	978-3-7407-2681-2

Titel:	Die Nacht des Horrors
Genre:	Horror
ISBN:	978-3-7407-4812-8

Titel:	Abenteuergeschichten für Kinder
Genre:	Roman
ISBN:	978-3-7407-6328-2

Titel:	Sommerliche Gaystories
Genre:	Roman
ISBN:	978-3-7407-5107-4

Titel:	Die Brücke zum Verrat
Genre:	Roman
ISBN:	978-3-7407-6639-9

Titel: Das Wolfsmädchen

Genre: Roman
ISBN: 978-3-7407-6589-7

Titel: Mysteriöse Thriller-Geschichten
                    aus Deutschland

Genre: Mysterythriller
ISBN: 978-3-7407-7055-6

Titel: Der Tod von der Theater-
                    legende Xaver Stieler

Genre: Kriminalroman
ISBN: 978-3-7407-8645-8